去他的同学会

常潇湘　孙铎　著

作家出版社
全国百佳出版社

目录 Contents

一、七年之痒

清晨，李薄荷正在洗澡，洗发香波的泡沫顺着她微卷的长发一团团落在浴室的瓷砖地上，像乍暖还寒时节山顶融化的积雪，一朵朵，大的小的，顺着山脉，顺着雪水汇成的溪流，飘飘悠悠地就向山下淌去。

厨房里飘来池柳做饭的香味，闻起来有煎蛋、烤面包、培根和现磨咖啡。

李薄荷是一个很容易有幸福感的人，美好的气味尤其容易让她满足，像刚刚用香皂和热水清洗过的毛巾的香味啦，面团在烤箱里膨胀发酵的酸味啦，刚下过雨后泥土中散发出的清新涩味啦……任何一种特别的气味都极容易让她从心底涌上莫名的暖流。

此时此刻，李薄荷就觉得很幸福。

她擦着头发，穿着件大到能露出半个肩膀的松垮T恤，晃着两条有点肉的白腿，光着脚优哉游哉地走出浴室，在木地板上留下一排湿脚印。

池柳穿着件蕾丝边吊带裙，脚下一双坡跟拖鞋，头发松散地绾在脑后，正小心翼翼地把一只单面煎的鸡蛋从锅里移到盘中，煎蛋入盘的瞬间，软嫩的蛋黄颤了颤，最终没有破，她露出满意的笑容。

李薄荷把头发塞进干发帽使劲地卷了卷，盘在脑后，她的身材是典型的“社交瘦”。所谓“社交瘦”就是指有的人天生脸小，脖子长，锁骨突出，腰细，但下半身，尤其臀和大腿根却有点超乎比例地粗，不过在日常社交中，大家的目光通常只聚集在彼此的上半身，所以在绝大多数人眼里，李薄荷都是个不折不扣的“瘦子”，以至于她都不敢说自己胖，因为她一旦抱怨，便会被周围的人悄悄打上“矫情”“能装”，乃至“碧池”的标签。

池柳则不同，她全身都挺瘦，唯独胸围可称得上是“波涛汹涌”，李薄荷曾经这样打趣过她：“你要是站在国境线上，胸得办张签证吧？”

早在小学时代，池柳的胸就抢先于同龄人一步发育了起来，那时候她还是鼓号队的小鼓领队，直到有一天，老师发现只要有池柳在的队伍就永远排不齐，脚站齐了前面就多一块，胸对齐了脚又出去一大截，就这样，池柳在男同学的偷笑和女同学的嘲弄中被踢出了鼓号队。从那以后，“胸大”就成了令她十分自卑的困扰，以至于到现在她的衣服都以保守款居多，还养成了个每说几句话就要往上拉一下领子的习惯。

在李薄荷看来，这是暴殄天物！绝对的暴殄天物！

“真好，我要是男人绝对娶你！白头到老，夫复何求啊！”李薄荷边说边跳上沙发，心安理得地看着池柳把所有食物一一整齐地摆放上餐桌，又把餐巾折好，餐具码好。

“别，你赶紧走，给我腾地方！我惦记你这房子不是一天两天了！”池柳笑着回应李薄荷。

窗外是早上八九点钟的太阳，屋里，池柳的行李已经陆陆续续地搬了进来，李薄荷歪在沙发上，想着再过几天就要告别这座城市、这个国度和眼下这种生活了，别离感在这一刻变得格外清晰。

李薄荷初中时就跟着母亲来到了这座城市——汤城，算是半个本地人，池柳是大学时才考到汤城的，这所房子本来是李薄荷租住的小窝，当时房东因为种种原因急于出手，就以一个特别实在的价格跟她签了个长期租约。这里交通便利、地段繁华，离公司近，绝对是捡到便宜了。池柳就没那么好运了，地段理想的地方租金贵，便宜的地方上班往来又太折腾，费尽心力地找了几处性价比相对合适的地方，但不是房租接连涨价，就是房东霸道毁约把她连人带行李一起扔到了大街上。池柳时常自嘲说怪不得胖不起来，毕业这几年，光折腾搬家就够人掉十斤肉的。

现在李薄荷准备出国，房子又有挺长时间没到租期，池柳就乐呵呵地接盘了。

池柳从书桌上拿起一个信封，塞进了李薄荷打包了一半的行李包里，“这是后面的房租，多少就这些了，给你塞包里了啊。”

李薄荷看了一眼，没当回事，也没推辞，她和池柳的关系不需要假客套。她一路小跑从餐桌上端起一盘煎蛋，抄起一块面包，又跳回到沙发上，盘起腿，用撕碎的面包点破了蛋黄，蘸着蛋液吃起来。

池柳自己坐到餐桌边把刚折好的餐巾又抽开，仔细地铺起来，像打磨艺术品一样往面包上抹着果酱。

“我说，餐巾反正都要铺开，为什么之前还要叠一下呢？”李薄荷问。

“我也说不清为什么，可能就是一种习惯吧……”池柳说着话，手里那块面包还没抹完呢。

“强迫症是种病，得治。”李薄荷嘴上这样说着，却又乖乖端着盘子回到了餐桌前，学着池柳的样子把餐巾抻开铺平，“算了，出国之前再享受一次这种被人伺候的高级待遇吧。”

“薄荷，你工作干得好好的，到底为什么突然要出国啊？”池柳的语气伤感起来。

“我妈说，就是刚挣了两个钱儿不知道怎么烧包好了。”李薄荷这样回答着。

其实关于这个问题，李薄荷自己心里也没有准确的答案，因为在旁人眼里，她现在正是最舒服的时候，工作顺利，收入稳定，偶尔能休个小长假，出国旅行一下，买几个小包、几套限量版化妆品，小日子过得也算滋润，但她却总觉得少了点什么。

“像咱们这种年纪，眼看着就三十岁了，已经融不进年轻小姑娘叽叽喳喳的圈子了，但又不敢在老江湖面前自称‘女人’；手里有点闲钱，但又没到不为钱发愁的地步；工作虽然顺手，但又没到呼风唤雨的程度。既不是小丫头了，又没到大姐头，我总觉得有点上不着天下不着地……”

“什么叫上不着天下不着地啊，介于女孩和女人之间，用时下流行的话说，咱们这叫‘轻熟女’！”池柳说。

“嗯，七成熟。”李薄荷点了点头，继续说，“可是不知道为什么，我总觉得有点害怕……”

“害怕什么？”

“我总觉得现在的自己过得太舒服了，太安逸了，好像一切都在吃老本，这样下去迟早要走下坡路的啊，所以我想换个环境，刺激一下自己，趁着自己还没太老，多学点东西。”

池柳苦笑着摇了摇头，说：“你啊，可能是所有的路都走得太顺了，没罪非得给自己找罪受。”她轻轻地呷了一口咖啡，又想起了什么，“你要走，张群怎么说？”

张群是池柳和李薄荷大学时代的同班同学，也是她们现在的老板。

张群的父亲在她们这个行业里有一定的地位，以张群的成绩和专业能力，能考进汤城大学想必是靠父亲的关系走了后门，整个大学四年，他基本上是逃课、打游戏、泡妞，吃喝玩乐混过来的，毕业时科科压着及格线拿到了学位证。

毕业之后，张群二话不说拿着父母的钱开起了一家演艺经纪公司，对于“富二代”们来说，“败家”向来不是最可怕的，躺在父母攒下的家底上吃喝玩乐穷其一生能挥霍的到底也有限，可怕的是他们往往不甘于做个躺赢的“富二代”，非得做个劳碌的“拼一代”，一定要做出点成绩来证明自己。更可怕的是，也许一开始他们还真能干成几件事，轻而易举的成功很容易让他们忽视身后的家庭背景为自己提供的隐形资源，对自己的能力产生严重的认知偏差，陷入“白手起家”的宏伟错觉之中。

当“富二代”们开始忘乎所以，把他们当作肥肉盯着的人们便伺机而动，今天一个大项目明天一个新创意，忽悠、怂恿、捧杀、画饼无所不用其极，生怕捞晚了锅里就没有肉了，膨胀的“富二代”们的可爱之处就在于他们从不会在第一次吃亏后及时止损，对于他们来说，赔钱事小，丢脸事大，所以窟窿越大越不嫌大。因为损失小了只是心疼，损失大了可就成了恐惧，而希望是缓解恐惧最好的麻醉剂，一个旧项目黄了，立马便会有好几个新项目孵化出来，“下把一定翻本”的赌徒心态就在一次又一次拆了东墙补西墙的恶性循环中熊熊燃烧了起来。

老子的粮仓再殷实也填不上儿子志大才疏的无底洞，父母还不能劝，一劝就是“见不得他有出息”“打压他的才能”，俨然玄武门前兵变夺权的皇子，就算是把皇帝老子逼下王座也得掌握话语权，以图匡扶天下。

好在，张群是个例外。

张群是一个敢于正视“拼爹”还把爹拼得游刃有余、甘之如饴的人，他知道，做人不能太贪心，便宜和骨气只能占一头，端起碗吃肉放下碗也从不骂娘，所以在这个重视人脉和资源的行业里，他们这家寂寂无名的小公司很顺利地接到了多笔合约，很快便成了行业里的明日之星，这其中的奥妙也不用多想，那些拿着钱和合约上门的人自然是有事要求到张群的父亲，张群的父亲也乐得顺水推舟，既捧了儿子，还不着痕迹地把收受的好处做进了公司账里，两全其美。

不过张群也不傻，他知道再怎么凭人脉和关系办事，也不能把事情给人家办砸了，要不然就是断了自己的前路，他需要个真正有能力的人帮自己。临近毕业时，大家都忙着找工作，作为优秀毕业生，李薄荷当时的就业前景还是很乐观的，几家大公司都有意向接收她，但张群费了不少口舌，还是说服她来到了自己的公司。

回想起那时候张群对自己的百般招徕，李薄荷还是觉得挺意外的，因为整个大学四年她好像都没跟张群说过几句话。

“他怎么想起来找我的呢？”

“咳，这有什么奇怪的，”池柳擦了擦嘴角的蛋液，悠悠地帮李薄荷分析，“咱们总觉得张群吊儿郎当天天混日子，课也不好好上，能耐也没学到，没竞争优势。但其实他很有优势，他的优势就是他的‘阶级’，他从小在远远优于咱们的家庭环境里长大，跟着父母接触的都是人尖子，所以他识人，知道什么样的人有能力，什么人是能为他所用的。说白了，咱们是给人家打工的命，可张群不是，他天生就是老板的命，唯一要做的就是从茫茫人海中挑出适合为自己卖命的人。”

“嗯嗯，分析得很有道理，不明觉厉啊……”李薄荷往嘴里塞着最后一片培根，佩服地连连点头。

“再说了，他就算再傻，还不识数吗？看看咱们班每学期的成绩单，第一名不是你就是隋郁，可是就冲隋郁那张性冷淡的脸，他也不敢招啊！”

李薄荷刚送入口中的咖啡差点喷出来，拍着桌子笑不可抑，“性冷淡”简直是她听过的对隋郁气质最贴切的描述了，绝对的、大写的，性冷淡！

池柳毕业后先后在几家杂志社、影视公司和门户网站工作过，因为各种各样的原因都不太顺利，就这么来回跳槽折腾了两三年，不但没挣着几个钱，履历也不够好看，眼看着自己在求职市场上就快连应届毕业生都拼不过了，她也没了心气儿，差点就要收拾行李回老家了。彼时张群的经纪公司已经做大，正需要扩招人手，李薄荷在张群面前提了好几次想把池柳招进来，张群没拒绝也没同意，就不冷不热地拖着，直到李薄荷快急了张群才答应。

这顿本来就不太早的“早饭”在两个人的磨蹭下一直吃到了中午，过了中午，大学同学微信群响起“嘀嘀嘀嘀”的提示音，毕业七年了，这是第一次全班大聚会，大家难免都有点兴奋。

李薄荷和池柳站在洗手间的镜子前一起化妆，你挤我我挤你，像是又回到了大学住宿舍挤水房的日子。

李薄荷看着镜子中的自己叹了口气，“唉，想想年轻的时候，脸上随便糊层防晒霜就敢出门，好像从来没想过见人还需要化妆这回事，现在，从打底到遮瑕，从眼线到修容，少了一样就跟出门没穿衣服一样没自信，生怕让人从脸上的一条小干纹上看出真实年龄，出趟门从时间成本到化妆品的物质成本都在噌噌往上涨，真是老了，老了！”

“谁老了？你爱听我还不爱听呢！”李薄荷还没定好妆的工夫，池柳已经翘着兰花指把假睫毛粘好了，翻起白眼来像两把小扇子一样呼呼带风。

“晚上都谁来啊？”李薄荷扑着粉饼问。

“送你出国这么大的事，只要在本地的都来。”

七年了，李薄荷把这次重聚戏称为“七年之痒”。

同学会的地点定在全市最好的酒店，说实话，对于这种场合李薄荷心里挺怵的，因为大家参加同学会的目的无非就是两类，一是有想炫耀的事，二是有想见的人，她既没有什么可炫耀的，又没什么人想见的，到头来也不过是不熟的人说不上几句话，熟的人小范围聊天，还不如私下单聚呢。

不过为了送自己出国，老郝特意组织了这次聚会，自己作为主角怎么着也不好推辞。老郝是李薄荷的大学班长，什么叫大学班长，开句玩笑说就是半个爹。老郝人如其名，典型的老好人，心宽体胖，永远乐乐呵呵，又是本地人，班里天南海北来的同学有什么事都劳烦他，所以慢慢地，大家就连他的本名都忽略了，干脆叫他“老郝”。

为防止有人放大家鸽子，老郝突发奇想，提前估算了一下聚会的人均消费价格，做了个网络支付链接扔在群里，让每位同学都拍了一份付款，来参加同学会的人回家之后可以申请退款，谁不来，钱就不退了。

也就是说，这场聚会，谁不来谁买单！

不知道是不是受了“谁不来谁买单”的“威胁”，晚上人到得还真挺齐，李薄荷心里挺感动，虽然大家七年没见，但几杯酒下肚，再提几件谁谁谁当年的糗事做个开场小帽，现场气氛也就活络起来了。

郝班长端起酒杯说：“人到齐了，作为组织者我先提一杯啊，一转眼，咱们都毕业七年了，可能有的同学私下两三个人偶尔会小聚一下，但全班人到得这么齐的大聚，这还是头一次。作为班长，我有组织不力的责任，所以我痛定思痛，决定以后每年春天都组织大家聚一次，就叫‘春天里的同学会’，取个好兆头，春意盎然，欣欣向荣，大家说好不好？”

众人用酒杯敲着转盘，起哄叫好，一饮而尽。

张群和蒋丽娜夫妇是带着儿子来的，蒋丽娜看到李薄荷和池柳有点不好意思，向她们投来抱歉的微笑。李薄荷淡然笑笑，池柳嘴角勉强地抽了抽，算是回应，下意识抬手捋了捋额角的碎发……

两个月前，一位老太太拉着蒋丽娜冲进了张群的公司，一进门就破口大骂，左一个“小贱人”，右一个“小婊子”，一开始还有两名保安上前询问，但一听说这位彪悍的老太太是张群的丈母娘，小保安们就自动开启了视而不见、充耳不闻的模式，甚至还有点想替老太太开道护驾的小冲动。

大家各自把脑袋深深埋在电脑前，胸中八卦的鲜血却早已沸腾，办公室里只有噼里啪啦敲击键盘的声音，一派只争朝夕的耕耘景象下掩盖着的是每个人电脑屏幕右下角兴奋跳动着的微信提示。

老太太一路长驱直入，在格子间展开地毯式搜索，大有佛挡杀佛人挡杀人的架势，通过老太太骂骂咧咧间透露出的信息，大家在微信群里疯狂开启福尔摩斯模式，很快就组织出了这个本来也没什么悬念的故事：张群在公司里有个地下情人，被老婆发现，丈母娘就拉着闺女来公司捉奸了。

李薄荷正在电脑前一边看热闹一边努力管理着自己的表情，想尽量显得不那么八卦。陡然间，电脑屏幕在她眼前扭曲起来，一阵眩晕，好像有一只无形的手在抓着她的头，把她整个人揉来搡去……

这样的状况大约持续了十秒，她才反应过来，这不是幻觉，她就是被人打了！

意识到这一点的时候，李薄荷已经连人带椅子一起被掀翻在地了，紧接着，一顿巴掌夹杂着不堪入耳的骂声劈头盖脸地落下，当场把她的血槽打空了，蒋丽娜倒是没有动手，只顾在一旁哭得梨花带雨。

文斗变成了武斗，同事们就不能再坐视不理了，纷纷挤到李薄荷的办公桌边，有的拉着张群他丈母娘，有的护着李薄荷，有的劝着蒋丽娜，李薄荷在众人七手八脚的帮助下总算是站了起来，努力调整了呼吸。

“阿姨，您……”

“啪！”

“您是不是误会……”

“啪！”

“您听我……”

“啪！”

“啪！”

最后一声脆响，是李薄荷打还的，她不但把张群他丈母娘打蒙了，也把整个办公室打得鸦雀无声。

李薄荷趁着这几秒的时间定了定神，问：“可以好好说话了吗？”

没有人回答李薄荷的问题，如果不是蒋丽娜的泪珠还在止不住地从充满惊异的眼眶里往外滚，人们几乎要怀疑时间被定格了。

李薄荷才不管有没有人回答，接着往下说：“阿姨，看您一把年纪了，我本来也是想尊重您的，但我年轻不代表我理亏，更不代表我欠您什么，我没有理由无条件地接受您的伤害和侮辱。今天我打了您，不管是作为晚辈还是作为公司下属，该承担的责任我都不会逃避，但如果您还想仗着年纪和身份继续这么不讲理下去，那我只能先把丑话说在前头，谁还不是个泼妇啊！”

办公室里的气氛冷得像因纽特人的冰洞，没有人敢走动，没有人敢插嘴，就连大气儿都没有人敢喘。

“啊——”

一声尖锐的号叫划破了宁静，像烧开了水的水壶哨子，张扬地提醒着所有人，“我很危险！”

一只不明物体从天而降，李薄荷没想到对面这老太太这么虎，居然从桌上抄起个玻璃杯就朝她头上砸下来，她一时间躲闪不及，眼前一黑。

一声惨叫！

惨叫声是池柳发出的，然后，鲜血从她捂着额头的手指缝间渗了出来——在玻璃杯就要砸到李薄荷的那一瞬间，池柳下意识地冲到前面用身体护住了她，却没来得及保护自己，只能眼睁睁地看着玻璃杯砸在了头上。

后来，李薄荷连离职的东西都收拾好了，张群却没有处分她，从张群的微表情来看，李薄荷能感觉到张群甚至还在为她打还他丈母娘那一巴掌而暗爽。

池柳的医药费由公司全部报销，还休了一个星期的带薪假，但是，她的发际线边却留下了一条细细的伤疤。每次看到这条伤疤，李薄荷都觉得很愧疚，因为自从学生时代开始，她总以为自己才是那个风风火火冲在最前面的人，有什么事情都装出一副女汉子的样子说要罩着池柳，还总笑话池柳㞞，是个好欺负的包子，结果真遇到事情，还是人家池柳保护了她。

池柳却不以为意，笑笑说好在伤疤靠近发际线，不仔细看也看不出来，她平时又经常披着头发，头发一盖下来也就看不到了，总好过杯子真砸到李薄荷脸上，伤到鼻梁或眼睛。

再后来，公司有个姓齐的小姑娘没来上班，一开始大家还以为是事假、病假，但日子久了，小齐一直没再现身，再再后来，她的工位被另一位新来的员工坐上了，大家也就心照不宣了。张群的妻子和老丈母娘这一场捉奸风波虽然狗血，但看起来倒也不是捕风捉影，没冤枉他。

从那以后，蒋丽娜在李薄荷和池柳的眼里就成了一个很可怜的，带有悲情色彩的女人，嗯，就类似于那种“你看那个女人，除了老公有钱之外，什么也没有”的可怜。

包间里，大家推杯换盏，七嘴八舌，杨家强不知什么时候已经把蒋丽娜给挤开了，硬生生地坐在她和张群两口子中间，一只胳膊使劲地搂着张群的脖子，另一只手端着杯子，左一杯右一杯地干着，口沫横飞滔滔不绝地和张群聊着天，就差亲上了，张群的脖子被他紧紧勒着，都快喘不上气了。

“杨家强，喝多了吧，看你脸红的。”老郝憨憨地笑着打圆场。

杨家强抬起粗糙的手掌“啪啪啪啪”地拍着自己关公一样的红脸，“我这是农村红，喝不喝都这样，上学的时候，哎，你们就说说，你们谁少笑话过我！”

大家赶紧摇头摆手，以示清白。

杨家强是当年班里唯一的贫困生，到现在，恐怕全班也没有一个人能说清楚他的家乡到底在哪个县哪个村哪个堡子哪个屯，就记得开学第一天他是带着一筐苹果来报到的，一进教室就憨憨地分给每一位同学。当时，大家都乐呵呵地接受了，因为大家心里都明白，这几个苹果可能是那个脸上顶着两朵永远抹不掉的红晕的男孩唯一珍贵的东西了，如果拒绝，就太伤人了。

这就是人与人之间与生俱来隔着的那道天堑，对于那些和自己并不存在于同一个世界的人，明明是自己接受了对方的馈赠，内心却依然认为这是对对方的施舍。

杨家强松了松勒着张群脖子的胳膊，单手举起酒杯：“来来，我提一杯，当初我们家穷，能把这个大学念下来，没少靠咱们全班同学的帮忙，这份情，我永远记在心里了。今天这顿，哎，谁都别跟我抢！我请！大家想吃什么吃什么，我先走一个！”

杨家强一仰脖，一小盅白酒就进了肚子，他的话，乍听起来是那么个意思，但落入每个人的耳朵又让人觉得心里怪怪的。大家都知道杨家强大学一入校就开始勤工俭学，跟着各位老师和学长在行业里混，哪怕拿不到薪水也愿意混个脸熟，让人先知道有他这么一号人物，以后有活还能想着叫上他。所以一毕业，杨家强就比其他同学在行业里更早地积累了经验和资源，这也算是他人生中第一次赢在了某一条起跑线上。

李薄荷他们上大学那些年，网络自媒体营销号还没现在这么大的号召力和影响力，杨家强也不知误打误撞认识了什么人，带着他在网上养小号，转热门帖，跟踪时事新闻，灌水蹭热度忙得废寝忘食、不亦乐乎，在同学看来，这无异于“不务正业”。可是随着时代的发展，网络自媒体以惊人的速度蓬勃崛起，尤其在对娱乐新闻的爆料和解读方面，自媒体早有赶超主流媒体之势头。此时，杨家强手里几个热门账号也拥有了大批拥趸，他转手把那几个账号一卖，竟然就这样积累到了人生的第一桶金，接着他就自然而然地走上了公关营销这条道路，现在已经算是个小老板了，大金链子拴上了，名牌包也夹上了，手机一手一只，无论春夏秋冬，腰带永远要露在外面，硕大的腰带扣无时无刻不在向世人炫耀着它所代表的那一连串吓人的价格。

有人用眼角余光扫了一眼马兰，谁都知道上学时她是杨家强的梦中女神，但杨家强的家境无论如何也配不上书香门第出身的马兰，至于当初到底是马兰拒绝了杨家强，还是杨家强压根没敢向马兰表白，如今已经无据可考，毕竟一个农村贫困生的爱情故事没什么令人深挖的欲望。现在的马兰早已嫁作人妇，还是当年那副清清秀秀不冷不热的样子，今天她没喝酒，面前摆着的一杯果汁只下去了一半，也没怎么说话，只是偶尔抬眼看看杨家强，若有所思……

看着杨家强兴奋过头的样子，池柳悄悄撇了撇嘴，低声跟李薄荷嘀咕："这杨家强也真是的，明明是给你送行的同学会，让他办得跟商务局似的，不就想巴结着张群给他点资源吗？也不用这么明显吧，搞得跟社会上那一套似的……"

李薄荷悄悄捅了捅池柳，挤了挤眼："算了算了，有他转移转移大家的注意力也好，不然我还真挺怕大家为了我一个一个来点临别赠言，最后再抱头痛哭一场……"

李薄荷正和池柳嘀咕着，一抬头，看到桌对面的隋郁向她们投来意味深长的微笑，这种笑容李薄荷和池柳再熟悉不过。隋郁那双眼睛似乎随便一扫就能将你的心思尽收眼底，还故意看破不说破，透露着傲慢和自以为是，显得她比别人聪明多少似的，让人看着就来气，而更让人来气的是，你不得不承认，她猜得还都对！

坐在隋郁身边的是“特三八”，当然，这是个外号，来由也十分直白，就是因为他特别三八，只要有他在的圈子，就没有他打听不出来的八卦，而他还特别以此为荣，欣然接受了这个“雅号”，如今他已经混进了影视圈，做艺人经纪，也算是“专业对口”了。

“特三八”身边坐着一位男生，留着短短的头发，穿着一件浅灰色的T恤，看着倒是干干净净，虽然有点眼熟，但李薄荷无论如何也想不起来对方是谁。

对方看出了李薄荷的犹豫，大大方方地笑着问：“不记得我是谁了吧？”

李薄荷不好意思地笑了笑，对方接着说：“我可记得你，李芥末。”

此语一出，桌上爆发出一阵大笑，李薄荷也想起来了，这位男生叫夏昭，当年也是他们班的同学，不过当时的他可不是现在这么一副人畜无害的样子。开学第一天，他穿着条溅满了油彩的破洞牛仔裤，背着画板拎着吉他，扎着小辫，叼着烟就来报到了，一副社会不良青年的样子。从学生处老太太吃惊的眼神中，李薄荷都能感觉到她差点就想把夏昭手里那张录取通知书给当场撕了！

在李薄荷眼里，夏昭就是个危险人物，轻易勿近，所以见了他一般都绕路走，基本也不和他说话，但没想到人怕什么就偏偏会遇到什么，某天深夜，她独自在自习室复习，中途去洗手间，正碰上夏昭大大咧咧地坐在洗手台上，一只脚踩着洗手池旁若无人地抽烟。

李薄荷进退两难，进去吧，时间这么晚，四下无人，要是出点什么事叫天天不应，叫地地不灵。退出去吧，又有点尴尬。李薄荷觉得面对“坏人”的第一要义是，不能让他们看出来你觉得他是个“坏人”，否则就太当面打脸了。夏昭也斜着眼睛打量着李薄荷，好像正在从她的脸上搜索着这样的信息。李薄荷心中发虚，只得硬着头皮蹿进洗手间，把里门外门重重紧锁。

她用最快的速度解决了问题，要离开时却发现刚才用力过猛，竟将门锁拧易了扣，把自己反锁在了洗手间里。

都说洗手间是人类和上帝对话的地方，恐怕没有人比现在的李薄荷更能体会到这句话的内涵了。摆在她面前的有两条路，一是在洗手间里待一晚上，等第二天大家都来上课了再求救；二是向现在唯一能帮助她的人——夏昭求助。

经过不太复杂的思想斗争，李薄荷选择了第二条路，思路很简单：夏昭再危险，好歹是人类吧，总比撞鬼强。

捋顺了这个逻辑，她清了清嗓子，怯怯地拍了拍门。

“那个……请问，有人吗？”

李薄荷结结巴巴地表达了求救信息之后，门外传来一声冷冷的“躲远点”。

李薄荷贴着墙边站好，一阵风“嗖”地从她脸前刮过，厕所的门轰然被踹开，荡悠了几个来回才算停住。

李薄荷倒抽了一口冷气，调整了一下状态，从隔间里走出来，清了清嗓子说：“谢谢啊……”

夏昭已经走远了，听到李薄荷的道谢，他咬着快燃尽的烟头回头瞥了一眼，含糊地问了一句，“你就是那个什么芥末吧？”

没等李薄荷回答，夏昭就转身离开了，仿佛这不是个疑问句而是定论了。

身后传来“吱扭”一声，门板用尽最后一点惯性从身后拍了过来，差点把李薄荷撞了个趔趄，李薄荷觉得，夏昭那一脚的力度一半，是冲着门锁，一半，也是冲着自己。

过了没几天，校园操场上停了一辆警车，全校师生里三层外三层地围着，七嘴八舌地议论，李薄荷不怎么爱凑热闹，过了几天才知道那天警车带走的是夏昭，据说他在小饭馆里喝多了，殴斗伤人，被判了两年有期徒刑……

从那以后，李薄荷再也没见过夏昭，如今意外重逢，不说物是人非，起码也是耳目一新，那个多年前没解决的问题也终于让她抓到机会拨乱反正，以正视听了。

“薄荷！是薄荷！不是芥末！”

李薄荷借着点酒劲拍着桌子，一脸严肃：“薄荷是咖啡馆里卖的，芥末是菜市场里卖的，差着行市呢！”

夏昭认真地点了点头，轻咳了咳，“反正都是一样难吃。”

众同学又是一阵哄笑，老郝问夏昭：“好久没见了，忙什么呢？”

夏昭云淡风轻地耸耸肩：“瞎忙，小买卖。”

老郝哈哈大笑：“这年头，说小买卖的可都是大老板！”

众人纷纷应和，夏昭也不置可否，正在这时，门外响起窸窸窣窣的声音，老郝四下看看，确认人已经齐了，正待疑惑，“特三八”却一个高儿蹦了起来，蹿到门边，嘴里大喊着“surprise”，像向观众宣布名角即将登场的戏班老板拉开幕布一样，一把将包间的门拉开！

众人不知道“特三八”葫芦里卖的什么药，都探头望去，门口伸进来一张中年妇人讨好的笑脸，“哟，大家都在呢，好久不见了啊……这是都吃了人参果了吗，都一点没变样啊……”

妇人拎着大包小包挤开“特三八”为了制造悬念而只拉开一条缝的包间门。众同学面面相觑，谁也不知道这位“疑似老熟人”的大姐到底是谁，大姐倒是颇为自来熟，也没等人让，一屁股就坐在了“特三八”刚腾出来的座位上，把他给晾在一边。

“一看就都不记得我了是不是？”大姐大大咧咧地指着众人，众人“嘿嘿嘿嘿”地假笑着，“嗯啊是对”地支吾着，你看我我看你，都有点当年在课堂上答不出问题时想把对方推出去背锅的意思。

“我啊！苗莉莉！”大姐双手比比画画，“05级的！”

“学姐”的称呼在圆桌的各个角落此起彼伏，但很明显，还是没有人想起来这位“学姐”她到底是哪位“学姐”。

幸好老郝当年在学生会工作过，他努力搜索了记忆深处的各个角落，才终于理出点头绪，“噢噢！济逢时学长！”

大家不记得苗莉莉，但一提“济逢时”却都异口同声地“噢……”了起来！

济逢时可以说是他们学校前无古人估计也不太容易后有来者的优等生，所有科目成绩都创下了历史最高分，本科毕业之后不费吹灰之力便被保了研，继而又顺利地考取了博士学位，他的传奇几乎是每个班老师教育学生的模板，也成了其他学弟学妹们永远追不上的一杆大旗。当年的苗莉莉也算白净出挑，和济逢时站在一起也称得上是一对才子佳人，尤其是苗莉莉当年本科还没毕业就跟济逢时领证结了婚，更是校内一段佳话。当时大家都以为苗莉莉是抄上了潜力股，更以为在不久的将来，他们就会在某些领域里闻得济逢时的大名，然后这对夫妇便会以一种新贵的姿态空降到世人的视野中。可这样的一天并没有像大家预期的那样到来，随着时间的流逝，“济逢时”这个曾经如雷贯耳的名字也渐渐被大家遗忘了，如今苗莉莉以这样一种方式意外回归，倒让所有人都有点摸不着头脑。

“我可记得你们，哎，你不是那个谁吗。哎，记不记得，上学的时候，有一次，在操场边上，我正打了一壶开水往回走呢，你一脚闷过来一个足球。‘啪！’就把热水瓶给我踢碎了，把你给吓得啊，又说要给我赔热水瓶，又说要带我去医务室……”

苗莉莉丝毫察觉不到包间里微妙的气氛，说话间手里也没闲着，从带来的大包小包里往外掏着各种瓶瓶罐罐，把桌上的转盘推得呼呼生风，大家还没明白是怎么回事，每个人的眼前就多了一堆标着也不知道是哪国文字的药盒。

这一套操作行云流水，让人猝不及防，全班同学都不知道该怎么接招了，老郝赶紧抄了只新杯子，给苗莉莉倒了杯茶水，笑吟吟地问：“好久没看到济学长了，他怎么样了？当年他可是我们全校同学心中的大神啊！”

众人小鸡啄米一样地点头，七嘴八舌地恭维起济逢时，苗莉莉抄起杯一口干了茶水，抹了抹嘴，没好气地说：“就那样呗……哎，咱们接着说啊，这是俄罗斯今年保健品销量排行榜上的第一名，咱们就说那老毛子，为什么人家是战斗民族啊，体质好啊！靠什么，补啊……”

杨家强揉了揉喝红的双眼，“啪”地把眼前的药盒扔在桌上，连连挠头，“可饶了我吧，上学的时候我最怵的就是外语，看不懂看不懂，到时候吃错了药，那可就真是吃了没文化的亏了！”

苗莉莉“唰”地从药盒子里抽出一个电话号码本一样的小册子，“这不都给你翻译好了嘛，上面有个二维码，你扫一下，关注公众号，有十六国语言，不怕你看不懂，再说了，咱们这是保健品，吃多少也只有好处没有坏处……”

同学们相互使了个眼色，悄悄咋舌，大家本来还想打听打听苗莉莉和济逢时这些年过得怎么样，现在看起来也没必要了，肯定是过得不好啊。大家轮番打了几回岔也没起作用，看起来，谁也没有一个极度渴望改变生存处境的中年妇女定力强。

“咳咳……”池柳轻轻地咳了两声，向李薄荷使了个眼色，李薄荷顺着她的目光看去，苗莉莉宣传产品到煽情之处，肢体动作的幅度就大了起来，后领子不经意间扯露出半块硬纸板。

“衣服都没剪标呢，”池柳小声嘀咕，“估计网上买的，七天无理由退换，穿一下就给人家退回去。”

池柳这人什么都好，就是有点喜欢背后嘀咕别人，李薄荷生怕这话被苗莉莉听到，赶紧用胳膊肘捅了捅她，再抬头，隋郁又隔着桌子向她投来意味深长的微笑，李薄荷毫不示弱，也回过去一个除了没有真情实感，其他哪儿哪儿都没毛病的笑容。

简单翻译一下这两个女人的笑容，就是——

“你瞅啥？”

“瞅你咋地！”

隋郁抚了抚苗莉莉的后背：“学姐，孩子上小学了吧，成绩怎么样啊？”

苗莉莉一脸苦相：“别提了，提起来就一脑门子官司！哎，你怎么样啊，有没有计划？我跟你说啊，如果想要宝宝，一定要提前补充叶酸，你就吃这个，每天随餐一片，坚持三个月，对大人孩子都有好处……”

即便是隋郁那张永远不阴不阳的脸此时也浮现出难以掩饰的后悔，池柳坏笑起来，一脸的大快人心！

李薄荷又悄悄瞥了一眼苗莉莉的后脖领子——刚刚露出的半截吊牌已经被隋郁不知不觉地塞了回去……

敲门声又响起，众人心里一咯噔：这已经来了一位卖保健品的了，接下来不会再来一位卖保险的吧？

就连“特三八”都谨慎起来，先把门拉开一条小缝，小心翼翼地探头往外看了看，才得意地笑着一把拉开包间门，再次大喊：“这才是我的surprise！”

他特意强调了“这才是”三个字，往苗莉莉身上白了一眼。

众人再看过去，一位三十出头的男子出现在门口，男子身形消瘦，微卷的头发分向两侧，一副金丝边眼镜架在高高的鼻梁上，遮着细长的眉眼，身上穿着白衬衫配着浅色马甲，袖口卷得恰到好处，左腕上配着的那只价值不菲的银链手表把他的手臂衬得越发苍白。

男子缓步走进包间，原本遮住他身形的阴影慢慢退去，就像相纸在显影液里慢慢显现出影像。

“江老师！”

惊喜又亲切的称呼在包间里此起彼伏！

众人看向门口时李薄荷并没有回头，因为桌上的甜点盘里还有最后一只小鸭酥，就是那种做成小鸭子形状肚子里塞满豆沙外酥内甜的中式点心，李薄荷盯上它很久了，但一直没有下手，如果论及原因，那就说来话长了。简单地概括就是李薄荷自小和母亲相依为命，当年并不算顺遂的生活环境造就了母亲稍显夸张的自尊心和自律性，从而派生出各种各样在别人看来没必要的规矩礼仪，比如眼下这种情况就是其中之一：李薄荷很小时，母亲便叮嘱她永远不能吃盘子里剩的最后一样东西，盘子是在谁的筷子下变空的，谁就是眼皮子浅，会被人看不起。

李薄荷不打算违逆母亲的教诲，也不想亏待了自己的嘴巴，所以当众人齐齐看向门口时，她表面不动声色，手指已经在暗暗动作，让转台尽可能在静音的情况下悄悄把那只可爱的小鸭子运送到自己面前，然后趁人不备，手起筷落，把小鸭子迅速送进口中，堪称完美的“犯罪”！

带着余温的豆沙充盈在口腔中，最大限度地满足了李薄荷那蠢蠢欲动的味蕾，同学们的叫声却击沉了她心底刚刚浮现上来的那一丝真切的幸福感。

“江……老师？江野达？！”

剩下的半块甜点含在口中，没有吃下去，也不可能吐出来——豆沙的味道，那么甜蜜，那么软糯，下咽之后，仔细回味，还有种令人不易察觉的清苦，像极了，一首小诗……

二、今日只道远别重逢

大学报到的第一天，李薄荷连行李都没来得及打开就兴冲冲地跑到阶梯教室去开新生会，时间尚早，但她还是在校园的小路上跑了起来，能进入汤大这所虽称不上顶流但也算一线的大学，说不兴奋，那的确有点装，所以李薄荷感觉她不是在奔向教室、奔向会场，而是在奔向一种全新的生活、全新的自我，说到底一个十八九岁的孩子能见过多大的世面？

赶到阶梯教室时，只有一个人比她到得早，阶梯教室里摆着一张半新不新的钢琴，一个女人正坐在琴前忘我地弹奏。

弹琴的女人看到了李薄荷进门，但也仅仅是“看到”，此外再没有任何一丁点儿的在意，只是沉浸在自己的演奏中。

时值盛夏，李薄荷穿着短袖连衣裙还热得脸上发红，那个女人却上身穿了一件黑色紧身高领T恤，下身穿着长裤和一双完全看不到脚面的鞋，短到正好包住下颌骨的头发将她的脸遮住了大半。

“她不热吗？”李薄荷这样想着，干站在门口，进也不是，退也不是。

终于，找到琴曲中休止符的停顿，她赶紧上前一步，快速地鞠了个躬，顾不得起得太猛眼前直冒金星，赶紧自我介绍。

“老师好，07级新生，李薄荷。”

女子身体随着乐章有节律地摆动着，随意地歪了一下头，透过额前半遮住眼帘略显凌乱的碎发轻轻点了一下头，算是回应。

仅仅是这一眼，李薄荷的后背便冷了一下，她好像已经脑补到了在未来四年里自己考试成绩不理想、宿舍内务没搞好、论文没通过时，这位老师将会用何等严厉的态度处置自己了。

有了台阶便总算能落座了，李薄荷在第一排随便找了个座位，这个时间大部分同学还在宿舍里收拾打扫，她就独坐在教室里欣赏起这场超VIP待遇的独奏音乐会来。

乐声如水般从女老师的指间淌出，渐渐地，李薄荷的心情平静下来，她忘了夏日的炎热，也忘了大包小包搬运行李的疲惫，忘了一切……以至当阶梯教室的门再次被人推开，一个穿着白色短袖衬衫的男生低头翻着纸张快步走进时，她竟像对待在电影院里大声喧哗的观众一样，皱着眉头将手指抵在唇前，轻轻地又狠狠地“嘘”了一声，男生一怔，李薄荷向他招了招手，示意他快坐下欣赏音乐，男生欲言又止，还是顺从地坐到了她身边。

“那个……”男生轻轻启口，像是有什么问题要问。

“嘘——”李薄荷真有点生气了，猛地回过头来，再次将手指抵在唇上，强调了她的抗议。

李薄荷的脸转得太猛，离男生很近，男生的脸忽地红了，识趣地闭上了嘴。

一曲终了，女老师从钢琴前站起来拍了拍手，大步流星地向阶梯教室后面走去，随口扔下一句话：“这琴该调音了，老师。”

“噢。”李薄荷身边的男生轻轻答了一声，拿起手里的纸张走上讲台。

“老、老师？”李薄荷吃惊地目送着男生一路走上讲台，男生回给了她一个无须解释的微笑。

李薄荷回头看看已经在阶梯教室后排坐定的那名“女老师”，又向前看看站在讲台上的“男学生”，来来回回，头摇得像拨浪鼓。

“他才是……老师？那她，她是……”

后排的女生若无其事，连眼神都没有向李薄荷这边瓢一下，更别说回答她的问题了。

偌大的阶梯教室里只有三个人，李薄荷却感觉自己已经是一位“尴尬癌”的严重患者了。

同学们终于陆陆续续来到教室，讲台上的“男生”进行了简单的自我介绍，他叫江野达，是这所学校的在读研究生，同时担任这个班的辅导员，负责同学们的日常组织工作。

“所以从这个角度上讲，我还并不是真正意义上的‘老师’，你们把我当成一位学长或者同学来看待也是可以的。”

说到这里，江野达有意无意地瞄了李薄荷一眼，李薄荷的“尴尬癌”顿时又严重了一期。

“下面我们来决定一下班干部的人选，先说团支部书记吧……嗯，大家都是刚入学，我对大家也不是很了解，从大家的入学成绩来看，第一名是——”江野达细长的手指轻轻翻过手中的点名册，“李薄荷同学——”

江野达的目光在所有学生间扫视寻找，李薄荷缓缓举了一下手，干笑着吐了吐舌头，似乎在说“不好意思，我就是那个不开眼的李薄荷”。

江野达无声地惊讶了一下，点了点头，继续说道：“李薄荷同学成绩突出，入团时间早，又是本地人，目前看来是比较合适的团支书人选，其他同学还有想竞争的吗？”

江野达问这个问题不过是出于礼节，大家都不是小学生了，没谁会觉得班干部能管管别人上课别吃零食、放学站路队、不许抄作业、胳膊上戴个两道杠是件多威风的事情，尤其团支书，一般就是干些收团费、发通知、组织支部活动这些吃力不讨好的活，没多少人愿意干。再说了，辅导员都这么说了，谁还不开眼地出头挑战？得罪人不说，还不一定能赢。

江野达也是这么想的，所以只是随口问了问，但没想到在他刚想顺势推进下一环节时，人群中有个学生轻轻地举了手。

“噢，噢那好，你叫……”

江野达暗暗怪自己好像问了个多余的问题，手忙脚乱地翻着点名册，第一次当辅导员，他希望自己别把一切搞得太糟。

“隋郁。”

女生的声音不大，却很真切，确切地说，是“很有存在感”。

全班的目光齐刷刷地向教室后面投射过去，聚集在一个女生身上。对，就是那个刚才在教室里弹钢琴还心安理得地接受了李薄荷恭敬问候的女生。

众目睽睽之下，弹钢琴的女生没有任何不自在，简直是神态自若。李薄荷很快就想通了，以她的琴技来看，那应该是个很小就成长在舞台聚光灯下和众人掌声里的孩子，眼下这种情况对她来说可能只是小场面。

从那以后，李薄荷和隋郁就长期占据了各科成绩表上的第一名和第二名，相争不下，凡是班上出现需要竞争的名额，例如学生会干部、优秀学生、奖学金获得者等，她们俩一定是最有竞争力并且拼得最凶的，除了“一时瑜亮”之外没有什么更贴切的词可以形容她们两个人了。

所以，以后的日子里，李薄荷再评价起那名叫隋郁的女生的琴技，基本上就只有一句话——

“弹得像我妈年轻时用的诺基亚手机的铃声！”

期末考试临近，李薄荷又一头钻进了图书馆，那天图书馆的空调坏了，大部分同学都选择窝在宿舍里啃书，但为了查资料方便，李薄荷还是决定忍忍，只要能在成绩上打败隋郁，这点小苦头她还是愿意吃的。

六月份的夏天从来不跟世人闹着玩，没多久，李薄荷身上就快汗透了，她决定速战速决，查完最后一本资料就回宿舍吹冷气。

最后一本资料放在书架最高层，对于李薄荷来说，属于那种指尖刚好能碰到但又拿不下来的高度。为了解决这个问题，图书馆里常备有几把小矮梯，要是往日，她肯定会乖乖去搬梯子过来，但今天的高温压得她连喘气都困难，实在不想多挪腾一步。看看四下无人，她决定偶尔违规一下，悄悄从书架下层抽出两本比较厚的硬皮书轻轻地放在地上，把手绢铺在上面，脱掉高跟凉拖，踮脚站了上去，要不怎么都说书籍是人类进步的阶梯呢！

身后传来脚步声，李薄荷回头一看，背后不知何时多出一个人影，她一惊，手一松，一本厚厚的硬皮书就掉了下去，来人本来背对着李薄荷挑书，听到声响也一回头，正赶上一片带着危险的乌云压顶而来，那人慌忙地往后退了几步，脚下“咔哒”一响，差点滑倒，就在书角马上要磕到对方的头皮时，李薄荷一把抓住了书，她保持着接书的动作僵持了几秒，确认书本的确牢牢被自己控制住了才长长地出了一口气。

把书本慢慢收回怀里，一张略显苍白的清秀脸庞出现在眼前，李薄荷这才看清险些被砸伤的人竟是自己班的辅导员——江野达，而方才那“咔哒”一声脆响正是他急着躲避从天而降的书本，脚下一滑把自己的凉拖给踢了出去。

李薄荷和江野达面面相觑，一时无语，因为此刻两人之间的槽点太多，都不知道应该从哪里开始论起了：是江野达应该先批评李薄荷不该把书本踩在脚下？还是李薄荷应该先道歉差点误伤了江野达？还是江野达应该为李薄荷的鞋子差点把自己绊倒而发怒？

在这三种选项中，江野达令人意外地选择了第四种，他腰一弯，一边结结巴巴地说着“对不起，对不起噢……”，一边跑出去给李薄荷捡鞋子了。

李薄荷无奈地叹了口气，拎着裙角从书堆上跳下来，眼下她特别想告诉江野达：做老师这么老实可不行啊，会被学生欺负的！

李薄荷的高跟凉拖是鹅黄色的，小拇指的位置绘有一朵半开半凋的雏菊。手指即将碰触到鞋子的瞬间，江野达的脸兀地红了，他也不知道自己的动作为什么迟疑了半秒，也就是这半秒，让他意识到周遭的异样气氛，他抬头一看，半米开外，一名班上的男生正用怪异的目光打量着他。

江野达“呃”了一声，正琢磨着该怎么解释，或者该不该解释，李薄荷已经拎着裙角光着脚丫带着一脸“还捡不捡，不捡拉倒”的不耐烦神情从他身后冒出头来，对面的男生看了看江野达，又看了看李薄荷，脸上的惊异变成恍然大悟，不给李薄荷和江野达任何反驳的机会，带着一脸愧疚连连摆手以示自己什么也没看到，转身逃离。

当时的李薄荷和江野达还不知道，在不久的将来，这个撞破他们“好事”的男生将拥有一个响彻江湖的绰号——“特三八”！

在之后很长一段时间里，每一位与李薄荷迎面而来的同学都会向她投来意味深长的坏笑，情绪层次都极其丰富，基本上是从“嘿嘿，你那点小破事儿我可都知道了啊”到“别解释，解释就是掩饰，掩饰就是编故事”再到“急什么啊，我假装什么都不知道还不行嘛”最后到“我保证不跟任何人说”，一套操作行云流水，把李薄荷试图挣扎的路堵得死死的，就连池柳都悄悄向她打听她跟江老师到底有没有“猫腻”。

“信不过别人你还信不过我吗？不跟我说实话你可太不够意思了啊！”池柳盘腿坐在李薄荷床头，大有不审出点内容来势不罢休的气势。

“滚！”李薄荷把一只枕头直接糊在池柳脸上，她恼不得别人还恼不得池柳吗？正好借机把这阵子憋的委屈一股脑儿地全给撒了。

池柳抱着枕头轰然倒下，笑得花枝乱颤，笑够了，她把埋在枕头里的脸抬起来，认真地告诉李薄荷：“不过说真的，你们要是真没事，就真得注点意了，现在班里传得有鼻子有眼的，再这么传下去，谁敢追你啊，这不耽误你终身大事嘛！”说完，她又把脸埋进枕头里笑了起来。

看来情况比自己想象的更严重，为避瓜田李下之嫌，李薄荷与江野达尽可能地减少与彼此的接触，努力将对方视为无物。当然，落在旁人眼里，这可能又被解读成“心里没鬼你躲什么”，也是让人没什么脾气。

圣诞节与新年将近，学校照例要举办文艺晚会，身为班干部，李薄荷自然是要带头组织的，从统计报名，到敦促排练，再到晚会流程安排全部亲力亲为，这些工作她从小学做到大学，算是轻车熟路，但其实每当这个时候，她心里总有些莫名的不得劲。随着年龄的增长，她渐渐梳理出一条逻辑：作为一个单亲家庭长大的孩子，她一直觉得自己还算争气，成绩优异，各方面能力突出，没让母亲操什么心就考上了这所不错的大学，如果不出意外，她还会以优异的成绩毕业，找份不错的工作，让母亲安度晚年，可除此之外，她几乎身无长物。相反，那些平时看起来吊儿郎当平庸无奇的同学多多少少都有些才艺傍身，钢琴啦，绘画啦，芭蕾啦，书法啦……当他们抄起画笔随手在笔记本上画下小漫画，或者随手弹响走廊里闲置的钢琴时，李薄荷心中总会涌上一股看不见摸不着的酸楚。

“会那些东西又有什么用呢？”母亲一定会这样说，对，就是这句话，“有什么用呢？”

成年的李薄荷已经清楚地明白了一件事情：培养任何一个孩子都是需要成本的，如果父母捉襟见肘，那么孩子自身的努力就成了一种最廉价也最保底的投资。从小到大，她所有的努力都是带有这种投资的功利性的，如果“功利”这个字眼太刺耳的话，那么至少，也是带有“实用性”的，都是为了能让她将来生存得不那么艰难，至于琴棋书画那些特长则毫无疑问成了“奢侈品”，只要不能带回实质性的回报，便不属于她这种家里没矿的孩子。

现在为人生盖棺论定还为时尚早，但李薄荷已有预感，她这辈子能取得的最大成功顶多也就是“活出来了”，优雅诗意什么的，将是她永远补不回来的“先天不足”。

池柳家境也是普通到不能再普通，这些话李薄荷才敢跟她念叨念叨，如同幸福分享错了人就成了炫耀，失落分享错了人就成了嫉妒。

圣诞在一场小雪中如约而至，校园里也支起了圣诞树，挂起了彩灯袜子，堆上了礼盒，盒子虽然是空的，却承载了大家对于美好生活的想象。

李薄荷也戴了一顶圣诞帽，倒不是为了配合节日气氛，而是为了让后台的演职人员更容易分清谁是工作人员，有问题可以及时解决。

随着演出的进行，后台出现的问题也越来越多，李薄荷一个人上蹿下跳嗓子都快急哑了，此时，舞台上正在进行钢琴独奏，暂且没什么事，想到下一个节目是话剧片段，音效复杂，她决定亲自去音控室盯一下。

狭窄黑暗的过道里迎面走来一个人，她没心思和任何人打招呼，直接伸手想去扒拉开那个挡路的人，手刚伸到一半，就被人抓住了。

李薄荷一怔，借着舞台上传来的微弱灯光打量，才看清抓住自己的人是江野达，顿时气不打一处来，这个祸害，要在古时候，自己能让他逼得轻则削发明志，遁入空门，重则自缢投井，以证清白，他还敢抓自己？

一股热血冲上天灵盖，李薄荷猛地甩了一把，想就着这力道狠狠地拍江野达一掌出出气，没想到手腕却被抓得牢牢的。

“这家伙还挺有劲！”李薄荷有点意外，因为在她心里江野达就是个手无缚鸡之力的病态小书生，没想到真较起劲来她还完全不是人家的对手。

甩不开江野达，又不甘心就这样认输，李薄荷只好摆出一副“你奈我何”的神情。

江野达只是默默低头看着李薄荷，透过那副精致的金丝边眼镜，李薄荷第一次这么认真地观察江野达的眼睛，他的眼睛不大，但眼窝很深，眼形又细又弯，睫毛很长，几乎要扫到眼前薄薄的镜片了。说实话，自从入学的第一天起，李薄荷就在心里认定了江野达是个老好人、软柿子，没什么手段也没什么脾气，但此刻盯着这双眼睛，她忽然一阵心悸，从他的眼神里读出一种从未见过的猎鹰捕食般的犀利。

“他……他要干吗？”

每一次离江野达这么近都让李薄荷心生说不出来的违和感，现在，她找到了原因——江野达身上没有味道，一般男人身上会有的汗味、烟味、体味，在他身上嗅不到一星半点，如果说每一个人都可以用一种颜色代表的话，自己无疑是欣欣向荣的绿色，池柳像第一眼就能引起人好感的桃红，隋郁像中性又暗带气场的浅金，那江野达呢，他是透明的，无色、无味，甚至，连温度都没有。

后来李薄荷想明白了，自己之所以一直小觑了江野达正是因为他太纯净了，就像越干净的潭水，越让人一览无余，就越会让人误以为它没有深度……

手腕一阵酥麻，那是被禁锢久了又猛然松开后血液涌向指间带来的胀痛，李薄荷甩甩手腕，刚抽一口冷气，江野达突然张开双臂，把她紧紧地抱进了怀里。

大概也就那么一两秒，江野达松开了双臂，抽身而去，连一个眼神都没留下。

李薄荷的脑海中，时钟开始倒转，生锈的齿轮“吱吱呀呀”，陶瓷的杯盘飞到半空，倒扣下来，滚热的茶水汩汩涌出，断了线的项链珠子散落一地，“噼里啪啦”，好像每一颗都敲打在她的太阳穴上，清脆得令人头疼。

舞台上传来悠扬的琴声，隋郁的表演还没有结束，曲目是柴可夫斯基《四季》中的《十二月 · 圣诞节》——“圣诞佳节夜，姑娘快快把命算，脱下脚下靴子，扔在大门前……”

李薄荷想：原来是爱情啊，怪不得，让一切全乱套了……

转眼到了大四的最后一个学期，各大公司开始向各高校的优秀毕业生抛出橄榄枝，在所有用人单位中有一家公司是业界翘楚，每年都有无数毕业生削尖了脑袋想挤进去，但这几年就业形势不佳，所以公司只给了汤城大学一个招收名额。作为全专业最优秀的两名毕业生，李薄荷和隋郁自然成了最有力的竞争者，更确切地说，也只有李薄荷和隋郁敢把目标锁定在那家公司，其他同学都知难而退，根本连资料都没递，毕竟，明知没有取胜的把握，谁又愿意给别人当炮灰去呢？

李薄荷第一时间就开始投递简历，准备面试，她和隋郁争了四年，战绩基本是平分秋色，都说论定一个将军是成功还是失败其实只取决于他退役前的最后一仗，同理，眼前的这一局堪比黄金赛点，李薄荷决定一鼓作气，把隋郁的败绩永远钉死在历史的耻辱柱上，然后挥一挥衣袖，以一个永远的得胜者的姿态与她相忘于江湖。

池柳在电脑上编辑着求职资料，唉声叹气，对于未来，她可不像李薄荷那么信心满满，反而多了些忐忑不安。

“一转眼四年就这么过去了，我不知道自己都干了些什么，怎么就毕业了呢……大学期间取得过什么奖项及成绩……”

池柳回身趴在椅背上，眼巴巴地看着李薄荷：“你说，这一条我填上‘成功和李薄荷结为闺蜜’行不行？”

李薄荷快让池柳气乐了：“去去去，你有点正经的没有？”

池柳把胳膊肘支在椅背上，食指抵着下巴向上顶了顶，被动地仰了仰头，还是觉得自己的想法没那么荒诞：“我觉得我想得挺靠谱的啊，就说你现在应聘的这家公司，别说真成功入职了，就算是在里面实习过最后没留住，再找工作都是个挺拿得出手的经历呢，更别说在里面能学到多少东西，能结识多少行业内的大神啊！哎，薄荷，说真的，你出息着点，我以后就准备抱你大腿了！”

李薄荷笑着白了池柳一眼：“凭什么啊，你对我以身相许了，我要对你负责一辈子？再说，不是还有隋郁呢吗，我也不一定能争得过她。”

说到这里，她眼睛一亮：“我看她不阴不阳的，平时对男生眼神都不带斜一下，搞不好真是弯的，你对她施施美人计，说不定她那条大腿比我的好抱！”

池柳捂着胸口打了个冷战，露出毛骨悚然的神情：“不不不，我的底线是卖艺不卖身，但鉴于……我也的确没什么艺，所以还是只能在你这一棵树上吊死了，确切地说，是只有你这一棵树肯收留我上吊。”

李薄荷从床头抽过一本书摊了开来，说：“行吧，为了将来能让你有地方吊，我就再努把力。”

“嗯，我看好你，以你的成绩和能力，应该没什么问题，再说了，江老师怎么着不也能帮你一把嘛……”

说到最后一句，池柳悄悄压低了声音。李薄荷和江野达的恋情是个秘密，李薄荷也只把这件事情告诉了她一个人，至今为止，她们的保密工作做得还不错。

想当年，李薄荷和江野达之间什么事也没有，却被全班传得沸沸扬扬，如今他们真的展开了地下恋情，那些曾经言之凿凿的绯闻反而被大家慢慢淡忘了，所以说啊，有时候跟吃瓜群众真是没理可讲。

李薄荷把食指抵在唇边，夸张地“嘘”了一声，往半开着的宿舍门外看了看，门外偶尔有晃动的人影和零星的脚步声，她特意从床上跳下去关了门，回头对池柳说：“我不会让他掺和这件事情的，我和隋郁已经拼了四年了，如果最后这一仗不是凭实力打赢的，我会一辈子看不起自己……再说了，他一个带班辅导员，又不是正式编制的老师，哪有什么发言权？”

池柳点了点头：“我懂你。”

过了一会儿，池柳又忧心忡忡地说：“我就是担心你这样想，别人却不这么想呢……”

“各位校领导好，老师好，我叫李薄荷，11 届应届毕业生，我来是想解释一下和江野达老师的事情，我承认……我们是在交往，但作为两名未婚的成年人，谈恋爱是我们正当合法的权益，校规中也没规定在校生不许谈恋爱，现在国家法律不都允许在校大学生领证结婚休产假了吗……您不用说，我知道，问题的关键是江老师是我们的带班辅导员，在各位看来，这是个‘师生恋’的问题，可是严格地说，江野达首先是在校研究生，并不是编制内的在职教员，我们名为师生，其实只是学长与学妹的关系，不足以在校内造成什么恶劣影响，更谈不上什么伤风败俗，恳请各位校领导和老师能具体问题具体分析，视我们的具体情况做出决断……”

李薄荷站在镜子前面，把这段话反复背诵了三遍，确保没有落下什么重要信息才深吸了一口气，转身出了寝室。

自从昨天和江野达的地下恋情以核爆炸的力度传遍整个教学办公楼，李薄荷一晚没睡，她没敢和江野达联系，就呆呆地握着手机坐在床上，像握着一只被点燃了捻子随时会爆炸的二踢脚。她不知道应该如何面对江野达，等了半夜，手机没响，她猛然醒悟，这么重要的时刻怎么可以用来发呆和恐惧呢，她必须做点什么才是，于是从后半夜到天亮，她想了很多问题：消息是谁散出去的？怎么解决眼下的问题？她想要的最好的结果是什么？她能想象的最差的结果又是什么？

李薄荷这么折腾，池柳自然也睡不着，但她不敢出声，只能翻身面对着墙壁，假装自己没被吵醒。

直到天亮，李薄荷也没想出个所以然来，最后她想通了，任何迂回战术暗度陈仓都不适合她，她最擅长的还是实话实说，坦坦荡荡，所以她组织了那么一通话，盯着墙上的钟，掐着上班时间一到就直奔校领导办公楼——今天是校领导每周例会的日子，会议一结束，她便壮着胆子将校领导和系领导全“堵”在了办公室。

“如果说，各位领导和老师一定要做出适度处罚才能给全校师生一个交代，达到以正视听的效果，那么，就请处罚我吧，江野达现在正在申请留校任教。我觉得，他在各个方面都毫无疑问地比我优秀，而且当老师是他的理想，如果因为我的原因而影响到了他，对他、对学校来说，都是个不小的损失。”

李薄荷一口气说完这段话，努力克制着自己因为紧张而变得急促的呼吸，各位校领导听完她的话沉吟了片刻，系主任才轻轻地清了清嗓子。

“李薄荷同学，你还不知道吗？”

“啊？知道什么？”

“噢……没什么，你先回去吧，安心准备毕业和就业。”

李薄荷觉得系主任的语气很是怪异，她也不知道哪来的勇气，直接上前一步，堵在了系主任的办公桌前。

“老师，到底出什么事了，作为当事人，我起码有知情权吧？”

系主任迟疑了一下，说：“江野达昨天下午已经放弃了留校申请，也辞去了你们班的辅导员职务。”

办公室里一片静默，静到可以听到眼泪一颗颗掉下来砸在桌面上的声音，李薄荷都没有意识到自己哭了，头脑只是一片空白。

系主任叹了口气："你们都是很优秀的孩子，说实话，江野达没成功留校我也很遗憾，但这件事情不是系里单方面能决定的。你们的事，说大可大，说小可小，风声传到人事处那边对江野达来说的确是个减分项，毕竟还有别的同学也在竞争嘛……不过我相信江野达这么优秀的同学即便走到社会上也会有很好的发展，离开学校对他来说未必一定是坏事……你放心，这件事情不会影响到你们各自的毕业成绩和评定。"

李薄荷明白系主任的难处，每所学校都会有至少一位对男女关系重度过敏的老师，手握道德制裁的权杖，听到一点风吹草动就大举讨伐，汤大的行政岗内也不乏这样的"镇校神兽"，江野达的自我牺牲是为了阻止他们继续上纲上线殃及李薄荷，因为定性权掌握在人家手里，吃亏的只能是学生方。

李薄荷机械地点了点头，木讷转身，准备离开，系主任又想起了什么，叫住了她。

"对了，李薄荷……"

"啊？"

"我个人的建议是，近期先不要联系江野达……这次的事情对他的打击很大，他既然没有通知你就做出了这个决定，可见是想最大限度地保护你，所以……就别再节外生枝了，要不然反而辜负了他的一番心意。"

李薄荷也不知道听没听进去，反正是点了点头。

尽管夜已经凉了，池柳还是一直陪着李薄荷坐在操场边的长椅上。

"薄荷，我觉得这件事有点不对劲……"池柳小心翼翼地说。

“怎么不对劲了？”李薄荷的声音比想象中的冷静。

“今天我在班里留心了一下，发现一件怪事……”

“什么怪事？”

“大部分同学到现在好像都还不知道你和江老师的事情呢，他们也不知道你今天去系主任办公室了……”

“所以呢？”

“我觉得这个事情的爆料方向特别有指向性，好像爆料人没兴趣传什么八卦，就是想让校方知道你和江老师的事。你想想，如果江老师没抢在你之前表态，这件事情最可能造成的后果会是什么？”

“我本来是想，让他好好留下，如果学校非要处罚，我愿意承担一切后果……”李薄荷的声音又有些哽咽。

“我就知道你想这样做，因为我们是好朋友，我太了解你了，江老师更了解你……除此之外，看起来那个爆料的人也很了解你，可能他本来也以为做出牺牲的人会是你，可惜……他低估了江老师对你的感情……”

“能这么了解我的人，除了爱我的人，就是我的敌人了……”

李薄荷的话戛然而止，热气从她口中冒出来，形成一串凝结在空气中的省略号。

事情的结果很快证实了李薄荷的猜想，在就职面试中，她败下阵来，而且从女面试官的脸上，她不难看出些讳莫如深的意味。不过这趟也算是没白来，她起码学到了一点：在明明已经决定淘汰她的前提下，各位面试官依然愿意以温柔的姿态、极大的耐心一点不差地完成了面试流程，从自我介绍到提问，并且在认真听完她的回答之后还给出了适度的追问和反问。在她看来，这套规定动作唯一的意义就在于维护她的自尊，这就是大家风范，不居高临下，不以势压人，即便在双方地位落差极其悬殊的情况下依然悉心成全他人的体面，值得学习。

池柳不得不感叹，李薄荷有一个她永远也学不来的优点，就是总能在任何一件事情中寻找到哪怕微乎其微的阳光面。

李薄荷被淘汰了，隋郁就自然而然地“上位”了，“上位”这个词是池柳说的，事到如今，她也只能借用这些难听的字眼来过过嘴瘾，以泄私愤了！

隋郁去实习的第一天，李薄荷就坐在正对学生宿舍的长椅上看着她，隋郁属于那种“大女人”的长相，十八岁的时候看着像三十，三十岁的时候看着像三十，五十岁的时候看着还像三十，永远保鲜在一种“少妇模式”当中、这时候的她已经把头发留到了齐肩的长度，扎了个松松的半丸子头，再配上一套干练的套装，看起来丝毫没有实习生的生涩，说是个副主管级别也能蒙得过去。

隋郁看到李薄荷，泰然自若地迎面走了过来。

“在等我啊？”

池柳也守在一边，她挺怕李薄荷一冲动干出点什么事情来。

“等你干吗？”李薄荷皮笑肉不笑，看上去比谁都淡定。

“行，你要是没什么要说的，我就先走了，”隋郁走了两步，又停住脚步，回头向李薄荷微微一笑，“我上班去了。”

隋郁和李薄荷是截然不同的两种女孩，李薄荷即使面无表情也总会让人觉得她眉眼间带着一丝笑意；而隋郁，即使嘴角随时微微上扬，脸上总挂着若有似无的笑意，但在任何人的印象中那种神情都不能被称之为“微笑”，相反，在绝大多数人看来，那就是一种碾压和鄙视。

同样，隋郁此时的语气淡淡的，李薄荷听来却是那么刺耳，充满了挑衅，一言以蔽之，隋郁就是把“举重若轻”四个字发挥到淋漓尽致的人。

李薄荷点了点头："祝你一切顺利，得偿所愿。"

池柳狠狠地用眼神剜了一下隋郁悠然远去的背影，声音诺诺的，带着点哭腔："薄荷，会不会是那天咱们俩说话的时候没关好门，让她偷听到了什么……都怪我，口无遮拦的……"

不远处，隋郁的高跟鞋声清晰可闻，李薄荷仿佛听到了石块划过玻璃的声音，所有的汗毛孔都紧缩了起来，很多信息像电影画面一样从脑海深处涌现出来。她垂下头，用两只大拇指抵住眉头用力地揉着，认真地回想那天关门时她是不是在门缝里看到了一个高挑的身影，是不是听到了门外边传来了隐隐的高跟鞋声……

池柳蹲在李薄荷面前，仰起头，试图看清李薄荷的神情："薄荷，你怎么了？你别吓我啊……"

"没事，我就是想看看……"

"看什么啊？"

李薄荷把深埋的头抬了起来，说："我想看看，做了亏心事的人在面对被她伤害的人的时候都是个什么心态，可是我错了……"

"怎么说？"

"我以为他们心里还会有哪怕一丝丝的愧疚、心虚、后悔……可是这些都没有，相反，他们脸上只有洋洋自得、理直气壮、乐享其成，还有健忘，对他们所有阴暗伎俩的健忘。他们仰望的只有能分他们一杯羹的权力、利益和能力……所以，千万别再对他们抱有任何幻想，我们唯一能做的就是要把自己变得强大，否则同样的亏，我们以后还会再吃第二次、第三次、第四次……"

三、天下无不散的筵席

几年的时间过去了，张群的新公司做得顺风顺水，不枉李薄荷当年放弃誓要另找一家大公司与隋郁死磕到底的念头，出来跟他单干，池柳加入后更跟李薄荷配合得默契十足。但当年李薄荷和隋郁挤破了头想进的那家行业巨擘却倒闭了。

有时候回想起来，李薄荷觉得世事就是这么无常，早成者未必有成，晚达者未必不达——当然这句话用在隋郁身上并不怎么合适，正如池柳当年所预言的那样，在进入那家公司之后，隋郁迅速拉拢了人脉，积累了资源，短平快地完成了几个小单子，在大家都以为她要从此走上一帆风顺的升职加薪之路时，她却在丰富了自己的履历之后果断抽身跳槽到了另一家公司。原公司倒闭时她片叶不沾身，没有受到一丝牵连影响，谁都不知道她是如何敏感地嗅到了大厦将倾的气味，及时逃离沉船，不得不承认隋郁就是那种天生一路领先的人。

如今“夙敌”重逢，李薄荷和隋郁反而都没了当年的剑拔弩张，想想，可能是因为现在大家都还过得不错吧。人就是这样，自己过得越不好，就越不容易包容他人的幸福；相反，自己过得越好，就越容易宽谅他人的过错。

毕业前，李薄荷只给江野达打过一个电话，他没有接，她等了几天，他也没有回，像江野达这样礼貌周到的人是绝不可能错过任何一通电话的，更何况是她的电话。

他不回，她就不敢再打了，离校前的短暂时光里，他们也再没有碰到，不知是他在刻意躲着她，还是命运也在成全他委婉的暗示——她有勇气把校领导堵在办公室里慷慨陈词，却没有勇气去躲在教室门口悄悄看上他一眼——领悟到了他最体面的不告而别，她就必须很知趣地接受。

七年了，李薄荷好像一直在怪江野达，怪他的不告而别，怪他的擅自牺牲，怪他让自己别无选择地安享了他的付出。其实，她只是在怪自己，怪自己破坏了他的理想却全身而退，还一直过得好好的……所以她从不敢主动去打听他的消息，但圈子就这么大，她隐隐听人提起过他，听说他在行业里做得不错，她就放心了。她想，他一直没有再来找自己，应该也是听说了自己过得还不错，他也放心了。

席间觥筹交错，气氛越发热烈，不知道是已经忘了李薄荷与江老师当年那段小故事，还是大家善意地假装遗忘，总之，没有人刻意把话题往李薄荷身上引，连一个多余的眼神都没给过她。这让李薄荷松了口气，抄了根配菜的细馓子抵在齿间，小仓鼠似的低着头一点一点地啃着。

其实，李薄荷真的是想多了，这场同学会名义上是给她饯行，但很多人都是带着自己的勾兑目的来的，不提她与其说是善意倒不如说是真没把她放在心上，就像现在，杨家强和张群的酒喝到位了，就差直接跪在地上磕头拜把子了。

“干我们媒体公关这行的，说白了，就是蹭热度，人家有肉咱们跟着蹭口汤喝。上学的时候我就老靠咱们同学照顾着，这毕业了还得靠大家有好事想着点老同学……”

这段话，一顿晚饭间杨家强已经数不清重复了多少次，好像生怕张群听不明白，现在又拉着张群一个劲地追问江野达：“江老师，上学的时候我就看出来了，张群准是咱们班最优秀的学生。七年了，您看我说得准不准……”他大手一挥，把满桌的同学都划拉进去了，“鹤立鸡群吧！”

不知道是不是让酒精呛到了，江野达轻轻咳了两声，脸颊微红，纤细的手指抵了抵金丝边的镜框，说：“大家都很优秀……看到大家今天在各行各业里都取得了这么好的成就，作为曾经的老师，我真的很替大家感到高兴……”

“优秀和优秀不一样！”杨家强打断了江野达的话，“人家张群那是……那是……”他翻了翻白眼，搜肠刮肚地在自己有限的词汇量里寻找着恰当的措辞，最后甩出掷地有声的四个字，“真优秀啊！”

张群被捧得晕头转向，手在空中毫无规律地挥舞着，也看不出是赞同还是反对，语无伦次地说：“老同学，合作一把……合作……一把……”

公关了一个晚上，终于听到这句期待已久的话，杨家强心里一下子踏实了，抄起自己的酒杯向张群放在桌子上的酒杯重重撞了一下，不顾酒洒出去大半，高喝一声：“要搞就搞个大事情！”

这顿冗长的饭终于吃完，张群醉得迷迷糊糊但还没忘了抢着把账给结了，大家相互搀扶着晃荡出了饭店，苗莉莉还不忘往所有人手中塞着产品目录和名片，大家这才想起本次同学会的主题是给李薄荷饯行，排着队跟她一一拥抱道别。

老同学流水似的从面前一一滑过，念叨着这一别不知何时才能再见，尤其是“特三八”，抱着李薄荷念叨了好一阵子，又是哭又是笑，李薄荷一句话也没听清，就觉得鼻子酸酸的，后来还是池柳上来劝说，“特三八”才勉强放开了李薄荷，转过身去勾着小兰花指擦眼泪。李薄荷深吸了一口气，刚想调整调整情绪，却发现“特三八”身后还站着一个人——江野达。

江野达的双臂一直交叉环抱在胸前，有那么一个瞬间，他的双肘往上抬了抬，似乎想有所动作，但也就是一瞬间，随后，他的双臂又抱得更紧了。

如果可以选择，李薄荷和江野达可能都宁愿假装这一晚上没看到对方，然后相忘于江湖，却被人群阴差阳错地给弄成了这么个相顾无言的局面，不知该说点什么，但不说点什么似乎又不太合适。

“照顾好自己……”江野达的声音低低的，比在学校的时候多了几分成熟和沉稳。

“嗯，你也是。”李薄荷点了点头。

寒暄点到为止，江野达没有再开启新话题，趁他转身的工夫，李薄荷用余光迅速扫了一眼他的肘间……

刹那的安心过后，她又患得患失，暗暗骂自己多事……

同学们还三三两两地聚在路边交互道别，看到张群的手哆哆嗦嗦地往包里摸着，隋郁板着脸提高了声音：“张群，喝酒了就别开车了，打个电话找代驾。”

众同学纷纷应声，张群不以为意地笑了笑，说：“没事，没喝多少。”

一阵风过，把隋郁没系扣的丝绸长衬衫吹起，她紧了紧衣服，语气中多了几分严厉，说：“别闹，挺大人了，别弄得跟非主流似的。”

她又看向张群的妻子蒋丽娜，语气柔和了些，说：“劝着他点。”

显然，蒋丽娜在丈夫面前并没有什么发言权，小声在丈夫耳边嘟囔了几句，却被丈夫言辞含糊不清地推搡开了。

老郝已经掏出手机来拨打代驾电话了，等电话拨通的空隙还不忘叮嘱张群，“就是，带着孩子呢，咱得对自己和别人的安全都负责不是。”

张群口干舌燥，咽了咽口水，一副无所畏惧的样子，拍着胸脯说：“没事，我经常这么开，从来没出过事。”

“废话，哪个出事的都是之前没出过事的。”隋郁的语气不容置疑。

张群的手掌在空中果断地挥舞了两下，努力用肢体语言弥补现在语言能力的不在线：“就算是撞死了人……大不了赔钱了事，城市户口 80 万，农村户口 40 万，我！张群！有的是钱！多撞死几个也赔得起！”

全班同学谁都没接住张群的话，农村户口的杨家强也只能假装没听到，低着头来回来去地翻着手机页面。

冷风一吹，张群酒劲上头，晕晕乎乎地往后踉跄了两步，这个时间段各个饭店的局差不多都该散了，这条美食街上来来往往的都是酒足饭饱的行人，街道两边全是车子发动的引擎声。蒋丽娜觉得很难堪，想去拉住丈夫，生怕他再嚷嚷出什么难听的话来。醉眼惺忪间，张群看到妻子的手伸过来，下意识挥手去挡，身子一个不稳，就又往后退了两步。

人群中也不知道谁喊了一声“小心小心！”，但为时已晚，一阵尖锐的急刹车声响起，接着，蒋丽娜带着哭腔的尖叫声刺穿了大家的耳膜。

眼前停着一辆豪车，蒋丽娜发疯似的冲上去拍打着车窗，连哭带喊。

众人还没弄清楚到底发生了什么，心中已经浮上一丝不祥的预感，急忙围拢上去，豪车的车轮下涌出股股鲜血，没有人能看到张群的脸，只看到他从车胎下露出的四肢已经一动不动……

豪车的车门在众人愤怒的敲击下终于打开了，一身酒气的车主摇摇晃晃下车，看着鲜血慢慢没向自己价值不菲的名牌皮鞋，他嫌弃地退了一步，踱了踱脚底，不屑地念叨：

“城市户口 80 万……农村户口 40 万……爷有钱，赔……赔得起！”

尖叫声、哭喊声、议论声、车鸣声、警笛声乱成一团。救护灯、警灯晃得人眼花缭乱，一场依依不舍的生离硬生生地被改写成了撕心裂肺的死别，豪车车主直到坐到警车里的那一刻，酒才算是真的醒了过来。他一语成谶——张群，那个十分钟前还春风满面侃侃而谈的男人，现在躺在他的车轮下，美丽的妻子和可爱的儿子成了孤儿寡母，蒸蒸日上的事业和令人羡慕的财产成了遗产，仅剩一张城市户口可以证明他曾经在这个世界上短暂地停留过……

蒋丽娜几近崩溃，短短几分钟，她的嗓子已经嘶哑到说不出话了。老郝、隋郁、江野达等人协助医生处理现场，应付交警盘问。池柳抱着早已被蒋丽娜忘到一边的儿子，将他紧紧地搂在怀里，用身体遮挡住他的双眼。

张群生前的音容笑貌仿佛还在眼前，对于他的挥霍、放浪和炫耀，众人虽然有不屑、有排斥，但也难免有些羡慕嫉妒，可就在转瞬之间，那些浮华和随之产生的种种情绪皆灰飞烟灭……

看着刚才还推杯换盏的同学几秒间天人永隔，杨家强一把拉住了马兰的手，仿佛是在跟她说话，又仿佛是在喃喃自语。

“捞钱要趁早，享受更要趁早，要不然谁知道哪天一声刹车，就两眼一闭啥啥都没了！”

张群的死打乱了公司的所有秩序，原来按部就班推进的演出计划和合约洽谈一下子全变成了十三不靠。死讯一传扬出去，公司的座机和每个员工的手机就没消停过。张群人没了，李薄荷离职了，所有的重担一下子落到了池柳肩上，她顺手捋了一把头发，把手掌往李薄荷面前一摊，一团乱发就缠在掌心里：“你看看，就这几天，至少老了五岁，成把成把地掉头发。”

李薄荷看了看池柳，脸色发白，双眼深陷，嘴唇没有一点血色，可见真是熬坏了，不由担心地说：“这样下去可不行啊，别工作没处理好，先把自己给熬垮了。”

池柳叹了口气说：“熬垮了倒好，说实话，我现在特别希望一头栽倒在办公桌上，一辆救护车直接给我拉到ICU，谁也别找我，让我好好睡几天……”

李薄荷还想再说什么，电话响了，是个陌生号码，她以为是推销电话，没当回事就接了起来。

“薄荷，说话方便吗？”电话那头传来一个女人清冷的声音。

“啊？”那声音有点耳熟，但李薄荷一时没听出来是谁。

“我是蒋丽娜，池柳在你身边吗？如果她在，别让她看出来。”电话那头的声音很微弱但又很清晰，确保每一条信息都准确地送进了李薄荷的耳中。

“哎，是的，您有什么事情吗？”李薄荷顺势起身，从池柳身边走开，给自己倒了半杯水。

电话那头的蒋丽娜简短地告诉了李薄荷一个见面地点，让她尽快赶到，并且再次叮嘱她不要向池柳透露任何消息。

李薄荷借着喝水做掩饰，含糊不清地答应了，跟池柳简单地交代了一下自己出门办点事就逃出了家门，一溜小跑冲进电梯间，手指反复按着关门键，生怕晚一秒钟池柳就会从房间里冲出来追问。

从大家相识到现在，李薄荷和池柳之间从来没有过秘密，她们之间相互了解到能准确掌握对方的生理期以及内衣罩杯尺码，这是李薄荷第一次对池柳有所隐瞒，虽然不知道为什么，但蒋丽娜这样交代，她就顺从地照做了。

蒋丽娜约见的地点是一家咖啡店，这些日子以来，连公司员工都人均掉了五六斤，刚刚经历丧夫之痛的蒋丽娜会消瘦到什么程度可想而知。即便有了这样的心理准备，李薄荷一见到蒋丽娜还是暗吃了一惊，她整个人瘦掉了三分之一，本来就挺大的眼睛因为脸庞的消瘦而大得吓人，要不是那双眼睛偶尔还转动几下，李薄荷真要怀疑坐在她对面的就是具行尸走肉，魂魄早就被什么给摄走了——当了几年上流社会的阔太太，一下子变成寡妇失了业，换作谁也承受不住这样的打击。

蒋丽娜身边坐着一位头发花白、文质彬彬的男子，她向李薄荷简单地介绍了一下，这位就是传说中的“白老师”。

白老师是张群父亲生前的朋友，也是具有一定级别的文化官员，所以当初开创公司时，张群就悄悄将若干股份送给了白老师。前两年张群父亲离世，全靠着还有白老师这层关系在，他们公司才能在很多方面继续顺利运作。但由于身份特殊，白老师的存在是公司内少数人才知道的秘密，如今连他都亲自露面了，可见事态之严重。

白老师言简意赅地直奔主题：他作为公司的股东之一，希望李薄荷能暂时放弃出国计划留下来帮公司渡过难关，他知道这样对李薄荷来说损失很大，但只要李薄荷愿意，她可以提出任何条件，只要公司能做到的一定尽量满足。

李薄荷面露难色，向白老师阐述了自己的难处，而且她辞职前就听说张群已经谈好了要给池柳升职，以后公司这摊事交给池柳也是一样的。

白老师语重心长地说："小李啊，小池的工作能力和这两年的工作业绩公司是认可的，但比起你来，还是有差距。当初你说要走，公司也是舍不得的，但想着不能耽误你的前程和人生规划，再加上公司的一切都步入了正轨，这才不得已忍痛割爱。所谓国安思良相，国乱思良将，小池算是个能安邦兴国的良相，但要说能力挽狂澜的良将，还得非你莫属啊！"

李薄荷猛灌了一口冰可乐，玻璃杯上留下一排清晰的指印，不得不说，姜就是老的辣，李薄荷相信在张群出事之前，白老师根本不知道他们公司这一群小青年谁是谁，很有可能就连"李薄荷"和"池柳"这两个人名都是进门前现背的，却几句话就游刃有余地把自己捧得手心都出汗了，要是白老师不说，就连她自己都不知道"啊！原来我自己这么优秀啊！"

蒋丽娜全程没有插话，把这次交谈的主导权完全交给了白老师，虽然白老师经常礼节性地向她投来询问的目光，她也只是机械地点点头，不提出任何异议，隔着桌子，李薄荷能感觉到她整个人都在颤抖。短短的谈话间，李薄荷悄悄数着，她吃了两块黑森林蛋糕和三块巧克力，可血糖好像还是无法抑制地直线下降，人体在血糖指数不够的时候就会极度缺乏幸福感，可能现在的蒋丽娜只能通过这种物理手段来保持心中仅存的一点点温度了。

白老师接着说："有些事情，我们也不想瞒你，在你准备离职那段时间，张群已经和池柳谈过了，要提拔她当总经理，如果你能留下，当然这个位置你更合适，只是公司现在处于困难时期，许了又赖，容易造成人心浮动，不利于……"

李薄荷干脆地点了点头说："这个您不用多说，我明白，我和池柳是好朋友，于公于私，我们之间都不会计较这个。"

白老师点了点头，又看向蒋丽娜，蒋丽娜用颤抖的声音开了口，说了今晚唯一一句有实际内容的话："张群早就打算在公司里寻找一位合伙人，在你决定离职的时候，他好像跟池柳提过一嘴这个想法，但也没来得及敲定……"

说到"没来得及"四个字，蒋丽娜一下子哽住了，神情恍惚——张群的不告而别给她的生活埋伏下了太多猝不及防的隐患。一管没用完的牙膏，一件尚带着体味的睡衣，还插在充电器上的剃须刀，处于睡眠状态的笔记本电脑：这一切一切都随时准备映入眼帘，刺痛心扉——总结起来就是这四个字："没来得及"。

蒋丽娜抚了抚胸口，努力平复情绪，白老师接过她的话头继续说："所以在这个问题上咱们还有回旋的余地，如果将来你的业绩突出，足以服众，再加上你之前在公司那么多年的积累，成为合伙人也是顺理成章的事情。当然这是后话，目前我们能给你的承诺是你拿到的薪水将是你工资表面数额的 1.5 倍，十三薪，多余的这部分由我和蒋女士个人为你支出。"

李薄荷想了想，还是流露出为难的神情，说："张群是我的同学，大学刚毕业那阵子，大家为了能获得一份工作都急得焦头烂额，那个时候他给了我一份稳定的工作，让我可以暂时不必为房租水电费发愁，我一直都很领他的情。他走得那么突然，我心里也一下子接受不了，我知道他扔下了很多需要收拾的事务，两位这么倚重我，开出的条件也真的很有诚意，我的确却之不恭……可是……对于我来说，要跨出离开的这一步也的确下了很大的决心，这不仅仅关系到我个人，还关系到我的家庭，以及……很多很多事情，所以……”

李薄荷说着说着就说不下去了，伤感和愧疚的情绪交织着浮上心头，她低下头用力抠着手指，没有勇气抬头去看对面的蒋丽娜。

蒋丽娜点了点头说：“我明白了，我也能理解……”

“对不起……”李薄荷喃喃地说。

蒋丽娜的声音很虚弱：“你没什么对不起我。不能因为我的人生出了岔子，就打乱别人的人生轨迹，谁的人生也不是别人的补丁包。关于这个结果，我……早有心理准备，你肯出来见我，我已经很感激了……”

话说到这个份上，白老师也没什么好说的了，主动伸出手跟李薄荷握了握，算是结束了这场对话。李薄荷起身要走，蒋丽娜的电话忽然响起，电话那头传来她儿子怯怯的声音：“妈妈，你什么时候回家啊……”

蒋丽娜控制了一晚上的泪水潸然滑落，她努力控制住自己颤抖的声音说：“妈妈还在工作，再晚一点就回家啊……”

一阵难过涌过李薄荷的心口，这样的感觉她太熟悉了，幼年时的她也是这样一次一次地抱着座机拨通妈妈的手机号码，一遍一遍地追问“妈妈你什么时候回家啊”，得到的回答也是一模一样的，“妈妈还在工作，再晚一点就回家”。说完，妈妈就不再接她的电话了，不管她再拨打多少回，传回耳边的只有一遍又一遍毫无感情的忙音。

看着蒋丽娜的脸，李薄荷好像看到了多年前电话那头的母亲。

这么多年来，她一直坚信母亲一结束了工作就会像倦鸟归林一般忙不迭地飞回她们虽然不大却不失温馨的小家。但眼下，她顿然有了新的感悟：也许，也曾有过那么一二刻，母亲并不想回家，也并不想面对她——就像现在的蒋丽娜，她背负着一个说服自己的任务而来，却没有完成，这会让她感觉自己是一个无能的母亲。在孩子失去父亲之后只能眼睁睁地看着孩子的生活境况滑向下坡路却无力改变，她一定太自责了，自责到不想去面对孩子一无所知的面孔，她脸上的神情多年前也在自己母亲的脸上浮现过，比如许诺给自己买一样什么礼物最终却没有兑现的时候，比如答应要去观看自己的合唱表演最终却没有出席的时候……

只是在这一刻，李薄荷才真正读懂了那些神情。

看来，无论贫穷富贵，顺境逆境，健康疾病，天下母亲的无力都是一样的。

正是这一刻的犹豫又让白老师看到了机会，他站起来补充了一句："要不这么着，小李，你先别急着做决定，回去再考虑考虑，如果你改变主意了，请随时联系我们。"

李薄荷用余光感觉到蒋丽娜抬起头来看向自己，她不敢给她太多希望，只能胡乱点了点头，抓起包落荒而逃。

当天晚上，李薄荷把自己关在房间里想了很多，思路很乱，但大方向上是从张群想起的：当初刚组建公司时，张群没怎么犹豫就给公司定了个名字叫"苇航"，取达摩踏一苇渡江之意，别看张群平时酒色财气心猿意马的，办公室却又是鱼戏莲叶间，又是工夫茶，又是线香，又是名家字画，一派清心寡欲六根清净的样子。李薄荷曾经不止一次当面调侃他，说自己在行业里混迹这几年总结下来一条经验，凡是那种手上挂着大佛珠子，边谈事边把佛珠盘得“咔咔”作响，张嘴闭嘴就标榜自己已经皈依了的八成不是什么好人，得防着点。

“这条经验屡试不爽，说明像你这种人啊，就是亏心事做多了。”李薄荷直言不讳地指着张群的鼻子说。

张群哈哈大笑，拍着大腿连说：“对对，这都让你识破了。”

现在想想，张群这个人真的挺好的，有种富家子弟身上特有的阳光和豁达。

接着李薄荷想到了蒋丽娜和她儿子，今天的情形让她回忆起很小的时候看过的一部老电影，好像叫《两宫皇太后》。剧情早记不清了，就记得有一个场景是中年的太后护着年幼的皇帝，眼泪汪汪地面斥朝臣欺负她们“孤儿寡母”。也许，这样的情景在中国浩瀚的千年史中屡见不鲜，到了今天也是这样，一个女人，不管你有没有文化，是要强还是温柔，是事业型还是家庭型，只要男人一死，在世俗眼里，首先就被打上了“弱势”的烙印。

而“弱势”约等于“任人欺凌”。

张群死得太突然了，没留下一个标点符号，但是假如，上天能给他哪怕几秒钟的弥留，他会说什么？肯定是会嘱咐大家，尤其是一直深受他信任的自己和池柳，帮他好好照顾妻儿吧？想到这里，李薄荷又开始担心池柳，如果自己真的选择留下，她心里会不会有什么想法？

思绪像蜘蛛网一样发散开来，越理越乱，李薄荷心里烦躁，决定找本书翻翻转移一下注意力，房间里的东西大部分已经打包，剩下的都是些可要可不要的，她特意从书架上仅存的几本书中挑了一本厚的，与其说是想用书催眠，倒不如说是想用书直接把自己拍晕。

书页间弥漫出一股陈旧的味道，可见很久没有人翻过了，她嫌弃地用手在鼻子前扇了扇，刚想把书扔回去，书里却掉出一张薄薄的纸片。

拾起纸片翻过来看看，是张发黄的老照片，在她上大学的那个时代，智能手机已经很普及，就连数码相机都已经不再是生活的必需品，就更少有人再去冲印照片，所以这张照片对她来说倒也是件稀罕物。

大二的时候，校领导一时兴起在操场上组织了一场拔河比赛，照片上记录的就是当时李薄荷他们班取胜的场景，虽然照片只拍到了李薄荷的背影，但依然清晰地记录下了她当时的兴奋——她整个人都跳到了半空中，双臂高举，全然不顾及长长的头发披散着被风吹向一边，就像……《小王子》封面上被风吹起的围巾。

李薄荷庆幸这张照片没拍到自己的脸，她向来是一个不太在意表情管理的人，尤其笑起来的时候，情绪和五官都那么野蛮放肆，有人曾经这么形容过她的笑容：像梵高笔下的向日葵。

她的目光在照片上的每一个角落里细细摩挲，一点一滴地回忆着她那并未远去却也只可追忆的青春，不管是认识的还是不认识的，记得的还是不记得的，她都用心地把那些面孔打量了一遍，就在她不舍地移开捏着照片的拇指时，忽然发现照片左下角还有一个被手指遮住的人。

李薄荷的目光下意识地躲闪了一下——即便是在照片上相遇，她还是害怕直视他的眼睛……

照片上的江野达并没有正对着镜头，他还是李薄荷记忆中的样子，头发天生卷曲，但被打理得整齐帅气，薄薄的刘海覆在额前。他说，这样让他有安全感。在别人即便一动不动都汗流浃背、湿透衣衫的六月天里，他站在烈日下，身上那件圆领白 T 恤却依然干爽洁净，连点褶皱都没有，如果不是微微泛红的脸颊还透露出一点人间的气息，人们几乎要怀疑他只是一尊汉白玉的雕塑了。

“你真的是人类吗？”李薄荷悄悄地问过江野达，“你该不会是什么千年树妖或者外星来使吧？”

江野达用大拇指和食指捏了捏李薄荷尖尖的下巴，顺势抬起了她的脸，凑近她耳边说：“这个秘密都被你发现了……”

“怎样？”

“那我就不能放你离开了……”

李薄荷觉得自己失了重心，两脚一错，就往江野达面前凑了一步，江野达的手不知何时绕到了背后，轻轻一推，她就像只布偶似的被弹进了他的怀里……

往事埋下了太多伏笔，就像是角角落落都藏好了礼盒的圣诞节，专等着李薄荷哪天灵光一现发现它们的存在，不过那时李薄荷心底油然而生的往往不是惊喜，而是幡然醒悟和怅然若失，就好比现在再看这张照片，她才发现所有的人都在看向获胜的队伍，为刚刚取得的荣誉欢呼，只有江野达却在看向别处，她用手指比着，后来怕出现偏差，又用书的边缘比着，就差拿出量角器和圆规进行精密推算了，最后战战兢兢地得出结论：江野达的确是在透过人群，看向自己。

爱情啊……到底是从什么时候开始的呢？后知后觉的人们都是这样感叹。

李薄荷没精打采地把书放回书架，却把这张旧照片夹进了护照夹中，就当是给自己的青春夹上了一张书签吧。

她盘着腿坐在床头发呆，洗澡间里传来池柳吹头发的声音，她以前从来没感觉到这种声音是如此聒噪，令人心烦。蒋丽娜、张群、池柳、白老师这些人的面孔在眼前交替出现，画面最终定格在同学聚会散场时她有意看向江野达的那一眼。

江野达双手交叉环抱在胸前，左手从右肘间露出，没有戴婚戒。

外婆说，林子里的野狼遇到旅人，会悄悄跟在其身后，像人一样直立起身子，将前爪搭在旅人的肩膀上，等旅人以为有人拍肩回头张望时，野狼就会趁机咬住他的咽喉。

《圣经》中说，索多玛罪恶深重，声闻于耶和华，耶和华派天使前去毁灭索多玛。天使将罗得和他的妻女救出，逃向琐珥，罗得的妻子却不听天使告诫，顾念索多玛，回头张望，结果变成了一根盐柱。

希腊神话中说，俄耳甫斯深爱妻子欧律狄克，欧律狄克不幸被毒蛇咬死，俄耳甫斯为救爱妻舍身闯入地府，冥王心生怜悯，便提出一个条件：在俄耳甫斯领着妻子走出地府之前绝不能回头看她，否则她将永远不能回到人间。俄耳甫斯强忍一路，却在即将离开地府前担心地回头确认妻子是否紧跟着自己，结果功亏一篑，致使妻子被永远留在了地府……

这些故事都告诉世人一个简单却重要的道理：不要回头！不要回头！不要回头！

李薄荷还是走了回头路，她也不知道自己这个决定到底是不是正确，但看到白老师和蒋丽娜脸上的惊喜，她还是挺欣慰的，她是那种不自觉地就想让别人开心的人，所以总是自嘲或多或少是有点讨好型人格的。

白老师忙不迭地表示他们之前许诺给李薄荷的条件都不变，如果李薄荷觉得不满意，还可以再提条件，李薄荷本来想说“不必了，我就算是留下来也不是冲这个……”但话说到一半又打住了，改口说：“算了，我还是接受吧，要不然我累死累活的，两位还会觉得我拿钱少就不尽心干活。”

李薄荷不是一个有心眼的人，她自己也深知这一点，所以也从来不跟人动心眼，尤其是在明知道自己和对方不在一个段位上时，她会索性透明摊牌，行就行，不行就算了，这种“一翻两瞪眼”的风格也许是白羊座的天性使然。池柳曾不止一次地提醒她如此行事无异于在战场上将后背暴露给对手，可李薄荷倒觉得如果注定早晚要受伤，宁可背后挨上一刀，以图早看清对手面目，敬而远之，也好过白首相知犹按剑，最后还让人冷不防一刀劈在脑袋上，毕竟，后背的伤可比脑门上的伤好治多了。

白老师爽朗地笑了笑，作为长年混迹官场喜怒不形于色的老油条，能露出这样的笑容已经算是很不见外了。

听说李薄荷留下的消息，池柳先是瞪大了双眼，随后一把抱住她，放声痛哭，泪水把李薄荷的肩膀都打湿了。

“你知道我这几天有多难熬吗！我早就想让你留下来了，但是我不敢跟你说，我现在最最最需要的就是你……”

“你现在可是我的上司，这么没出息是会被看不起的！”李薄荷笑着哄池柳。

四、回收站里的救命稻草

为了最大限度地减少折腾，也为了方便随时沟通工作，李薄荷和池柳都没有另找房子，一起留在了现在租的房子里。

几天之后，坏消息一个接一个地传来：之前那些谈了一半的艺人都纷纷明确表示不会和“苇航”签约，就连很多之前合作的艺人也发来解约协议。

“真是人走茶凉！墙倒众人推！”池柳愤愤地骂。

对于这个结果，李薄荷心里早就有数，在她看来，那些尚未签约的艺术家和艺人就像是码头上拎着行李的旅客，演艺经纪公司就像是一艘艘招揽旅客的客船，每艘船都有自己的优势，大船行得慢却稳当，小船虽然不稳但座位便宜，上了船就是头等舱。现在“苇航”这艘船的桅杆都被风刮折了，劣势肉眼可见，对于那些还没上船的人来说，眼得多瞎才会选择跟你一起风雨飘摇啊。

这时候，李薄荷才发现“苇航”这个名字真是一语成谶，现在公司真的成了汪洋中一片无根漂荡的苇叶，却没有人想踏着它渡江，毕竟，在这个名利场里，谁想以身试险啊。

公司里的人都下班了，池柳还要坚持加班，李薄荷只好留下来陪她。说是“加班”，其实根本无事可做，因为项目都黄了，可越是这样，池柳越是焦虑，就坐在电脑前用鼠标反复地点着一个又一个PPT，点开、关掉，再点开、再关掉，这样的行为毫无意义，但至少能让她转移一下注意力，觉得自己有点鞠躬尽瘁。

偌大的办公室只有池柳的鼠标“咔哒”作响，传达着一股子狂躁。李薄荷端着刚叫的外卖放在池柳面前，说：“别点了，你以为是砸金蛋还是刮刮乐啊？再点也点不出什么奇迹来，先吃口饭吧。”

池柳泄气地点了电脑屏幕右上角的小叉叉，页面一晃而过，李薄荷眼尖地发现了什么，趴了过来：“哎，刚才那是什么，点开我看看？”

“这个吗？”池柳跟着李薄荷的指示双击了一个PPT，几张照片出现在电脑屏幕上。

“女指挥家，梁浣……”国内能叫上名字来的女指挥家就那么几位，这个名字李薄荷还是听说过的。

“去年她火过一阵，那时候张群特别想签她，跟她接洽了好多回，但当时想签她的人挺多的，所以这件事就一直没拍板。”

“这个项目现在谁在接手？”

“前阵子她演出时出了状况，引出了好多负面评价，人气一下子跌下来了，张群就没再跟进……”

池柳所说的“状况”是指前阵子梁浣严重误场，导致演出延误了整整二十分钟，有不少观众当场起身大喊退票，演出结束后梁浣主动登台道歉，并真诚表示会尽最大所能弥补主办方和观众的损失，可那些一直看她不顺眼的人依然抓紧机会落井下石，跟风猛踩。

紧接着，网上有一个名为“天蓬很帅”的营销号率先扒出梁浣误场之前是在参加一场音乐盛典的颁奖典礼，顺理成章推测出她是为了蹭娱乐流量而耽误了演出。爆料一出，瞬间引发全网恶评如潮，什么“不务正业”“没有艺德”“耍大牌”“狗揽八泡屎”等恶毒不堪之语来势汹汹，从那以后，梁浣的风头不复从前，至今处于半退圈状态。

池柳随手点击了文件删除，梁浣的案子“嗖”的一声就被丢进了回收站。

吃外卖的时候李薄荷一直没出声，酸辣粉浓重的口味把她吃得一把鼻涕一把泪，但她还是连汤带水地都打扫了。

“你把刚才那份资料再调给我看看。”李薄荷一股脑地把桌上的餐盒纸巾全划拉到了垃圾袋里。

“什么？”

“梁浣的资料。”

池柳赶紧冲回电脑前，好在她还没来得及清空回收站，这才把梁浣的资料又调了回来。

“传给我。”

“啊？”

“我想了解一下这个项目。”

李薄荷的语气不容置疑，池柳只好点了几下鼠标，把 PPT 发到了李薄荷的手机上。

“有必要吗？”池柳有点没精打采，“第一，她未必会跟咱们签；第二，她就算同意了，对咱们也没有多大价值……”

“先看看再说呗。”李薄荷说着，“哐当”一声把收拾好的垃圾扔进了桶里。

第二天，李薄荷已经坐在前往梅城的高铁上了。

昨晚基本一夜没睡，李薄荷把关于梁浣的功课从头到尾仔仔细细研究了一遍，直到现在坐在高铁上她还在抱着平板电脑认真复习：梁浣，四十一岁，音乐学院毕业后去了俄罗斯留学深造，归国后把事业重心放在了南方各大城市，在各大剧场都有定期演出，同时也在一些艺术学院兼任客座讲师，从整个从艺经历来看倒是根红苗正。

去年，有人把梁浣的演出视频和照片资料发在了网上，结果一传十，十传百，经过互联网一段时间的辐射型发酵，梁浣就这么红了。

当然，没有杠精和喷子的社交网络是不完整的，梁浣走红的同时，质疑和抨击也随之而来，一群古典乐界的大老爷们就跟被捅了肺管子一样，一下子全炸窝了，极尽尖酸刻薄之能事：有的说梁浣德不配位，无非是占了个“物以稀为贵”的性别优势，她在台上与其说是满足了大众的审美标准，倒不如说是满足了大众的猎奇心理；有的说梁浣就是个古典乐界的“偶像派”“花瓶音乐家”“流量指挥”，直指梁浣的走红是有幕后推手炒作包装。

对于这样的评价，李薄荷一点也不意外，“领地意识”本就是动物本能，人类虽然自称万物之灵，但进化了千万年却依然没丢掉这点动物本性，古典乐的指挥台向来是西方人和男性的王座，冷不丁闯进来个东方女性，打破了他们原以为固化的江山壁垒，他们心中当然会下意识地产生警惕和反弹，这与其说是“满满的恶意”，倒不如说是“自我保护意识”更为贴切。

李薄荷还搜索了梁浣所有的演出视频，不得不承认她的走红在一定程度上的确跟她的外形和女性身份有关，就像颜色，饱和度越低就越有高级感，梁浣站在舞台上挥斥方遒时，兼具了女性的柔美和男性的潇洒，会让人的审美界限模糊，也就是这种低饱和度的美感对观众形成了难以描述的吸引力。不过“卖相好”也不是什么缺点，若非如此，也不会有那么多家演艺经纪公司争先恐后抢着签她了。

在晃动的车厢里盯着电子屏幕久了，李薄荷有点头晕，她收起平板电脑，拿出笔记本和笔开始整理思路。这是李薄荷的习惯，每当头绪杂乱的时候，她总喜欢拿起笔和纸胡写乱画，把自己杂七杂八的想法都写在纸上，一一对比利弊。

李薄荷知道她给自己出了道难题，昨天，池柳轻描淡写的两句话都戳中了问题的要害：第一，当初梁浣走红时，“苇航”为了与她签约对她极尽讨好，张群大小事务一律亲力亲为，概不假手他人，后来梁浣风评急转直下，很多洽谈好的商演纷纷取消，张群觉得梁浣的商业价值大打折扣就没再上心跟进，如今“苇航”百废待兴又想起了梁浣，这的确有点“用人朝前，不用人朝后”，估计梁浣对他们也不会有什么太好的印象。第二，假如梁浣真的同意签约了，接下来该怎么运作，李薄荷还一点也没盘算，她只知道在公司所有的项目中只有这一个是尚未明确回绝的，她只能硬着头皮试一试，就当从电脑回收站里捡了根救命稻草吧。

一夜未眠的乏劲上来了，李薄荷合上本子，揉揉睛明穴，把目光转向车窗外。列车穿过大半个中国，由北向南，由清晨到午后，外面的景色就像美颜相机里不断变换的滤镜，从“明亮”到“清新”再到“森系”，最终，罩上了一层“复古”的色泽。

梁浣的形象在李薄荷脑海中时时浮现，网络上那些各怀鬼胎的恶评言犹在耳，李薄荷突然觉得这个世界对女人的评判标准比对男人的严苛多了——事业成功却没有婚育的女人会被嘲讽人生不完整，专心相夫教子的女人会被批判是男人的附属品；外形靓丽的女人会被怀疑靠“潜规则”上位，相貌平庸的女人会被挤对

“人丑就得多读书”；情感经历丰富的女人会被定性为轻浮不自重，情感经历空白的女人会被议论不是生理有毛病就是心理有问题；没文化没见识的女人会被预言就是个一辈子穿地摊货的买菜大妈，文化太高见识太广的女人则会被打上“第三性”的标签，敬而远之。

“唉，你们到底想怎样……”李薄荷双眼迷离起来，她很困，却睡不着……

扑面而来的蒙蒙细雨，四周不断传来的前后鼻音不分的方言，这一切都让李薄荷真切地感觉到她来到了一个截然不同的世界。她没带伞，但好在穿了件帽衫，索性将帽子往头上一扣，把行李包往车站一存，直奔目的地。

想了解梁浣的行踪不是难事，在社交网络如此发达的今天，李薄荷只是上微博搜了搜就发现梁浣近期的演出安排很少，大部分时间都在大学里任教。

南方校园的路是青石板砌成的，细雨濡湿，把行人的脚步声晕染得很含蓄，李薄荷一下子理解梁浣为什么把工作重心放在南方了，在这里，风声鸟声人语声，都带着一种音乐的韵律。

李薄荷长着一张天生绿色无公害的少女脸，再加上当天她穿着件肥大的帽衫配着条简简单单的牛仔裤和运动鞋，头发随随便便绾了个丸子头，教学楼的看门大爷连眼皮都没抬，就让她轻轻松松地混进了阶梯教室，说“混”也有点夸张了，因为按一般剧情，都是上课的学生悄悄往外溜，基本上没见过有人往教室里“溜”的，所以大爷脑子里根本不绷这根弦。

初来乍到，李薄荷决定低调行事，选择了阶梯教室最后一排的角落落座。讲台上，梁浣正在讲西方音乐史，巴洛克曲式什么什么的，李薄荷听得一知半解，不过无所谓，她本来也无心求知。她的计划是这样的：明天，她会通过电话联系梁浣，告知自己为了请她出山特意赶到本地，约请面谈，而今天，她只想先躲在角落里真实地感受一下梁浣到底是个什么样的人，尽最大限度捕捉她的气息，在心里大概描绘出她的性格和思维方式，然后在此基础之上规划出最恰当的洽谈方案。所以明天的会面对于梁浣来说是第一次见到李薄荷，对于李薄荷来说却并非第一次见到梁浣，这叫知己知彼，亦叫先行一着，至少，李薄荷是这样认为的。

讲台上的梁浣娓娓道来，偶尔低头摆弄一下课件，李薄荷就趁她低头的时候悄悄打量：梁浣穿着一件松松垮垮的白衬衫，深棕与浅棕相间的头发随便向脑后拢起，用一只琥珀色的发夹固定，偶尔，有一两缕稍短的头发掉下来，她抬手把掉下来的头发别在耳后，但过一会儿，头发又会掉下来，重复几次，她也就懒得再管，任由发丝弯弯地挡在眼前。

梁浣讲课的时候没什么表情，看起来比在舞台上温柔些许，攻击性也没有那么强，她好像并不在意学生有没有在听，又好像，一切尽在掌握。

天色暗了，窗外的雨丝细密起来，淅淅沥沥地敲打在窗上，像盲人的手指摩挲在铜版纸上，读着只有自己能看懂的故事。不知道哪里传来红茶的香气，讲台上梁浣的女中音时断时续，书桌上学生的笔尖划过纸张的声音窸窸窣窣。

昨晚熬了一夜，今天在高铁上晃荡了半天，李薄荷都没睡着，现在，在一片昏黄的色调中，她勉强用手肘支着桌子，手掌托着下巴，昏昏欲睡，她不是困，而是数日来萦绕在心头的焦虑如潮水般悄然退去，一股没来由的安全感油然而生，仿佛是孩童时被母亲用刚洗好的毛巾擦拭脸庞，柔软、温热、沁香……从触觉到嗅觉，周到地填补着她心里的每一处失落……

耳边传来沉重有序的敲门声，李薄荷迷迷糊糊起来开门，可是摸遍四周触到的却只有冰冷的墙壁，敲门声越逼越近，李薄荷的脸猛地跌在冰冷的桌面上，一下子惊醒了，原来，她只是做了一个短短的梦……

阶梯教室里的学生已经全走了，看李薄荷醒过来，梁浣翻开点名册，把圆珠笔反过来往名册上轻轻一点，“咔哒”一声，笔尖就冒了出来。

“哪个班的，叫什么名字？”

“啊？”李薄荷没搞清楚状况，呆呆地看着梁浣。

梁浣的眼睛是浅棕色的，正静静地盯着李薄荷等她回答，李薄荷顿时觉得如芒刺在背，这个女人的气场太强大了，光是一个眼神就足以叫她汗毛倒竖，如果说半个小时之前她还觉得梁浣是个温柔随和的女人，那可是大大地轻敌了。

“我——是——”李薄荷尽量拖长了尾音，试图给自己多争取一点思考的时间。

“哪个班的？”梁浣上课从来不点名，因为只要扫一眼她就能知道谁来了谁没来，今天这个坐在角落里的女生是第一次出现，临近期末，靠选修课临时抱佛脚凑学分的学生很多，虽然眼前这个孩子睡着了，但她为人也不算太苛刻，一般都算合格出勤。

李薄荷迅速判断了一下形势，觉得还是实话实说比较好。

“其实，我并不是您的学生……”

整个教学楼已经空无一人，梁浣的鞋跟声在走廊里回荡，很是响亮，由于身高和腿长的差距，李薄荷明显跟不上梁浣的步伐，只能一溜小跑地追她，两人的脚步一急一缓，错落有致，节奏有点像……《波莱罗》。

“梁老师，请您给我一点时间，我会好好向您解释……”

“不必了，我暂时想调整一下状态，短时间内不准备签约新的商演。”

刚走出教学楼，一名年轻的男孩已经撑好了雨伞迎了上来替梁浣挡雨，李薄荷就这样被无形地隔在了外面。

男孩狐疑地打量着李薄荷，又看了看梁浣，目光中尽是不解。

梁浣迟疑了两秒，还是回头向李薄荷介绍了一下：“我的助理，石聪，我所有的工作一直由他协助打理。”

那个叫石聪的男孩个子不高，脸圆圆的，皮肤白皙，一副圆框眼镜架在本来就不高的鼻梁上，越显稚嫩。他看向李薄荷，忙不迭地点了点头，脸上微微泛起一片淡红。

尽管面前这个男孩长着一张娃娃脸，还那么容易害羞，但李薄荷根据梁浣透露的“自己的工作一直由他协助打理”这个信息迅速推算了一下，断定这个“男孩”的实际年龄应该比自己大些。

“石老师，您好，苇航文化传播李薄荷。”她适时递上名片。

石聪的脸更红了，接过名片，不好意思地笑笑：“小石，叫我小石就行了。”

李薄荷一张嘴，肚子却“咕噜咕噜”地叫了起来，从昨晚和池柳一起吃了一碗酸辣粉之后她就再没吃过东西，之前忙忙叨叨的倒也不觉得饿，现在睡了一觉，所有神经全部重启，饥饿感拔得头筹，肚子就不合时宜地叫了起来。

她不好意思地干咳了两声，徒劳无功地想掩饰肚子的叫声，梁浣鼻息一扑，令人不易察觉地轻笑了一声：“算了，先找个地方吃点东西吧。”

南方的面和北方的面不同，在李薄荷的家乡，“一碗好面”往往是靠面条本身制胜，只要面条筋道爽滑，哪怕是清水一过，再配上几瓣蒜，便足以让人抱着吸溜呼噜地吃下大半碗，吃完一抹满头大汗，任督二脉都被打通。南方的面条则注重卤子，看似清汤寡水的一碗，实则醇香浓厚，令人回味无穷，再配上点切成细末的雪里蕻、黄豆、肉渣，层次极为丰富，可以全方位满足味蕾各个角度的渴望，噢，在南方，他们叫它“浇头”。

同样的美味，梁浣只吃了几口就转头看着窗外的雨条烟叶，静静地抽烟。只要梁浣一放下筷子，石聪便也立刻不再碰任何饭菜，而是在梁浣指间的烟头燃到不堪重负时适时地从口袋里掏出一只便携式烟灰缸，放在她手掌下。

李薄荷却不紧不慢，用筷子仔仔细细地捞干了碗底细细碎碎的配菜，又毫不顾忌形象地端起碗来一口一口地喝着汤，直到碗底干干净净。她倒不是贪嘴，而是在尽量拖延时间，好盘算一下怎么和这位女魔头斗智斗勇。

对，现在李薄荷已经在心里给梁浣定性了，就是女魔头，无疑。

放下碗的同时，李薄荷有了主意，她说：“梁老师，明天我可以去看看您的排练吗？”生怕对方不同意，李薄荷赶紧又打了一张苦情牌，“反正我可能也快失业了，就让我跟您学习学习吧。”

“可以。”梁浣答应得倒是痛快，很令李薄荷意外，她也没问李薄荷为什么会失业，同样令李薄荷意外。

梅城不是北上广这样的一线城市，乐团排练时也没有一线院团管理得那么严格，李薄荷游走在排练厅里，东看看西看看，倒也没有谁向她投来嫌弃审视的目光。

梁浣换了件深色的衬衣，头发依然松松地盘着，无论她排练时的动作多大，那只琥珀发夹都牢牢地抓在她的脑后，仿佛已经成了她发型的一部分。

一开始，李薄荷还在仔细打量着这个乐团的每一位成员，暗暗盘算着从哪里还能再找到一个突破口，但渐渐地，她被梁浣的表演吸引了，不由得开始分析，舞台上霸气侧漏的梁浣、讲台上波澜不惊的梁浣和网上被人中伤的梁浣，到底哪一个才是真实的她？

正想着，一瓶水递到眼前，石聪不知何时已坐在了李薄荷身边，笑眯眯地看着她，石聪的眼睛笑起来弯弯的，在李薄荷看来，他长着一副很容易获得幸福的面相。

“谢谢石老师。”李薄荷没推辞，痛痛快快地接过了水瓶，支在膝盖上，胳膊肘横搭在上面，把脸趴了上去。

“别老师老师的，你就叫我小石吧。”

“石……石哥！那我以后就叫你石哥，石哥，你跟梁老师多久了？”

“我原来也是梁老师的学生，一毕业就给她做助理了。”

“噢……”李薄荷夸大了口型，生怕石聪听不清她的话，“自己人啊。”

“自己人”这三个字让石聪很受用，他掏出纸巾轻轻地擦了擦额上细密的汗珠，难怪他热，现在这季节，李薄荷穿着件半袖的单T恤，而他还穿着西服套装和皮鞋。

“是梁老师要求你必须这么穿的吗？”李薄荷又问。

石聪摇了摇头，说：“没有，因为我的工作有很多不可预知的因素，随时都会有演出项目找上门来，比如像你，所以我自己觉得这样穿比较方便跟人接洽。”

李薄荷自惭形秽，从业七年，她总自诩是公司的“救火队员”，无论哪个项目哪个环节，只要工作需要，她随时能调整出战斗模式抖擞上岗，但在石聪的对比之下，她才明白什么叫没有最敬业，只有更敬业。

“石哥，我得多向您学习……”

“别！千万别！”

石聪的情绪不知为何激动了起来，声音不由自主地提高了，正在演奏的乐手吃惊地回头望来，就连指挥台上的梁浣都抬眼往他们这边一瞥。

石聪的脸通红，忙把食指抵在唇间，比了个“嘘”的动作，又压了压调门说：“别跟我学，其实，我以前不是这个样子的，也是因为……出了一些事情，才变成这样的……”

悬念抛得如此生硬，李薄荷不可能不追问。石聪把薄薄的双唇抿得发白，鼓了鼓勇气试探地问：“你……一定知道梁老师那次误场的事情吧？”

见李薄荷点了点头，石聪才接着说：“其实……那次的事情都怪我。当时梁老师特别忙，请她演出和参加活动的公司都快踏破门槛了，我也是想多给老师接些工作，就在同一天下午安排了颁奖活动，晚上安排了音乐会，本来时间上是来得及的，可是到了颁奖现场我们才发现老师的出场顺序从开场改到了压轴，这样我们晚上的演出就来不及了……”

“组委会做出这样的改动，为什么没提前通知你们呢？”

“他们通知了……可是我当时事情太多太杂，一不小心就没看到那封邮件……”

石聪刚才还通红的脸一下子又变得惨白，好像瞬间回到了那个万劫不复的下午，“我当时也不知道哪来的胆子，就想着豁出去了，硬着头皮去求组委会，求各家明星大咖的经纪人老师们，都快下跪磕头了，好说歹说，才把梁老师的出场顺序往前挪了一点，时间刚刚够我们赶到音乐厅直接上台演出！”

一个年轻后辈，敢直接跟大型晚会的组委会和各位资深经纪人据理力争，还取得了成效，也算是将功补过，力挽狂澜了……不过，想到梁浣最后还是误了场，看来石聪这狂澜最终还是没太挽住。

看出李薄荷脸上的疑惑，石聪接着说：“我赶紧开车送梁老师去音乐厅，可是那天实在是太倒霉了，一路上全是红灯和堵车，我们紧赶慢赶，还是晚了二十分钟……”

李薄荷和石聪同时泄了一口气，石聪不算是个太会讲故事的人，但这其中的一波三折也足以让李薄荷感同身受，深深体会到了当天梁浣和石聪那种如同蹦极一样在天堂与地狱之间来回折返的心情。

“那梁老师事后为什么没为自己澄清说明一下呢？”

石聪的眼睛里有了闪闪的泪光，声音也哽咽了起来：“我当时就想一人做事一人当，去向大家说明情况，所有的责任都由我来承担，可是梁老师说这么大的事情，不是我一个小孩能扛得了的，她是我的老师，也是我的老板，我犯的错就等于是她犯的错，把我推到风口浪尖上没有任何意义……再说了，就算她当时说了，别人也会以为我是收了她的好处出来替她背锅的，说不定还越描越黑了……”

石聪的话很有道理，如果明枪暗箭想针对梁浣，就算有十个石聪挡在前面，箭头也会自带卫星定位精准地将梁浣扎个万箭穿心，绝不误伤！

“事情发生了之后，我第一时间就跟梁老师提出了辞职，给她惹了那么大的祸，我觉得没脸再待在她身边了，可是她没赶我走，就跟我说了一句话……”

“什么话？”

“‘祸不能白闯，以后要长记性，敌人亲手帮我淬炼出来的兵器，我还舍不得扔。’从那以后，我脑子里就随时绷着根弦，每分每秒都告诉自己要事无巨细，一丝不苟……”

李薄荷相信石聪做到了，她甚至相信石聪随时拎在手边的那个沉甸甸的黑色公文包里装着梁浣所有的证件、印章，网银 U 盾以及一切签合约所需要的必要文件，随时随地都可以顺利完成一场又一场的商演签约。

人才都是虐出来的，能把自己从一个菜鸟助理迅速修炼成一间行走的办公室，靠的绝不是与生俱来的如履如临，而是捅过大娄子后的经验教训。

这样看来，梁浣这人，有胸襟，有情义，更有胆识。

一股谜之自信油然而生，李薄荷觉得自己这趟梅城之行是来对了。

“我只是没想到网上那些人会那么坏……会那样骂她……”石聪的声音很模糊，像是在跟李薄荷说，又像是在自语。

李薄荷刚想找点什么话安慰一下石聪，他却突然一个激灵站起身来，扭头就走，李薄荷还以为他是后悔跟自己交浅言深，急于逃离现场，再顺着他前去的方向一看，才发现是梁浣不知何时已经结束了排练，正向休息室走去。

梁浣大步流星走在前面，目不斜视，随意甩过来一两件东西，毛巾纸张什么的，石聪总是稳稳地接住，并适时地递上一瓶已经拧开了盖子的矿泉水。

梁浣一边仰头喝水，一边将脑后的发夹扯了下来，甩了甩散落的头发，随手把发夹递了出去。

迎面伸来一只摊开的手掌，梁浣一愣，转头看到石聪正低头收拾着自己递过去的一堆零碎，而现在向她伸手的人，是李薄荷。

说实话，下意识地伸出手之后李薄荷自己也后悔了，因为梁浣那种特有的、极具穿透力的目光直直地向她射了过来。其实，梁浣很少这么看人，即便对鞍前马后多年的石聪来说，每当看到她流露出这种目光就知道自己肯定是有麻烦了。

能看出来，面对这样的目光，李薄荷也很忐忑，但她愣是没收回手，空气就这么凝滞了几秒。石聪赶紧上前，刚要开口道歉，梁浣却别过了头，目光恢复了往常那种带着空洞的慵懒，修长的手指一松，发夹就稳稳地落在了李薄荷的掌心。

梁浣头也不回地向前走去，石聪眼睛一亮，一溜小碎步跟了上去，趁着梁浣没回头，他指了指李薄荷的手，张大了嘴用口型无声地指示："收好了！"

"不就是个破发夹嘛，有什么了不起？"

李薄荷不解地把玩着手中那个小玩意，仔细地看着，从发夹的材质和设计感上看，价格倒是不会太便宜，但从它的磨损程度来看，应该已经用了不少年了，就连齿梳都少了两根。

排练结束后，李薄荷连饭都没来得及吃便打车直奔当地最高档的商场，把所有柜台里陈列的商品都仔仔细细地挑了一个遍，最终选中了一只黑色的发夹，它镂空的梳体雕花精致，像是蝴蝶展开的双翼，其间错落地点缀着几颗碎钻，既大气又生动，挺适合梁浣的。

第二天，李薄荷早早赶到排练厅，梁浣一进门，她就把包装精美的礼盒递了上去，说："梁老师，我给您买了件小礼物，希望您能喜欢。"

"啊？不年不节的，给我买东西干什么？"嘴上这样说着，手上倒没客气，梁浣直接把礼物接了过去。

拆开包装，拿着发夹仔细端详了一下，梁浣露出了前所未有的灿烂笑容，眯着眼睛向李薄荷点了点头，尾音都快扬到了排练厅的天花板上：“啊……谢谢！”

李薄荷的心顿时拔凉拔凉的，虽然和梁浣相处时间不长，但她已经稍稍摸到了梁浣表达情绪的方式——她是个不怎么爱笑的人，尤其对越亲近的人越不爱笑，刚才那番造作的热情通常只用于舞台表演和面对观众。

当用这种笑容对付李薄荷时，就说明梁浣开始跟李薄荷“远”了，也开始跟李薄荷“演”了。

“完了完了，这马屁算是拍在了马蹄子上。”整个下午，李薄荷都沉浸在失落中。

排练间歇，梁浣照例向休息室走去，虽然马屁没拍好，但这丝毫不影响李薄荷觉得梁浣的身影在长长的走廊里看起来显得特别飒，就像电视剧里医生一边摘着口罩一边向助手交代治疗方案，就像电影里警察一边翻着档案一边分析谁才是真凶。

梁浣摘下发夹疲惫地甩了甩头，停下脚步一回头，紧随其后的李薄荷一个不留神，差点撞到她身上。

梁浣就是要找李薄荷，她捏着那只旧发夹在空中认真地掂了掂，郑重地递给了李薄荷，李薄荷下意识地接过来，没等发问，梁浣已经关上了休息室的门。

李薄荷捧着那只发夹坐回到方才的位置，又仔仔细细地看了起来，发现那两条发齿断掉的地方一处已经被磨圆，一处还有些棱角，是新伤亦是旧痕……

如果一个物件旧了坏了主人却没有换掉它，只能说明它对于主人来说有着特别的意义，所以这只发夹承载着的远远比李薄荷想象的多，那应该是她所不了解的梁浣的另一面，也许是梁浣融入乐章的一段过往，也许是偶尔推开窗户，站立在明月光影下隐约的人影，总之是各有心事不能讲……

豁然开朗过后，李薄荷开始自责，她后悔不该去给梁浣选一只新的发夹，倒不是没有投其所好，而是，她不应该就这样贸然地轻视别人的心结。

“在想什么？”抬起头来时，梁浣已经又站在面前了。

李薄荷仰着脸看着梁浣，还没从沉思中回过神来，自言自语：“我在想，如果八音盒少了两个齿，发出来的会是什么样的音乐呢？”

梁浣的嘴角微微抽了抽，欲言又止，手掌挑了挑，示意李薄荷站起来。

李薄荷刚一起身，梁浣忽然上前半步，把头探到她脖子边使劲嗅了嗅。

“什么味道？”梁浣毫不掩饰嫌弃的神情，皱着眉头又往后撤了大大的一整步。

李薄荷的脸烫得像火烧，这趟差旅的时长远远超过了原计划，她仅带的两件换洗的衣服不够用了，可谁都知道在雨季的南方想要晾干一件衣服有多难，她只好硬着头皮反复换穿着那两件散发着烂海带般腥咸味道的潮衣服。

“老师，这边太潮了，衣服晒不干，我身上都快长青苔了……”她的声音带着哭腔。

梁浣把怀里的总谱举上来挡住了大半张脸，头低了下去，李薄荷看不清她的表情，但从她肩膀耸动的频率来看，应该是在笑吧？

对，是嘲笑。

把总谱移开时，梁浣脸上的笑意还没彻底退去："排练完了一起去洗个澡吧。"

梁浣轻飘飘地扔下这句话，长腿一迈，已经上了指挥台。

乐队还在三三两两地聊着天，梁浣没说话，只是站在指挥台上静静地把衬衣袖子卷了上去，又轻轻把腕间的手表取了下来放在指挥台上，等她慢慢悠悠地完成这一套操作，乐队已经发现了她的存在，默契地安静下来。

有时候，李薄荷觉得和梁浣相处挺累的，明明是用一句招呼或者轻咳一声就能达到的效果，她非得用"暗示"，就好像她时时刻刻都在给别人出题，看别人能不能接住她的招。再说直白点，她时时刻刻都在考验身边的每一个人，看你是一块通灵宝玉，还是一截榆木疙瘩。

"梁浣看人，眼挺刁的。"

梁浣抬手间，音乐声已经在整个排练厅里响起，李薄荷发现梁浣的那只发夹还捧在自己手里，但现在已经不是还给她的时机了。

这是李薄荷第一次认真打量梁浣头发全部披散下来的样子，她的头发比李薄荷想象的短很多，也就只到肩膀，不知是天生卷曲还是故意把发尾烫了，总之配上深一缕浅一缕的栗色，稍显凌乱却别有韵味。

没了发夹的固定，梁浣的发丝就放肆了许多，可能也是知道沉浸在音乐版图里的女指挥没工夫顾及它们，便时不常地随着音乐的律动不合时宜地挡在她的眼前，梁浣只能趁着音乐的节奏不时地甩开头发，以眼神确保自己的每一个指示意图都准确地传达给了乐队。

在那甩头的瞬间，李薄荷捕捉到一股扑面而来的杀气，也正是这股杀气让她灵光一现：不管梁浣之前在自己面前表现出来的是什么姿态，淡然也罢，灰心也罢，不屑也罢，拒人于千里也罢，但她要跟她谈的事终究还是能成，因为只要梁浣站在指挥台上，她就不再是她自己，而是个战士。

李薄荷好像看到了这样一幅画面：深林中，单枪匹马的骑士负伤前行，丛生的荆棘划过马腿，断木轰然从空而降，掠过骑士的耳侧，迷雾遮蔽了前路，骑士的坐骑困在其中，焦躁不安，团团乱转。

远方，引路的精灵爬上小木屋的房顶，给骑士点燃了一盏指示方向的煤油灯。骑士猛然回首，准确地发出号令，战马人立而起，嘶鸣划破夜空，骑士披荆斩棘，向着远处那微如萤火的光亮而去……

虽然在童话故事里，引路的精灵大多是大鼻子红脸蛋扁脚丫、头上还盖着一顶滑稽帽子的小矮人，但此时的李薄荷却丝毫不介意在这段故事里扮演一个这样的角色。

“等，等等！洗，洗，洗……洗个澡？”

李薄荷一下子醒过神来，“她刚才是说一起去洗个澡吗？我明明跟她也不熟，有……有必要这么坦诚相见吗？大家……虚与委蛇一点不好吗？”

池柳坐在偌大的办公室里发呆，曾几何时，能够拥有一间独立办公室是她的梦想，尤其是如此气派体面的办公室，但当她真搬进这间张群生前留下的办公室时，一切的剧情发展却与她的计划大相径庭。她相信张群在世时透过窗子看到的一定都是格子间里忙忙碌碌的景象，但现在她的眼前却只有一片萧条。自打张群去世后，已经有几名员工先后提出了辞职，她没有理由挽留，也没有实力挽留，只能放任大家另谋高就，往日里拥挤热闹的格子间眼下竟显得如此空旷，池柳宛如王朝末世登基的皇帝，面对国之将颓，任凭自己有浑身的力气也是无处可使，无力回天。

正想着，办公室的门被敲响，池柳整理了一下情绪说：“进来。”

门被轻轻推开，随着外面中央空调的小风刮进来的，还有一丝不祥的预感。

“柳姐……不，池总……”小姑娘怯怯地叫着，站在门口，迟迟不敢进门。

池柳叹了口气，从笔筒里抽出笔，说：“拿来吧。”

小姑娘脸红了，悄悄递过来几张纸，即使她不说，池柳也知道她来找自己的目的：小姑娘是三个月前刚进入“苇航”实习的，现在实习期刚满，赶上“苇航”出了这么大的事，面对这种情况任谁也不会选择继续留在公司了，不过在这时候选择离开，多多少少总带着那么点过河拆桥的意味，小姑娘有些难以启齿。

池柳翻了翻小姑娘递过来的纸张，说：“实习评定我会给你写得漂亮点，最近公司的项目都给你算上署名，这样你再去别的公司找工作会顺利些。”

小姑娘感激地点了点头，结结巴巴地说：“谢谢柳姐，不……谢谢池总。”

不怪小姑娘总是叫不对，本来“柳姐”当上这个“池总”也还没几天。池柳疲惫地挤出一丝笑容，向小姑娘挥了挥手。

小姑娘退出办公室后，池柳整个人瘫在椅子上，又把手机里的电话簿调出来，上上下下地翻着，这样的动作这些天已经重复了无数次，像病入膏肓的痨鬼翻药方，翻来翻去也不过是望梅止渴。

都说“朋友多了路好走”，其实是“路好走时朋友多”，真到有困难，池柳发现竟然没有一个人可以救自己于水火。

手机翻到眼睛发花，一个人名突然跳进视线，这么多年了，也不知道他的号码换没换，池柳迟疑了几秒，抱着死马当成活马医的心态拨了过去。

电话那头的男声优雅中带着淡淡的磁性："喂，哪位？"

池柳止不住幽咽，轻轻地叫了一声："江老师……"

池柳约江野达在一家咖啡厅见面，江野达也没推辞，如约而至。

当年江野达放弃留校任教后进入了演艺经济公司就职，如今的他早已自立门户，成立了自己的公司，即使偶尔会在圈子里听说他公司的名号，池柳还是很难把同学会上重逢的"老师"与"商人"这个身份联系起来。七年过去了，他还是那么的温文尔雅、心静如水、干净平和得像张未着一墨的宣纸，但她又坚信江野达能在尔虞我诈的商场上做到顺风顺水，凭借的就是这股子遵道秉义的"教师后遗症"，一如她在行业里听到的风评：江总重义轻利，大有"儒商"风范，可交！

池柳顾不上多寒暄，就开门见山地把"苇航"的难处竹筒倒豆般地倾吐了一番，说到艰难之处，长时间的委屈一下子释放，竟忍不住落下泪来。

江野达双肘支在桌上，修长纤细的十指交叉抵在下巴边，眉头微皱，不住地点头："我明白我明白，现在整个演艺市场的大环境都不好，尤其是你们公司刚刚遇到些变故，这些困难是可想而知的……"

他随手从公文包里掏出一方手帕递给池柳，这年月，很少见到随身揣着手帕的男人了。

池柳接过手帕，只轻轻地在眼角拭了拭，以确保妆容不会花掉："江老师，跟您我就不掖着藏着了，其实我约您出来是想求您帮忙，您手里有没有什么觉得不值得一做的小项目能匀给我们一个，或者能带我们一把，可能对您来说是仨瓜俩枣的小意思，但对我们来说，就是救命稻草啊！”

江野达咬了咬嘴唇，本来就没什么血色的唇角更显发白，迟疑地说：“这个……”

“江老师，我知道从别人碗里捞肉是行业大忌，于情于理都说不通，可是我和薄荷实在走投无路了，薄荷现在在南方单枪匹马地谈一个项目，估计十有八九也是白扯。不瞒您说，公司现在的经费连像样的酒店都报不起了，薄荷只能住在小招待所，如果公司再不开张，我们就得抱着铺盖卷睡水泥管子去了。”

听到李薄荷的名字，江野达并不动声色，双手又交叉托回下巴，池柳却敏锐地捕捉到他纤长的睫毛微微地颤抖了一下。

“江老师，不光薄荷是您的学生，我也是您的学生啊……”

江野达张了张口，还没来得及给出回应，池柳又情真意切地补了一句：“张群也是您的学生啊……”

江野达的目光微微闪动，似乎把刚才吐到嘴边的话又咽了回去，重新组织了一下语言，说：“我这边的确有一个正在接洽的项目，如果你愿意，咱们可以算联合承办。当然，我这方面的意向不能成为决定因素，最终能不能合作成功还得看版权方的意思……”

池柳兴奋不已，连连点头，说：“谢谢江老师，您放心，我肯定抓住这个机会，您这可真是救了我们的命啊！”

江野达微微一笑，说：“没事，谁让你们还叫我一声老师呢。”

池柳说：“其实按理来说，现在应该叫您江总。”

江野达说：“别别，还是叫老师吧，听着顺耳点。”

池柳说：“我也觉得还是叫老师顺口，那我以后还叫您老师。”

池柳拈起桌上的手帕想还给江野达，却发现上面多了几道浅浅的黑线，是泪水混合着眼线膏和睫毛膏留下的痕迹，她有点不好意思，吐了吐舌头，说："江老师，手帕我洗洗再还给您。"

不容江野达表态，池柳已经把手帕卷了卷，塞进了包里。

"女士时间，就不带你玩了哈。"梁浣向石聪挥了挥手，带着李薄荷向门外走去。

石聪眼中流露出宛如中华田园犬般"主人自己去郊游却把我拴在院子里看门"的哀怨神情。李薄荷一边一溜小跑地追着梁浣，一边回头不住地向石聪合掌致歉，用口型不断地重复着"对不起，对不起，对不起……"

如同南方的面条与北方的面条不同，南方桑拿也没北方桑拿那么简单粗暴，店家还贴心地在桑拿石边竖起一排竹子，隔出了一个相对私密的空间，营造出一种"幽僻处可有人行"的意境。

李薄荷把衣服交给服务生清洗烘干，一阵阵带着寒意的疼痛突袭小腹，是大姨妈突然造访！也许是最近发生了太多事情，严重影响了内分泌，身体用一种前所未有的痛感来报复她，她向服务生要了棉条，找了个避人的角落虾米似的一弓，希望用桑拿石的温度缓解眼下的悲催。

从她的脸上，梁浣一下子就看出了她现在的困窘，捧起一把热石焐在她腰上，一扫往日的高冷傲然，抓起几块鹅卵石扔着玩了起来，这个时间段桑拿房里没什么人，鹅卵石相互碰撞的声音在空房里回荡，激起万户捣衣声。

"了解过我的'黑历史'吗？"梁浣突然问。

李薄荷坦诚地点了点头。

"你怎么想？"

李薄荷从来没把注意力放在梁浣的“黑料”上，只是反问了一个问题。

“梁老师，您打算就这么算了吗？”

落下的石子砸在纤细的手指上，梁浣吃痛，一把石子全散落在地。

“你失去过东西吗？”梁浣又问。

“嗯，失去过，很久以前了……”

“说来听听，你甘心吗？”

“我不甘心！”李薄荷双腿一盘，面对着梁浣坐了起来，“老师，您知道我最看不起什么吗？”

“什么？”

“美化失去！我们从小听了太多鸡汤寓言，什么塞翁失马，焉知非福啦，什么失之东隅，收之桑榆啦……可我觉得那都是编给失败者的自我安慰。前阵子，我遇见了曾经从我手里夺走过东西的人，现在我们都过得不错，时间也好像帮我们淡化了很多恩恩怨怨，但我心里很清楚，如果能够回到过去，我还想要拼尽全力地打败她，不是想夺回什么，只是我一直没咽下当年的那口气……所以我觉得失去就是失去，失败就是失败，它们本身并不值得歌颂，真正能让人满足的，只有胜利！”

“我明白你的意思，可我有点累了。”梁浣语气轻轻的，但李薄荷听得很清楚，“说实话……有时候，也有点怵了。”

李薄荷明白梁浣“怵”的是什么，她的一次误场固然给主办方和观众带来了损失，但也不至于永世不得翻身。当时，误场只是滑下山坡的第一片雪花，真正逼她半退圈的是由此在网络上引发的“舆论雪崩”，李薄荷大概浏览过，那些冰冷恶毒的字眼无一不彰显着人性的阴暗，换了是她也得怵：不争辩吧，委屈；争辩吧，又永远叫不醒装睡的人。更何况，向成心抹黑自己的人去诉求真相，无异于缘木求鱼。

“可是……在武侠电影里，想要归隐山林的大侠最后都被仇人赶尽杀绝了，这叫树欲静而风不止啊……”李薄荷咬着小手指从牙缝中迸出这么一句。

见梁浣面色一凛，她又忙不迭地解释：“噢，对不起，这个例子可能举得不太恰当……”

“没事，挺好，你接着说。”梁浣脸上并无愠色，语气中反而流露出一丝鼓舞。

“在我看来，您从一开始就踏上了一条没有办法退让的路，如果现在示弱了，那些想要把您从指挥台上彻底踢下去的人只会得寸进尺，早晚有一天，您会被他们逼得没有立锥之地，与其这样，倒不如反戈一击。”

“那如果……失败了呢？”

“失败了至少可以怪别人啊，怪神一样的对手，怪猪一样的队友，哪怕是在潜意识里推诿责任也好。您知道吗，我曾经不止一次地幻想过如果当初自己再拼一下现在的人生会是什么样子？我用尽了所有的想象力反复地折磨自己，可是除了一遍一遍地怪自己没用之外又什么都改变不了……梁老师，您就当这是一个曾经的失败者献祭的血泪经验吧，怪自己的滋味太难受了！与其这样，还不如把对手全拖下水，让他们也难受难受。”

“我怎么听着你这话有点像说我是癞蛤蟆跳脚背，不咬人硌硬人的意思啊？”梁浣的眉头蹙了起来，眼里却有笑意，“那，我又为什么非选择你们公司不可呢？”

腹部一阵绞痛，李薄荷双手握拳抵住小腹，腰弯了下去，把脑袋探到梁浣微低着的脸庞下，从下往上打量着她的脸色：“我说了，您可不许生气啊……”

梁浣点了点头：“行，你说。”

李薄荷说：“据我所知，现在并没有其他的经纪公司跟您接洽，所以您想重出江湖也没有契机。苇航的情况我也不瞒您，我们老板意外去世了，之前洽谈的项目都被迫终止了，但这也意味着我们会集中全公司的力量和资源为了您这一个项目全力以赴。最重要的是，现在苇航是您的唯一，您也是苇航的唯一，还有什么能比两个别无选择的人更能抱团取暖的呢？”

水滴顺着梁浣湿漉漉的发丝淌下来，落在炙热的桑拿石上，冒起一缕白烟，她低着头把桑拿石摆来摆去，下着一局谁也看不懂的棋。

“年轻真好……”

“您也年轻着呢！”这话搁别人可能听不懂，李薄荷却已经掌握了这种四两拨千斤的聊天风格。

梁浣这个人，像一幅水墨山水，留白太多，眼下这种表达就算是答应了。

几日来压在心头的重担瞬间卸下，李薄荷赶紧平趴下来，让小腹尽可能地贴在热乎乎的桑拿石上，两条小腿翘起来，节拍器一样地左摇右晃，晃着晃着，节奏渐渐慢了、乱了，随之响起的是轻轻的鼻息……

梁浣会心地笑了，《红楼梦》里说“锦罽暖亲猫”，大抵就是这幅景象吧。

“啊——”拖着长音的尖叫声从电话那头传来，刺得李薄荷耳膜疼。

“真的真的真的真的吗？她真的答应了？”池柳一连串的发问

透露着她内心的兴奋。

“跟你说了一百八十遍了，是真的！”

“薄荷薄荷薄荷薄荷你太棒了太棒了！”电话那头的池柳兴奋成了一台复读机。

“行了，不用吹捧我了，我跟你说，项目谈成了，这趟可就算是公差了，你得把所有费用给我报销！”

“没问题！奖金和提成一样都不能少，等公司缓过这阵子，我给你升职加薪！”听着池柳的声音，李薄荷坚信，如果自己是个男人，此时即便让她以身相许都是有可能的。

“好了，你先让公司准备准备吧，离我回去还有不到 24 小时，你可以趁这段时间好好想想怎么报答我！”李薄荷把最后一件东西扔进行李箱，拿出手机查次日返程的高铁。

公司经费捉襟见肘，李薄荷厚着脸皮跟梁浣商量这次能不能先不给她订商务座，梁浣爽快地答应了，李薄荷、石聪和梁浣三人就这样坐在了一起。

归途的风景和来时一般无二，但在李薄荷看来却有别样意境。窗外齐齐向后飞奔的树林、花草，无一不闪耀着愉悦的色彩，如同她现在兴奋的心跳，一路奔向那个她从回收站里捡回来的希望。

风景看累了，李薄荷百无聊赖地翻着包，摸到一副扑克，从事这个行业经常会踏上说走就走的公差，所以她包中常备着这些东西，以供与同事打发无聊的旅途时光。

李薄荷偷眼打量了一下梁浣，她披着件薄薄的披肩，倚着座椅靠背，双眼微闭，从有节律的呼吸上看应该是睡着了。与她并肩而坐的石聪则将公文包紧紧抱在胸前，尽管没人看着他，他的坐姿依然笔直板正，如同正在进行国际会谈。

李薄荷悄悄向石聪晃了晃扑克，号召他娱乐起来，石聪却紧张地眨了眨眼睛，眼神向梁浣瞟了瞟。李薄荷双手合掌，贴在脸边歪了歪头，又做了个轻手轻脚出牌的动作，示意石聪梁浣已经睡着了，只要他们轻点，梁浣是不会知道的。虽然可供两人玩的扑克项目不多，但对于五脊六兽的李薄荷来说，哪怕玩个“小猫钓鱼”也是好的嘛。

石聪有点犹豫，说实话他对扑克兴趣不大，但很难有人可以生硬地拒绝李薄荷这么可爱的姑娘的邀约，更何况，这个可爱的姑娘在未来很长的一段时间内还将和他共事。

旁边传来轻轻的敲击声，石聪和李薄荷循声望去，看到梁浣虽然还双目微闭，手已经在轻叩小桌板示意李薄荷赶紧发牌了。

“这个女人是二郎神吗？到底有几只眼睛？”李薄荷倒抽了一口冷气。

有了梁浣的参与可玩的游戏就多了，首选当然是“斗地主”，不过李薄荷有点怀疑梁浣这种世界里只有音乐的人会不会斗地主，要知道，艺术家有时候都蛮无趣的。

正这么想着，手机响了，梁浣的微信从他们三个人的小群里弹出来，“二十一把，三把一结账。”

啊哈？看看梁浣那张似笑非笑的脸，李薄荷觉得她真是越来越不认识眼前这个女人了。

自从在大学宿舍里学会了斗地主，它就成了李薄荷放假休息出差旅行的必备休闲节目，所以她还是挺有信心的，不过这种信心也就持续了不到半个小时，半小时之后，她就开始后悔启动了这个游戏，一个小时之后，她已经冷汗连连，在列车还差两站到达目的地时，她已经输得发愁下半个月该吃什么了。

“妖怪，妖怪，这个女人是妖怪！”李薄荷心底疯狂呐喊。

列车在李薄荷的期盼中终于缓缓驶进目的地，倒不是因为归心似箭，主要是，实在输不起了。

梁浣得意地把微信里最后一个红包点了，把手机扔进包里，拍了拍包，说："走，吃饭去，挑个好点的地方，我请客。"

"吃就吃！反正都是我的钱！"李薄荷这样想着，连客气的心情都没有，抬腿就跟着梁浣走。

梁浣好像听到了李薄荷的心声，回头坏笑，"反正，羊毛出在羊身上。"

"不行，这算工伤，这钱也得让池柳给我报销了！"李薄荷面对着满桌子的菜，不顾肚子已经撑得浑圆了，还是不解恨地往嘴里塞着。

把梁浣和石聪安排在酒店，李薄荷来不及回家收拾一下就直奔公司，这一刻，她仿佛回到了拿到高考录取通知书的那个下午，走在从邮局到家的那条普通到不能再普通的路上，她却骄傲地像个小公主，路边那一排熟悉到不能再熟悉的景色好像也都是为了烘托她的路过才应运而生。

谁幸福谁就是主角——也许，这就是生活的真谛！

办公室里，池柳正带着公司全员在开紧急会议，她身后的白板上早已布满横七竖八的文字和线条，李薄荷"破门而入"，惊得本来都在认真听池柳布置任务的同事们齐刷刷回头张望。

李薄荷面露惊喜："哟，策划会这就开上了，不愧是能打硬仗的队伍。"

同事们面面相觑，谁也没明白李薄荷在说什么，池柳赶紧把李薄荷拉到一边，悄悄问她："你怎么没回家啊？"

李薄荷说："这不是过家门不入，一心扑在工作上嘛！"

池柳指了指自己的办公室说："你先去我办公室歇会儿，我开完会再和你说。”

张群死了之后，池柳就搬进了他生前一直用的那间“佛系”办公室，看着瓷缸里的金鱼戏水，听着盆景里的小瀑布发出的流水声，闻着倒流塔香缓缓沉下的白烟，数日来奔波的疲劳和压力一股脑泛上来，李薄荷脑袋一歪，躺在沙发上睡着了。

醒来的时候大家都下班了，倒是池柳叫了一大桌子卤菜，两打啤酒，静静地等着李薄荷。

李薄荷最喜欢吃鸭头、鸭脖子、鸭锁骨这些机关复杂的东西，当又麻又辣的感觉在舌头上燃烧起来之后，再浇上一口冰凉的冒着泡沫的碳酸饮料，那种感觉别提有多爽了！

最先醒来的是李薄荷的鼻子，接着，是她的味蕾，在睡梦中下意识咽了几口口水之后，她完全顾不上眼线睡花了，头发乱得像鸡窝，诈尸似的从沙发上弹坐起来，把池柳吓了一跳。

“柳儿，还是你最爱我，还是你最懂我！”李薄荷拖着长音撒娇，也顾不上洗手，套上手套，抓起一只鸭头就往嘴里送。

池柳笑着皱起了眉头，说：“看你，好歹也是下了一趟江南，怎么跟去了趟偏远山区一样？”

“不行不行，南方人口味太淡，吃不惯，而且他们菜量太小了，三根榨菜五粒花生米也得给你摆一盘，看得我都不敢下筷子，还是这个实在。”

池柳坐在沙发对面的椅子上，优雅地跷着二郎腿，饲养员一样看着李薄荷大快朵颐。

李薄荷知道，这满满一桌子菜都是给她一个人叫的，池柳不敢吃辣，怕起痘，也很少喝啤酒，怕发胖。

“看你这大啖大嚼的样子，跟狼外婆似的，来来，这几天辛苦你了，我敬你一个！”

池柳与李薄荷之间还是第一次出现“敬”这个商务辞令，李薄荷倒也没客气，抄起易拉罐往池柳的罐子上撞了一下，一仰脖灌下几大口，轻轻打了个嗝。

“吃美了吗？”

“必须美了！”李薄荷长长地出了一口气，摘下两只油花花的手套，像刚做完一场完美手术的外科医生一样志得意满。

“那……咱们聊点别的事？”

李薄荷敏锐地捕捉到了池柳语气中的异样，问：“怎么了？”

池柳从对面的椅子上起身，坐到李薄荷身边，垂目思忖了几秒，寻找合适的措辞。

就是这几秒，让李薄荷觉得她与池柳之间的距离一下子拉开了好远。

“薄荷，说实话，刚接手公司那几天我真的每天都想死，那时候幸好你把梁浣的项目从回收站里捡回来，给了我最后一线希望，你去南方那几天，要不是靠这口气吊着，我真可能就直接卷铺盖卷回家不干了！”

“你要炒我吗？”李薄荷呆呆地看着池柳。

“啊？”

“领导要炒人的时候都是这么开场的：在过去的日子里，你一直是我们团队非常重要的一员，我们很感谢你为公司所做的一切，但是——在这些漂亮话之后，一般都有一个令人不太愉快的‘但是’，你就直接说那个‘但是’吧。”

池柳像看最陌生的怪物一样把李薄荷左左右右打量了一圈，然后一把搂住她：“李薄荷你睡蒙了吧？你可是全公司的定海神针啊，你想走我还不放你呢！”

刚喝了点酒，又被池柳搂着脖子晃来晃去，李薄荷的确有点蒙："那你想说什么？"

"就在今天上午，我们突然接到一个项目，我也不瞒你，这个项目是我用了些关系从别的公司生撬过来的，很靠谱，现在公司的情况你也了解，资源和资金都有限，梁老师那个项目……能不能暂时放一放？"

李薄荷没想到剧情的发展会是这样，她还来不及发问，池柳又接着说："我得到消息的时候你们已经在回来的车上了，那时候你说话不方便，我也不可能让你们立刻调头回去，我以为你下了车会先回家休息，本来打算到家再和你商量，没想到你直接来公司了……"

李薄荷没回话，抓起一片藕片，梦游似的啃着，发出清脆的"咔嚓咔嚓"声。

池柳说："薄荷，我知道这件事情让你为难了，不过梁浣那个项目性价比本来也不是很高，咱们当时也是死马当成活马医才决定去找她谈谈，既然现在有更好的选择，不如弃车保帅，这样对你和公司都有好处，其实，对梁老师也有好处，因为万一这个项目没运作好，最受伤害的还是她……"

池柳说着拎过放在沙发对面的包，是迪奥新款，李薄荷以前从来没见池柳背过，池柳从里面取出一个精美的信封放在李薄荷面前，说："不能让梁老师白跑一趟，这是给梁老师的车马费……"

李薄荷想了想，又把信封推了回去，说："柳儿，这钱你收着，现在你那边的项目资金紧缺，这钱能用到什么地方就用到什么地方……"

池柳刚松了一口气，李薄荷又接着说："不过，梁老师那个项目我还是想继续下去，资金方面我自己拉赞助，人员的话……你至少给我一个帮手，办公室里的事情让米雅帮我处理着，其他的你都不用管，我自己想办法。”

池柳脱口而出：“薄荷你疯了吧，都这时候了你上哪儿拉赞助去啊？”

是啊，池柳问得很对，这就好比年二十九了还没买小猪崽呢，谁还能指望着大年三十吃上她李薄荷包的饺子啊？

看李薄荷答不上话了，池柳又把信封推给了她，说：“你就别犟了，放心，数额给得绝对不丢人，不亏她跑了这一趟。”

李薄荷咬着嘴唇认真地想了想，最后还是摇了摇头：“不是那么回事儿，柳儿，这不是钱不钱的事儿。”

“那是什么事儿？”

“这就好比……我和你本来一起撑着一把伞，可到下雨的时候我忽然塞给你两百块钱，然后把你从伞底下推了出去……你明白吗？两百块的确远远超过了一把伞的价值，但是……这不是钱不钱的事儿！”

“唉，李薄荷你啊你，就是内心戏太多！”

五、汤城的清晨汤城的夜

杨家的院子里种着两棵枣树，在杨家强的记忆中，深秋时节山里的雾气就重了，潮气像是能把天地间的一切融化，让年幼的杨家强总是这样幻想：山里住着一位不知名的老神仙，趁着村民睡觉时向空中扬了一把神奇的红色粉末，粉末融化在空气中，变成染料，落在枣树上，满树的枣子就熟透了。

熟透的枣子鼓鼓囊囊，童年里，杨家强不止一次地长时间站在树下仰头看着，他不馋，他只是在担心，担心那些丰满到摇摇欲坠的果实会随时掉落，那种心情像极了后来他在城里见到漂亮姑娘们时的心情，灯红酒绿，推杯换盏间，那一张张打了玻尿酸的脸庞写满青春的气息，吹弹可破，令人怜爱，美丽到让他担心。

担心什么？也许是“最是人间留不住，朱颜辞镜花辞树”吧。

清晨露重，再加上昼夜温差的作用，熟透的枣子便从树上落下，砸到青石板地面上，如同充到极限的气球被针一扎，炸裂开来，发出清脆的爆炸声，那样的声音是有味道的，又酸又甜，水分充足，通过人的耳道钻进口腔，令人口齿生津。

一颗枣子开始坠落，剩下的就都待不住了，争先恐后纷纷跟随，噼里啪啦的声音在青石板上此起彼伏，年幼的杨家强在被窝里翻了个身，他知道，最担心的事情还是发生了，他也知道，天亮了。

村子在杨家强上初中的时候才通了电，所以熬夜在村民的世界里是不存在的，在他们的认知里，天黑后不睡觉的，除了熊瞎子就是鬼。

汤城这座城市教会了杨家强熬夜，那时候他还没毕业，经常在校外接点小活儿挣点生活费和学费，他也没有笔记本电脑，只能等其他同学做完功课上床睡觉才能借了人家的电脑窝在阶梯教室最后一排赶方案做 PPT。有一天，他正“奋笔疾书”，一道光亮照在他的键盘上，他抬头望向窗外，发现不知何时天色已亮，而他之所以没发现，是因为这里的清晨没有鸟语花香，没有鸡鸣狗叫，有的只是远处隐隐传来的早班公交车发动引擎驶出站台的声音和传达室大爷收音机里传出的准点报时。

食堂准备早点的大叔大妈通过后门往里运着刚熬好的豆浆、整屉刚蒸好的包子和整筐刚炸好的炸糕，热气穿过豆包布弥漫到空中，把一种乐道安命的幸福感播散向四处，杨家强这才意识到自己不知不觉已经熬了一个通宵，那是他人生的第一个通宵，但他来不及自怨自艾，只是感叹。

原来，汤城的夜是这样的，汤城的清晨是这样的，原来，城市是这样的。

如今的杨家强早已习惯了通宵作业，确切地说，从走上创业这条道路以来，他的夜晚不是在酒桌上就是在办公室里度过的，为了更好地熬夜，他还给办公室安装了避光性能最强的百叶窗。

鼠标轻轻叩击邮件上的“发送”标志，杨家强合上电脑走到窗前，拉开百叶窗，城市的气息被分隔成一条一条，倾泻进屋，阴影落在地板上，像在他的世界里铺满了小学时用的作文纸，有无数的故事等着他去书写。

他伸了个懒腰，看了看腕间硕大的表盘，接下来还有个会议，要去磕个重要的客户，睡觉是没戏了，他打算叫个代驾，在路上小眯一会儿。

很快有人接单了，他抖擞了一下精神，快步下楼，谁也看不出来他一夜没睡。

楼下花坛边坐着个头戴安全帽一只脚吊儿郎当架在代步车上的男人，看到杨家强下楼，对方急忙掐灭刚点燃的烟，迎了上来。

“老板，您叫的代驾吧……”安全帽下露出一张熟悉的脸，杨家强和对方都愣了一下。

“夏、夏昭？”

杨家全家只有一只闹钟，用了三十年，离家求学临出门时，老实憨厚的父亲把那只唯一的闹钟塞进了杨家强的行李中，杨家强想了想，告诉父亲学校宿舍有钟，大家早上起床也都会相互叫一声，又把闹钟从包里掏了出来，放回桌上。

还记得刚进城时，杨家强偶然路过商店，看到橱窗里陈列着一块标价四位数的手表，那对于他来说不仅仅意味着一个天文数字，更是对他价值认知体系的巨大冲击，但紧接着，他的价值认知体系又遭受了第二次巨大冲击，因为他发现原来几千块钱的表，根本不算表。

车子驰骋在早上八九点钟的太阳下，堵车似乎成了一个城市繁华的标志，杨家强伸了伸懒腰，腕间硕大的表盘就露了出来，都说女人看包男人看表，自从买了人生第一块价值不菲的手表后，杨家强买西装就喜欢刻意选小一号，袖子短，方便向更多人“不经意”地展示他的名表。

“夏昭啊，真没想到，咱们老同学居然这么碰着了，你说巧不巧。”杨家强笑嘻嘻地起了个话头。

“缘分呗。”夏昭也是嘻嘻哈哈，有一搭没一搭地回着话。

“哎，你记不记得那天同学聚会，老郝说你搞大生意呢，我不知道别人哈，反正我可是当真的听了，还想着什么时候约出来一起喝个茶，整合整合资源，看看有没有合作机会能搞几个大项目呢……”

“现在也能合作啊，你有车，我有驾照，你什么时候喝多了、累了、看着方向盘烦了，你随时找我啊，这多整合啊！”

“行！就这么定了！”杨家强拍了拍大腿，“你干代驾多长时间了？”

“没多长时间，瞎混呗……你还不知道我吗？干什么都没长性。”

“唉，你说说，咱们都是老同学，这就相当于光着屁股一起长大的交情，跟我还有什么不好意思的啊……”杨家强又拍了拍大腿，要不是为了行驶安全，他其实很想拍拍夏昭的肩膀，再叫上一句“小鬼”。

“你又不是个单身富婆，我有什么不好意思的？”夏昭笑着斜了杨家强一眼，趁着等红灯的工夫转过头来，把脸往他面前凑了凑，“怎么，我脸红了？”

杨家强干笑了两声，把副驾驶座的椅背往后调了调，整个人仰下去，双手交叉着枕在脑后。

“累了？晚上没睡够？”夏昭瞥了杨家强一眼。

“嗯，累，真累。”杨家强这样说着，夸夸其谈的兴致却丝毫未减，“说实话，在社会上折腾这几年，感觉就是一个字，累！你说一天天在酒桌上结交的什么兄弟啊，哥们儿啊，合作伙伴啊，这个总那个总的，全扯淡！回头看看，只有咱们同学之间的感情最真，最纯！我的情况你也知道，父母都在老家呢，你说在整个汤城，谁是我的亲人？你们啊！”

“嗯……”夏昭心不在焉地应着声，谨慎并道，车子稳稳地插入另一条车流。

“我觉得吧，同学就是同学，咱们聚在一起就是谈感情，要是把社会上那一套搬到同学会上那就没劲了！真的，在我看来，你混得好，我不巴结；你混得差，我能搭把手就搭把手，就像你这种情况，我不知道便罢，一旦遇上了，那以后肯定除了你别的司机我都不用，谁让咱们是同学呢！”

“哎，那我先谢谢您嘞……”转向灯发出“咔哒咔哒”的声音，夏昭目视前方，全神贯注。

“谢什么啊，不都说了嘛，咱是同学！哎，这工服上是你微信吗？我扫一个！咱们以后得常联络感情……”

杨家强眼尖地发现夏昭工作服右臂上贴着一个二维码，忙从左边口袋里掏出一个手机，“不对，这是工作号，没诚意，我必须拿私人号加你……”他说着又从右边口袋掏出另一个手机，对准夏昭的肱二头肌刚要扫，一阵急刹车声响起，他的手机便脱手飞了出去，要不是系了安全带，他肯定要直接亲到风挡玻璃上了。

“傻逼啊你，会不会开车！”

夏昭把头探出车窗，冲着远处绝尘而去的车子大喊，转脸冲杨家强抱歉地笑笑：“对不住啊，一傻逼，别我。”

“没事儿没事儿……”杨家强含含糊糊地应着，低头满地摸着刚刚飞出去的手机。

夏昭拍了拍右臂：“不好意思啊，我这也是工作号，公司统一发的，没诚意……”

“没事儿没事儿，回头我同学群里找你。”杨家强从座椅底下捡起手机，揣进了口袋里。

“得了，回头再说，到地方了别耽误你正事。”夏昭指指杨家强身后，一座豪华办公楼气派矗立，每一砖一瓦每一块玻璃都透露着一股“穷人勿近”的气息。

“行，回头常联系。”杨家强好像还没从刚才那个急刹车的冲击中回过神来，跌跌撞撞地下了车。

下车的瞬间，夏昭听到他嘟囔了一句：“这一路，本来寻思睡会儿呢……”

傍晚，夏昭暂时收了工，在家门口的路边摊点了碗朝鲜冷面，叫了两个凉菜，慰劳自己连午饭都没来得及吃的肠胃。面上了桌，他趁凉端起来喝了一口汤，酸酸甜甜的味道在口腔里蔓延开来，加重了本来已经旺盛的饥饿感，他赶紧放下碗，把里面仅有的那两片薄如蝉翼的牛肉捞起来塞进嘴里，一股小确幸发自内心地洋溢上来。

手机响了，夏昭随手滑开微信，是杨家强发来的定位地址，让他去接车，看着刚摆上桌的拍黄瓜和凉拌腐竹，夏昭咽了咽口水，给杨家强回了条信息，告诉他自己正在吃饭赶不过去，让他另外找人。对于夏昭这种从事服务行业的人来说，一天中能属于自己随心所欲的时间太少了，他舍不得放弃。

谁知杨家强竟然打了通语音电话过来，问夏昭在哪里吃饭，随后表示自己马上找代驾开车过来，让他等着自己一块吃。

夏昭哭笑不得，他实在想不通在学校时根本没说过几句话的杨家强现在怎么会这么想自己，不过来就来吧，俗话说贫居闹市无人问，自己一没钱二没色，没什么可被人贪图的，人家不怕自己占人家便宜，敢主动前来拜访穷故人也算是勇气可嘉了，他这么想着，也就把地址给杨家强甩了过去。

没过多久，杨家强风风火火地赶到了，往夏昭对面一坐就开始打量路边小摊简陋的棚子：破旧的桌椅，眼不见为净的灶台和朴素的食客，看着看着就流露出一脸感慨，仿佛电视新闻里下基层走访民生的高层干部，嘴里不迭地念叨着“不错不错真不错……唉，还是这样的生活自在啊……”总之浑身都散发着那么一股子“不接地气儿”。

杨家强也没吃饭，遂大手一挥，一派“照着菜谱点一整本”的气势，不多一会儿，烤串、啤酒、凉菜、炒饭悉数上桌，夏昭连连摆手，说：“我还没收工呢，晚上活儿最多，一会儿还得再接两单，酒就不喝了……”

夏昭话音未落，杨家强早已不由分说地给他倒了一杯：“咱们老同学今天遇见了是缘分，还拉什么活儿啊，你今天的车份子我包了！来来来，走一个！”

杨家强毫无理由的热情让夏昭没有理由推却，心里只得暗想算了吧，今天就当放半天假提前收工，便和杨家强推杯换盏起来。

杨家强“嗞啦”一口酒，“吧嗒”一口菜，在饭桌上忆苦思甜和吹牛是成功男人的保留节目，果然，几杯酒下肚，他就开始扯着夏昭回忆起当初在学校时的点点滴滴。

“夏昭你知道吗，我们家那边穷啊，是真穷！”杨家强攥着拳头，只伸出一只食指在桌上狠狠地钻着，好像要把个“穷”字深深地刻在桌上，又像是生怕夏昭不知道“穷”字是什么意思。“穷到什么程度呢，说唯一的家用电器是手电筒那真是不夸张，我考上大学那一天，我爹蹲在门槛上抽了一晚上烟，没说话……我知道他是愁哇，我一进城，吃喝拉撒，学费、住宿费、路费，哪样都能让我爹扒层皮……”

杨家强眼角湿润了，他抬手随便在脸上抹了几把，吸了吸鼻子，接着说：“我到现在都不知道当初我爹给我的第一笔学费是怎么来的，真的，我不敢问，我怕一旦问了，这个大学我就没脸上了，我太对不起我爹我娘了……我不知道你进大学干的第一件事是什么啊，反正我是撂下行李就去找打工的地方了，因为我知道我爹就算是头拱地也只能给我凑出来第一年的学费，剩下的只能靠我自己……”

夏昭插不上话，只好给杨家强添了杯酒，杨家强应该也是说到口渴，抄起杯一饮而尽，抹了抹嘴角上的泡沫，“后来，我记得是……大三的时候吧，有一次在外面接了个活儿，结果人家赖账了，没给我钱。要交学费了，我身上一分钱没有，那时候我实在没办法了，说实话，一边上学一边干活也真累了，心想要不就先休学一年，去外面找个工作，干一年活攒点钱，回来再踏踏实实读书，这么想着，我就回宿舍去收拾行李。铺盖卷儿都打好了，老郝回来了，我俩正撞上了，我就把要退学这事儿跟他说了，再然后……反正我也不知道他怎么弄的，就跟咱全班同学说了，组织大家给我捐款……”

杨家强咬着嘴唇平复了一下激动的情绪：“说实话夏昭，我这个大学能读下来，靠的是咱们同班同学。所以我能有今天，心里最感激的就是大家，不管咱班谁，有什么困难，我杨家强绝对第一个站出来，责无旁贷！真的，从今天起，你也不用零零碎碎干代驾了，你就跟着我干，我包你！”

他一拍桌子，像敲定了什么重大生意，路边摊的小桌子经不住他的力道，盘子杯子被震得叮当乱响，已经喝空了的啤酒瓶栽倒下来，“骨碌骨碌”地滚向桌边，幸好夏昭眼疾手快才在瓶子落地前一把抄住了。

周围人投来异样的目光，夏昭抱歉地向四周摆了摆手，说：“不好意思啊，喝多了，喝多了。”

杨家强对夏昭的评价颇为不满，连连摇头，说：“不不不！我没喝多，老夏我跟你说真的，你别看我现在这样，有时候早上起来两眼一睁，我就问自己，我现在最大的心愿是什么？然后我发现我已经啥都不缺了，思来想去我现在唯一应该做的就是饮水思源，回馈曾经帮助过我的人！”

几瓶酒下肚，夏昭已经成了“老夏”，不过年轻人都有这么个毛病，爱把自己和对方往老了叫，显得渊源深厚，交情匪浅，没管他叫“小夏”就说明杨家强还是有一丝理智尚存的。

夏昭捏了捏鼻子，说：“家强，你的心意我都明白，不过你不用谢我，因为那时候我早被开除了，也没帮上你什么忙。”

“啊？”杨家强愣住了，像是冷不防被猎人喝住的傻狍子，瞪着夏昭的双眼都快对到一起了，“是吗？”

夏昭一个劲地点头说：“是是是，大学我就念了大半学期。”

“啊——”杨家强拖了个长音，恍然大悟。

“所以啊，你就把你的爱心留给更需要的同学吧。”

杨家强怅然若失，整个身子无力地瘫在小马扎上，过了半晌才悠悠地吐出一句：“这不是……他们都没遇到难处嘛！”

这天晚上杨家强还是喝多了，夏昭叫了代驾，好不容易从他口中问出了家庭地址，连拖带扛地才算把他弄回了家，看着杨家强躺在床上睡得像个孩子，夏昭忽然明白了为什么他会这么想见自己，炫耀的成分是有的，但开心也是真的开心——像杨家强这样的人，出身贫寒，用了短短几年时间就完成了阶级的越层攀升，他太需要有知道来龙去脉的人分享他的喜悦和成就，仰望他的飞跃了，而此时此刻，自己无疑就是那个最合适的人选。

窗外淅淅沥沥地下起了小雨，第一滴落在窗子上，发出令人心安的一声，接着，树叶、道路、行人的伞面都跟着凑起了热闹，按照雨丝给出的主题自由发挥，尽情变奏，集体创作出一曲大自然馈赠给人类的限定版催眠曲。

这一刻，夏昭突然明白了李商隐为什么要“留得枯荷听雨声”，他觉得困了，很快，整座汤城都觉得困了……

但是，再高级的白噪音也安抚不了成心不想睡的人，这一夜，池柳和李薄荷便是这样不识趣的叛逆者——关于如何处理梁浣的项目她们争论到了凌晨也没得出结论，最后池柳实在困得不行了，连连求饶地把信封交到李薄荷手上，表示这个项目的最终决定权就交给她了，让她自己看着办。

说实话，李薄荷放弃了出国计划留在公司，目的当然是帮公司顺利渡过难关，而不是为了和任何人较劲，出力不讨好的事情她当然最不愿意做，否则对于公司和自己来说是一个双输的局面，但回忆自己一路杀到南方，晓之以理动之以情地把梁浣请了过来，再这样把人家打发回去，又的确太不讲究……就这样，一直辗转反侧到天光大亮她还是没想好这个“看着办”到底是要“怎么办”。

本来想约在大堂的咖啡厅见面，但一向“生人勿近”的梁浣竟让李薄荷直接到房间来找自己。

梁浣正趴在阳台上抽烟，看着窗外这座陌生的城市，客房服务送来的早餐摆在桌上没动，行李箱老老实实地立在墙角，房间里除了扔在桌上的打火机和拆散了半包的烟，看不到任何私人物品，不知道是已经收拾好了还是压根没打开。

“是你们的问题还是我的问题？”她回过头来，笑意盈盈地看着李薄荷。

这是自李薄荷认识梁浣以来她流露出来的最真实最轻松的表情，反而把李薄荷给弄蒙了。

“啊？”

梁浣把烟头掐灭，走回房间，示意李薄荷坐下。

“您……是怎么知道的？”李薄荷小心翼翼地问。

“从昨天晚上到现在，你们公司一丁点儿都没跟我联系过，安静得有点反常啊。”

面对梁浣，李薄荷决定秉承自己一向的行事风格：在比自己聪明的人面前有一说一，绝不抖机灵。

“梁老师，既然您这么问了，那我也不瞒您，是我们这方面的问题，以我们公司现在的人力资源和经济能力，恐怕无法同时兼顾两个项目……”

“之前你不是说公司的项目全中止了吗？”

“这个项目是……昨天上午刚接到的。”

“噢……”

李薄荷惭愧得不敢看梁浣，都不知道她什么时候又点燃了一根烟。

梁浣跷起的二郎腿踢动了几下，点了点头：“嗯，那还是我的问题，你们决定弃车保帅，而我没有成为那个‘帅’。”

“梁老师，您这样说，我都不敢接话了……我有个不情之请，能请您先听一下吗？”

梁浣轻轻地吐出一缕烟雾，点了点头。

“我还是想坚持原来的计划，但是，我也必须实话实说，之前我向您承诺的可以调动全公司的人力、物力和财力这一点恐怕是没有办法兑现了，我现在只能在自己的权限范围之内给您最大的支持和配合。”

李薄荷的手伸进包里，手指反复拿捏着那只信封，像孤注一掷的赌徒握着最后一张可以决定自己命运的扑克牌。

“为什么？”梁浣的声音很清冽。

李薄荷在心里无声地叹了口气，捏着信封的手指又向上提了提：“当然如果您要拒绝，我也十分理解，我们公司也给您准备了一点辛苦……”

“我不是问我为什么要答应你，我是问，你为什么还想坚持原来的方案？”梁浣重申了一下自己的问题。

李薄荷抬起头来，真诚地看着梁浣，说：“梁老师，跟您实话实说，我承认当初找您的时候您是我们公司唯一的希望，但也不仅仅如此，因为我不可能去选择一个毫无成功希望的项目，那样无异于抱石投江，当初之所以会请您出山，还是看好咱们的合作前景的，所以，不管是从项目的角度，还是从江湖道义的角度，只要您还愿意继续，我都有义务把这个项目推进下去。”

“江湖道义……”

这是圈子里的老生常谈，从那些老狐狸嘴里说出来，多半是为了给那些心照不宣的利益勾连涂抹一层粉饰，但从眼前这个小丫头口中说出，倒像是幼儿园里的小男生攥着小拳头对刚捡来的小仓鼠说：“有我在，谁也不许欺负你！”

“行吧。”梁浣轻轻地点了点头。

“行……行吧？您的意思是，项目继续推进？”梁浣的语气太举重若轻，让李薄荷分不清她到底是在同意还是在婉转送客。

“嗯。”梁浣挑了挑眉，语气从容又不容置疑，补了一句，“Of course.”

汉语太暧昧，加上英语言简意赅的注解才让李薄荷放下心来，她迅速在大脑里查漏补缺，检索自己还要补充什么重要信息。

“噢，对了，梁老师，还有就是……咱们这个项目运作的条件可能……要苦一点。”李薄荷的声音低到连她自己都觉得不好意思。

“苦？能有多苦？”梁浣的眼神很是戏谑，仿佛在逗问小朋友十以内的加减法。

想想也是，在能只身深入战斗民族学艺并且在雄性称霸的指挥台上杀出一条血路的梁浣面前，自己又能吃过多少苦？

李薄荷给石聪发了一个大大的红包，又给了他一份本地导游攻略，让他先带着梁浣四处转转，自己想办法去筹钱搞赞助，梁浣倒也没说什么，就听从安排了。

把梁浣师徒支出去之后，李薄荷却一脑袋糨糊，如果说这世间还有什么比“搞钱”更难的事情，那无疑就是“在短时间内搞钱”了，她用了一天的时间把自己所有认识的人都求到了，手机打到烫手却一无所获，这样的结果也早在她的预料之内，毕竟连前阵子张群离世都没有人向她们伸出援手，现在更不会有什么意外惊喜。

眼看到了晚上十点半，李薄荷觉得过了这个时间再给别人打电话就未免太失礼了，只得恋恋不舍地把手机接上充电宝扔进包里，去超市买点吃的。

超市门口张灯结彩，大喇叭无限循环地叫卖着奖券，李薄荷的神经也不知道被什么触动了，抱着有枣没枣打三竿子的心态买了几张，说到底梦想还是要有的，万一实现了呢！

李薄荷坐在便利店外的台阶上，咬一口面包，喝一口冰冷的矿泉水，一张一张地撕着奖券，一行又一行的“谢谢参与”映入眼帘，辛辣得像写给芸芸众生的简练判词。

世间的事情多不过如此，你的命悬一线对别人来说不过是一句冰冷的机器上反复印刷的敷衍，你的死去活来对苍茫宇宙浩瀚星河来说，也不过是一场毫无波澜的“谢谢参与”。

塑料袋里只剩最后一张奖券了，李薄荷放下面包和水瓶，拍了拍手上的碎屑，把奖券夹在两掌中间，双掌合十虔诚地举到额前拜了拜。如果张群没有意外离世，算起来，此时的她应该在浪漫的艺术之都喝着下午茶，看着画展，听着街头乐队的即兴演唱，但眼下她却将自己搞得如此狼狈，把命运寄托在一张薄薄的纸片上，而更狼狈的是她连自嘲的资格都没有，反而屏住了呼吸，小心翼翼一点一点地揭开了那张被无数人倾注了改变命运的希望的卡片。

随着纸片一点一点地揭开，李薄荷的瞳孔也跟着一点一点地放大，引得过路人纷纷注目，不用说，通过她的表情，谁都能看得出来，这孩子中奖了！

一只粗糙的大手从空而降，擦着李薄荷的鼻尖掠过，李薄荷吓得一闭眼一睁眼间手里的奖券已经不见了，她往远处看去，只见一名男子一边做贼心虚地回头张望，一边攥着拳头仓皇逃窜。

要搁以前，李薄荷也不是个要钱不要命的姑娘，但架不住这几天接连的不顺让她心生一股“屋漏偏逢连阴雨”的憋屈，她索性把吃了一半的食物往路边一扔，大喝一声“站住”，便加足了马力向抢劫的男子追去——追得上追不上另论，起码先出了胸中这口窝囊气再说！

喊声惊动了路边两名正在抽烟聊天的男子，他们马上掐灭烟头跟着追了上去，李薄荷来不及停下脚步，心里却暗暗感动，也许自己运气还不算太差，这不，这座城市仅剩的一丝骑士精神就让自己给赶上了！

可能是起了较劲的心，也可能是被身后的江湖热血激励到了，李薄荷居然追着抢劫的男子一连跑过了五条街，拐了七八个弯，从大道追到小路，从小路追到胡同，眼看着劫匪离自己只有三五步之遥，可伸手就是抓不着，李薄荷心里越发不服气，身后那两名男子也和她一样不甘心，虽然跑得气喘吁吁，也依然咬牙在见义勇为这条道路上一溜小跑。

眼见前面是条死胡同，身后那两名男子喘着粗气直喊："追！前面没路了！姑娘，别让他跑了！快追！"

大仇得报的时候到了！李薄荷摩拳擦掌，就等着前方那毛贼无路可逃，自己便可手到擒来，瓮中捉鳖，心里正踔厉奋发呢，一道黑影一闪，一辆摩托车冒着黑烟拦住了她的去路。

来者戴着头盔，声音闷闷的："不是说好了接你下班的吗？怎么跑到这里来了，我找你半天。"

"接我下班？找我半天？"一连串的问号从李薄荷的脑海里冒出来，对方一把摘下头盔，李薄荷定睛一看，居然是前不久在同学会上刚重逢的那个"不良青年"，叫个什么……春夏秋冬的。

身后两名见义勇为的男青年围拢了上来，夏昭一脚支着地，向李薄荷殷勤地招着手："那么多人都等着咱们开饭呢，赶紧上车！"

"车？上车？等着我？谁等着我？你是谁啊就上你的车，回头你再把我拐卖了！"

李薄荷不由自主地往那两名男子身后躲了躲，两名男子心领神会，门神似的一左一右把她护在身后，估计心下也在暗暗盘算今天这趟见义勇为算是值了，买一送一，救了财又救了色，就连抢奖券的小毛贼都反身回来往李薄荷身前站了站，好似在大是大非面前也受到了正义的感召，改邪归正，回头是岸了！

看看，什么叫时势造英雄，这就叫！

夏昭把头盔挂在摩托车把手上，两道袖口往上卷了卷，手往屁股后边一摸，抽出一只四角磨损的皮夹，皮夹里只有几张旧旧的百元钞，他用食指和中指夹着都抽了出来，递向那两名见义勇为的男青年，说：“两位兄弟辛苦了，按说两位拔刀相助，我们应该请两位吃个饭以示谢意，但我们今天有聚会，一堆人等着呢，这点小意思可不敢说是给两位的谢礼，就当是给两位买包烟买瓶水。”

对面两个男人都没伸手接夏昭的钱，也没有推让，只是站在前面的男子冷笑了一下，夏昭赶紧又说：“咳，现在不都提倡无现金化支付嘛，身上不习惯揣钱，就这么多了，几位别嫌弃。”

夏昭对对方的称呼从“两位”变成了“几位”，李薄荷的心头吹过一丝寒意，她悄眼打量身边那三个男人，敏感地发现他们的眼中竟然闪过一丝默契的光芒，就在不久之前，李薄荷还觉得这是一个很简单的“官兵捉贼”的游戏，但现在这个游戏已经变成了“狼人杀”，让她一时间分不清到底谁是狼谁是羊了。

夏昭捏着钱的手又往前伸了伸，空踩了两下油门，摩托车排气管发出轰鸣，在狭窄的死胡同里回荡，引得过往行人抻着脖子看热闹。

眼看胡同口吸引的围观群众越来越多，见义勇为的男子只得变了脸色，语气也亲切客气起来，连连摆着手说：“别别别，路见不平一声吼，这都是我们应该做的，两位还有事是吧？那别耽误了，快忙着去吧。”

夏昭瞥了一眼抢劫的男子，说：“我们赶时间，就先不报警了，麻烦两位帮我们……”

夏昭话音未落，另一名见义勇为的男子赶紧接着说：“放心放心，有我们哥俩在，这小子跑不了！我们马上把他扭送到公安机关！”

为了让夏昭放心，两名男子还在劫匪身上拍拍打打了几下，随后，任由男子装模作样地推让，夏昭还是把一把有零有整的钱塞进了他怀里，然后向李薄荷使了个眼色，示意她上车。

“这是……把我卖了？”

夏昭和三名男子之间的哑谜让李薄荷一头雾水，而且她还心心念念惦记着那张刚显示出一个数字的中奖奖券，就在她不甘心地回头去找方才抢劫的男子时，手腕却传来钻心的疼痛，她差点尖叫出声，回头再看，夏昭正牵着她的手腕微笑地看着她说：“再不走菜就凉了。”

夏昭脸上挂着的是理论上的、形式上的“微笑”，眼睛里却透出一股咬牙切齿的焦急，并且着重强调了“凉了”两个字。

“凉了”这个词原本表示的就是物体温度降低，但在如今的网络用语中，它又被赋予了新鲜的含义，简单粗暴地解释就是“完蛋了”！

在“三名陌生男子”和“一名不良老同学”的天平之间，李薄荷还是选择了信任后者。

夏昭一脚油也不知道骑出去多远，直奔到车水马龙的繁华地带才停下，车一停稳，李薄荷就跳将下来，一路上揪在嗓子眼的心也才算重新落回肚子里，夏昭就算再有胆子也不敢在灯红酒绿的大马路上把自己怎么样吧。

天气暖了，很多饭店都在门口支起了摊子，夏昭就近挑了一家扯着李薄荷走了过去，不顾李薄荷的挣扎用半命令的口吻说：“坐下。”

“我不饿！”李薄荷争辩了一句。

“你不饿我还饿呢！”夏昭在菜谱上随便戳了几下，接着对李薄荷说，“你是不是傻？”

李薄荷很委屈，她不明白夏昭这股子无名怒火是从哪里来的，也不明白夏昭今天这套莫名其妙的操作是为了什么，她本来以为在经历了被公司撤掉资金和人力，把梁浣大老远请来却无法兑现承诺，好不容易中奖却被人抢走奖券之后，自己的人生已经跌到了谷底，没想到老天爷还毫不客气地给自己来了个返场加彩蛋，这正应了那句话：“千万别觉得自己的境遇已经惨到极致了，不然老天爷会觉得你在质疑他的能力。”

“我怎么了?！”李薄荷憋了几天的火正愁没处发呢，一嗓子吼出来响遏行云。

“你今天差点让人卖了你知道吗？幸好我碰巧路过撞上了，要不人家现在已经在数钱了！”夏昭白了李薄荷一眼，俨然一脸审视智障的神情。

李薄荷说：“我就觉得差点让你给卖了！”

夏昭本来一肚子的火竟化成了“噗嗤”一声笑，说：“还没看出来呢？今天那三个人是一伙的，做了局坑你的！”

李薄荷眼睛瞪得大大的，不敢置信地看着夏昭，夏昭点了根烟定了定神，说：“抢你东西那哥们儿身高得有一米八往上吧？光腿长就够到你肩膀的了，他要是真想跑，能甩你八条街让你连影子都看不到，怎么可能让你一直追在他屁股后面？”

李薄荷一时语塞，转念一想又摆出新论据，说：“谁的钱让人抢走了不急啊，我这是潜能被激发出来了，要不你看那两个见义勇为的大男人，跑得还没有我快呢。”

夏昭冷笑一声，说：“废话，他们要是跑得比你快，还怎么两头堵啊？”

夏昭这句“两头堵”冷不丁地堵住了李薄荷的嘴，一个可怕的念头从她脑海中闪过。说实话，在追赶劫匪的一路上她心里也有过说不出来的异样感，但那张奖券在整个过程中充分起到了一种“利令智昏”的发酵作用，就像溺水的人看到救命的船只是绝不会计较向自己伸出船桨的到底是良家渔民还是海盗头子的。所以当时她没来得及细想，现在她有时间了，开始细细回想所有的细节：劫匪抢了奖券之后似乎并没有拼尽全力逃跑，还不时回头观望一下和自己之间的距离。他逃跑的路线如今回忆起来也像是精心策划过的，从大路到小路再到死胡同，而那两名“见义勇为”的男子更是一直紧紧跟在自己身后，不超过自己，又始终不掉队。尤其是他们最后在死胡同里对自己的怂恿，似乎生怕自己因为胆怯而放弃追赶，如果他们真的是见义勇为，为什么不合伙冲上去把走投无路的劫匪扑倒在地？

李薄荷得出一个可怕的结论：那三个男人根本就是一伙的，从一开始他们的目标就不是抢钱而是劫人，所以才前后夹击一直把自己往人迹罕至的地方引！

初夏的夜晚，撸串喝酒的人们把袖子卷到肩头，吹着风扇用杂志扇着风依然难消心头的燥热，李薄荷却像三九天遭到冷水浇背，冻得瑟瑟发抖，她忍不住抽了抽鼻子，嘴角紧紧瘪着，声音里带着点小哭腔，眼巴巴地看着夏昭，说：“今天幸好是遇见你了，要不然……”

李薄荷哽咽着说不下去了，尽管同窗时间不长，夏昭也知道李薄荷一向要强，能在并不相熟的自己面前泫然欲泣，可见也是真后怕了。他语气软了下来，说：“别哭别哭，这不是没出事嘛，以后长点心就行了。”

烤串凉菜上得差不多了，有了美食的诱惑，再加上夏昭有意无意岔开话题，李薄荷没过多久也就又能谈笑风生了，夏昭的心情也跟着明快起来，不管怎么说，不难哄的女孩总是讨喜的。

看着李薄荷撸串撸得风风火火，夏昭按捺不住好奇心多嘴追问了一句："话说，他们抢走你多少钱？"

李薄荷正跟一块牛板筋较劲呢，也不知道是冲着食物还是冲着刚才的小毛贼，反正话说得咬牙切齿："五十万！"

"多少？！"夏昭大叫一声，一把抓起桌上的摩托车钥匙，大有翻遍汤城也要把那三个贼子揪出来的架势！

李薄荷气鼓鼓地说："他们抢走的是张奖券，具体中了多少我也没看清，刚撕出来一个'五'就被他们给抢走了。"

双眼一亮，李薄荷又"啪"地一拍桌子说："哎，这是条线索吧！咱们去派出所报案，让警察同志蹲守一下兑奖地点，有人去领奖就直接抓捕，咱们也算是揪出几个不法分子，为社会治安立了大功！"

夏昭哭笑不得："得了得了，你别给公安机关添乱了，就你在小超市买的那种奖券，中奖上限设不到那么高，撑死了你也就损失五百。"

"五百怎么了五百也是钱是我的钱！"李薄荷不服气地歪了歪头，连珠炮似的甩出一句听着就没有什么标点符号的话，又重重地哼了一声，语气附送五个感叹号。

夏昭一脸苦笑："你这是掉钱眼里了？按说你不至于啊，在我看来，像你、池柳、隋郁这些人都属于白富美，怎么跟三百五百的这么较劲啊？"

夏昭的话触动了李薄荷的心事，她先"咕咚咕咚"地灌了几口扎啤，然后把这几天的糟心经历竹筒倒豆似的一口气全吐了出来，夏昭只把来龙去脉听懂了个七七八八，但中心思想还是清晰的：李薄荷缺钱了。

夏昭灵光一现，说：“哎，我给你介绍个人，这个人正天天手里攥着钱撒不出去呢，你去找他拉个赞助，八成有门！”

李薄荷说：“这世界上还有愁钱花不出去的人？那不是这人有问题，就是他手里那钱有问题，给我我也不敢花啊。”

夏昭连连摆手，说：“我没说明白啊，这个人你认识，是咱班的，他的特点就是别人问他要钱要不出来，咱们班同学跟他要钱，一要一个准儿！”

李薄荷咬着手指寻思了半天：“我不记得咱们班招过神经病啊。”

夏昭所说的人就是杨家强，见面之前，他先给李薄荷铺垫了一下思路，所以李薄荷和杨家强一见面就开始回忆同窗情，并且重点回忆了杨家强当年是如何清苦，他是如何奋进，如何在落后的起跑线上逆袭直追，白手起家，又重点懊悔了像自己这种毫无危机意识的温室花朵是如何得过且过，挥霍机遇，如今沦落到无米下锅的境地。

不得不说李薄荷的话句句都打在杨家强的心坎上，人生之事莫不过三十年河东三十年河西，当年成绩斐然的李薄荷、左右逢源的池柳和放浪不羁的夏昭如今竟都求到了自己头上，令他心生一股豪迈之情，是谓“年少的周郎今何在，惯战的吕温侯又在哪一边”——没了，都没了，就剩下他杨家强一个人生赢家了！

杨家强大笔一挥，一笔赞助就拨了过去，李薄荷信誓旦旦地表示这笔资金她会给杨家强算成是参股投资，盈利后会按比例分红。

出了杨家强公司的大门，看着账户上多出来的一排零，李薄荷悄悄问夏昭："我心里怎么有点过意不去啊，咱们这算不算是忽悠？"

夏昭坏笑了一下，问："你真过意不去？"

李薄荷点了点头，但又马上补了一句："不过把钱还回去是不可能的，我就是有点负罪感，而已。"

李薄荷重点强调了"而已"两个字。

夏昭说："那就别把活儿给干砸了，别把钱给花赔了，把你所有的感动、责任和愧疚都化成帮他把钱赚回来的动力吧，我跟你说李芥末……"

"薄荷！李薄荷！薄荷糖的薄荷！"

"好好好，薄荷，我跟你说李薄荷，在这个世界上啊，什么深情都不如有出息好使！"

夏昭认真地扔出这么一句话，李薄荷觉得……嗯，简直不能更有道理！

六、什么深情都不如有出息好使

李薄荷那边为了资金和人手的问题焦头烂额，池柳这边也在摩拳擦掌地等着江野达介绍给她的新项目。

江野达介绍给池柳的是著名音乐剧《一夜孤城》在本地的巡演项目，这是近几年国内少有的优良原创音乐剧作品，从剧本、作曲到导演、表演水平都堪称一流，尤其是女主演张芸刚上了几期音乐类的电视节目，炙手可热，带动了一批原来根本不看音乐剧的观众和粉丝附庸风雅，票价水涨船高，江野达能把这个项目转手让给“苇航”，都不能用雪中送炭形容，简直可以说是雪中送中央空调了。

《一夜孤城》是由国内知名鬼才导演、编剧马昆一手创作的，能不能拿下这个项目的重点也就在于能不能拿下马昆，所以在接到这个消息的第一时间，池柳便着手让全公司搞背景调查，做策划方案，在汪洋中抓到一块救命木板的员工们积极性空前高涨，忙得不亦乐乎，池柳更是废寝忘食，几乎能把《一夜孤城》所有台词倒背如流，所有曲目随口哼唱，就等着和马昆面谈时将其一举拿下。

江野达把会面地点约在一家颇具禅意的中式餐厅，通过包间镂空的中式窗子，可以看到大厅里布置的小桥流水，竹影斑驳，把中国人骨子里那种“隐隐约约”的情趣表现得恰到好处。

江野达还是平常装束，金丝边眼镜，西裤配衬衣，袖子卷到一半，露出白到几乎没有血色的小臂。马昆则穿着件改良中式麻衫，左胸口的图案半佛半魔，一念之间。

不知情的，很容易以为这是私家侦探和风水先生的会晤。

洽谈过程顺利得出乎意料，江野达西式的绅士礼貌和马昆中式的风趣幽默让池柳几乎忘了自己是在“公关”。在江野达的大力推荐和美言下，马昆表示对于“苇航”的介入并不介意。见事情水到渠成，池柳借口去洗手间的工夫把账给结了，也就在这几分钟的空隙中，马昆笑眯眯地问了江野达一个问题。

“江总，真是您学生？”

江野达温文尔雅的笑容消失了，一丝隐忧闪过眉头，但他很快掩饰了这种神情，认真地说：“是，当初我在大学担任辅导员时带过他们班，本来已经几年没联系了。”

马昆端起桌上温热的茶杯，悠闲地呷了一口，点了点头，眼角带着点讳莫如深的笑意。

江野达又补了一句：“学生遇到难处了，求到我头上，不帮忙说不过去。马导，您多费心关照。”

也不知道是茶烫嘴咽不下去，还是艺术家那股吊儿郎当的劲儿上来了，马昆只含含糊糊地“嗯嗯嗯嗯”了几声，算作回复。

江野达和池柳把马昆送上了出租车，等车子绝尘而去，池柳再也按捺不住兴奋，差点就在马路边上跳了起来。

“江老师，我简直不知道该怎么感谢您好了，您真是上天派来救苦救难的天使啊！”

江野达想说些什么，努力地组织着语言，但一时间并没有找到合适的措辞。

池柳丝毫没有觉察到江野达的微妙情绪，只是想起了什么，在包里翻找了半天，摸出一只比信封大点的小纸袋："对了，这个给您。"

江野达还沉浸在自己的思绪当中，接过纸袋也没问是什么，池柳的手机就响了："我叫的车到了，就不蹭您的豪车了，我先走了，您放心，这一仗我一定打漂亮了，保证不给您丢脸！”

江野达没来得及回话，池柳已经钻进了出租车，向他挥了挥手，一溜烟地消失在车水马龙的街头。

江野达无意识地把池柳送给他的小纸袋在手指间翻转了几圈，丢进公文包里，把包扔在了副驾驶座上，若有所思地驱车离去。

夜已经很深了，"苇航"全体员工还没有下班，大家都守在电脑前等着池柳的消息。

池柳第一时间想到要把这个好消息分享到公司群里，信息编辑好了，手指刚刚要点下"发送"，忽然想到江野达和李薄荷那点过往，迟疑了一下，又重新建了个小群，把几个核心骨干拉了进来，把情况小范围传达了一下，安排众人各司其职，先做好前期准备工作，等合约一签订各项工作就可以立即着手落实，并一再叮嘱这个项目的细节先不必向李薄荷透露。

不得不说，张群这些年带出来的队伍还是能打硬仗的，池柳一发话，公司各人立刻有条不紊地行动起来。

池柳正兴奋着，手机响了一声，是马昆发来的好友添加验证。

池柳之前觉得隔着江野达贸然去要马昆的联系方式不合适，

没想到马昆倒主动加了过来，想必是扫了自己名片上印着的微信二维码，便赶紧通过了对方的验证。

紧接着，一条微信发了过来，池柳方才还兴奋不已的脸庞变了神色，拿着手机待了半天才回过神来，像是在躲避什么，下意识地把头转向窗外，目光空洞，不知道在想什么。

手机又接连“叮叮叮”地响了几声，工作群里的员工们正处于亢奋状态，不时向池柳提出几个问题，看着大家干劲满满的设想和预期，池柳呆滞无措，几行字在手机屏幕上写了删，删了写，反反复复，最后只剩下一句“大家先忙着，我还有点事，先不回公司了。”

道路上，载着池柳的出租车急速调转车头，驶向另一个方向。

今天没什么工作，江野达不知道为什么却觉得格外疲惫，虽然是大夏天，他还是把浴缸蓄满，泡了个长长的热水澡，然后从冰箱里取了些冰块，倒了杯啤酒，趁着冰块尚未融化和啤酒泡沫尚未消除深深地呷了一口，一股惬意油然而生。老人说，外热内冷，相互一激容易落病，但往往五毒俱全的事情也最能令人愉悦。

江野达自斟自饮间把手伸进公文包里摸手机，指尖触到个硬硬的东西，他狐疑地抽出来一看，才想起池柳送给自己的那个小纸袋一直被遗忘在公文包里。

小纸包很薄很精美，封口上还贴着一只淡蓝色的蝴蝶结，江野达随意地拆开，那只他之前借给池柳擦眼泪的旧手帕掉了出来，手帕被仔细地洗过熨烫过，还散发着女士精油皂的淡淡清香，江野达放在鼻子边闻了闻，玫瑰的纸醉金迷和薰衣草的醍醐灌顶混合在一起，顺着鼻腔钻进口腔，又甜又苦。

谁会把玫瑰和薰衣草这两种完全不搭边的气味混在一起呢？

想必是洗手帕的人先洗了一遍，晾干后觉得不够完美，又重新洗了一次，所以才会留下两种香皂的味道吧。

江野达盯着墙上时钟的秒针出了很长一会儿的神，拿起手机，拨了个号码。

“喂，江老师。”池柳明快的声音从电话那头传来。

江野达沉吟了一下，说：“也没什么……就是问你觉得今天聊得怎么样？”

“特别好！谢谢江老师！”

江野达说：“那行，反正我就是给你们牵个线，合适不合适的，你自己看着办。”

“好嘞！我知道了，那您早点休息，咱们回头见！”

江野达“嗯”了一声，池柳那边就风风火火地挂断了电话，不过池柳的声音听起来很阳光，他也就放下心来，打开电视看起了球赛。

酒店走廊，池柳把手机从耳边缓缓放下，满脸堆着的灿烂假笑瞬间消失，取而代之的是冷静决绝。

池柳本来穿着一件小立领的短袖衬衫，真丝的材质配上珍珠的扣子，把人衬得优雅又不失风情，她纤细的手指轻叩了两下，两道扣子已经被解开，傲人的胸部立刻在半开的领口间若隐若现——她知道胸部是自己的一个“秘密武器”，在某些关键时刻可以帮自己扭转局面，一锤定音，但是她又不希望这个武器过于张扬，引人注意和警惕，所以从很久以前，她就开始有意识地购买这种“既能藏又能露”的衣服，现在，是这件衣服派上用场的时候了。

一种引人遐想而又不失体面的笑容浮现了上来，池柳优雅地上前一步，按响了门铃，门里的人好像早就知道来者何人，无声无息地打开了门，随后，马昆那张中式雅痞的笑脸从门后露了出来，他向池柳优雅地伸了伸手，池柳也没有做声，默契进门。

马昆之前发给池柳的微信内容很简单，“面谈”，接下来，是一条酒店地址定位。

李薄荷在公司立下了军令状，梁浣这个项目的成败责任由她一人担当，所以池柳听说李薄荷拉到了赞助倒也没再多说什么，痛快地让她“干就完了”。

公司和梁浣签的是单项合作的合约，两方协议合作两场音乐会，北方和南方城市各一场。曲目是梁浣全权决定的，李薄荷看了之后暗暗咋舌，从曲目的难度和强度来看，梁浣这次可是放了大招了，对自己果然够狠。

虽然是央了白老师出面才调动了本市不错的乐团出演，但由于梁浣制定曲目的难度大大加强了排练的工作量，整个排练的过程中乐团成员怨声载道，从他们的抱怨中，李薄荷体味出许多层次：有对这次以“友情价”演出感到不值的，有对梁浣这位毁誉参半的女指挥颇有微词的，有对李薄荷工作中的瑕疵挑三拣四的——在任何一个团队里最得罪不起的就是技术工种，而如果一个团队里每个人都是技术工种，那就可谓“人人皆你爹”了，再加上没有公司后援支持，里里外外全靠自己一个人忙活，李薄荷这几天算是把小半辈子没当过的孙子全当了一遍，好在石聪不计较，无论分内分外的工作都热心地帮着忙活，才勉强让她没有吐血而亡。

对于乐队的是是非非，梁浣倒是充耳不闻，排练时寸步不让，排练结束后，大部分时间一个人躲在角落里，默默抽烟续命。

排练厅的人走得差不多了，李薄荷才算是缓过口气儿来，她掰着手指头算算，好像很久没有看到梁浣吃东西了，赶紧抄了根香蕉拿了只面包，凑到梁浣面前。

梁浣笑了笑，接过食物，但也没吃，只是看着眼前空空的排练厅发呆，不知道在想些什么。

几天来高强度连轴转的排练让李薄荷都觉得吃不消，可每天早上她去酒店接梁浣时，梁浣总能提前收拾妥帖，在大堂等候。每天排练结束，所有人都是拖着疲惫的身躯离开排练厅的，梁浣的精神头却能一直保持到回酒店，这让李薄荷不由怀疑：这个女人，是铁打的吗？

“梁老师，我能不能问个问题？”自从李薄荷认识梁浣以来一直就像个“十万个为什么”，梁浣也总在来者不拒地回答着她所有的问题，光从这个角度上讲，李薄荷都觉得这个项目签得挺值的。

果然，梁浣点了点头。

“您是怎么做到……任你风吹浪打，我自岿然不动的？”李薄荷指的是梁浣如何能天天面对乐队的各种抱怨还能保持心态不崩的。

梁浣用纤长的手指梳了梳凌乱的头发，顺便按摩了一下玉枕穴，说：“告诉你一个简单的道理，行走江湖，你得适度地允许别人势利眼。”

李薄荷想了想，觉得……嗯，醍醐灌顶，振聋发聩。

“那您不累吗？好像自打我认识您以来就没见您困过……”

梁浣倒拎起指挥棒，用木塞那头向前指了指，像临阵的将军挥舞着马鞭：“站上去试试。”

“站上去？站到哪里？指挥台上？”

李薄荷心里打了个冷战，和各界艺术家打交道这么多年，有一点她心里是很清楚的：从某些角度上讲，搞艺术的人其实都挺单纯的，相比于实际的利益，他们更需要形式上的尊重，而这种“尊重”主要的体现形式就是在创作现场衍生出了许多“禁区”。

比如导演的椅子即便空着也不允许他人乱坐，比如大牌演员的妆发只有指定的化妆师才可以整理等，再比如，指挥家的指挥台，除了指挥家，谁也不能乱站。

这些“禁区”无时无刻不在提醒着无形的“阶级”差距，梁浣让李薄荷站上指挥台倒是实打实地“逾矩”了。

梁浣回头四顾，确认排练厅里已经没人了，又抬了抬手，再次示意李薄荷上台。

参不破梁浣的无字天书，但既然她这么坚持，李薄荷便不再推辞，腿一抬，就稳稳地站了上去。

“你看到了什么？”

“这指挥台看着不高，但一站上来，别说，还真有一种会当凌绝顶的意味。”李薄荷说着还在台上轻轻蹦了蹦，自我感觉甚是良好。

“可我看到的却是一只鳄鱼池……”梁浣轻轻地说。

“啊？”

“乐团的人际关系太过复杂，面对他们的时候就像是站在一个水面下伏满饥肠辘辘的鳄鱼的水池边，脚下一滑，哪怕只有一只脚尖触到了水面，都可能马上被拖下水底，吃得连骨头渣都不剩……”

对于自己来说，有了指挥家的特许，抬抬腿踏上指挥台只需要三秒；对于当初和她年纪相仿的梁浣来说，要踏上这个台子，却不知用了多久的时间……

李薄荷正这样想着，排练厅的门“吱呀”一声开了，石聪托着几只纸咖啡杯，肘间夹着一只大大的甜点袋，正费力地用半边膀子顶着大门。

李薄荷噌地从指挥台上蹿了下来，反应快得像只刚要把花瓶从桌上推下来却正赶上主人进门的猫，蹦蹦跳跳地冲向石聪，确切地说，是冲向石聪肘间夹着的甜点袋，甜甜地叫着："石哥，有我的份儿吗？"

她知道自己问了句废话，以石聪的妥帖，就算自己不吃，也不可能单单落下她的份儿，她不过是想找个自然的借口以最快的速度冲下指挥台，毕竟石聪跟着梁浣鞍前马后这么久还没这待遇呢，她刚来就一步到位，于自己而言太扎眼，于石聪而言太扎心。

难怪后来梁浣会这样评价李薄荷：这丫头最大的优点就是，心里有数，进退有度。

首演的上座率也就不到六成，这还是李薄荷使尽浑身解数动用了在圈子里所有关系帮忙宣传的结果，所以直到安可曲上演，她整个人都在惴惴不安。

安可曲结束，整个剧院静默了至少三秒，若搁在生活中，三秒钟也就是名副其实的电光石火，但舞台是一个可以将恐惧无限放大的地方，对于任何一位舞台表演者来说，三秒钟的空白已经足以让人将从小到大所有的欢喜、悲苦、沮丧、无力、求不得、怨憎在脑海中过电影般地重演一遍了，不亚于回光返照。

三秒的死寂之后，观众的掌声和欢呼声从前台传来，那是足以将整个剧场房顶掀翻的热烈程度，生怕躲在后台的李薄荷不知道这场演出有多精彩。

第二天，各大报刊的文艺版面和很多自媒体都争相报道了这场演出的盛况，李薄荷那颗一直悬在嗓子眼的心才算放回到肚子里，她知道这下子梁浣总算是扳回一城。

首演大获成功，整个乐团的配合度比之前高了一些，连夜跋涉赶到南方，第二天一早紧跟着就要排练，但抱怨的声音却比之前少了一些。

梁浣带着乐队排练，李薄荷缩在观众席的角落里悄悄刷着手机：南方这场演出本来连一半的票都没卖出去，但首演好评如潮，使得这场的票也跟着畅销起来，所以她忍不住过几分钟就刷刷售票软件，看着上面的座位一排排由“待售”变成“已售”，心里好有成就感！

李薄荷的窃喜还没保持多久就被两位工作人员给打断了，她还没从座椅上站起来，那二位已经长驱直入，直接冲到台下，对着台上正在排练的乐队大喊。

“来来，停！停！谁让你们在这里演的？”

舞台上的音乐戛然而止，梁浣回头的速度却比平时慢了两倍不止，像电影中被故意放慢的镜头，只为了让观众看清她的眼神有多想杀人。

梁浣的目光中写满了“你是谁……谁给你的胆量……”，李薄荷赶在她还没把这些问题问出口之前冲了过来，拦在了她与来者之间，不管是从来者目中无人的气势，还是从梁浣倨傲的神态来看，李薄荷都能准确地解读出一个信息：麻烦来了。

李薄荷把两位工作人员请到了后台休息室，梁浣一语不发，只是静静地听着，石聪却紧张得大汗淋漓。

工作人员用三十秒就解释清楚了来意：这场演出没有收到报备文件，被抽查到了，换句话说，如果没有提前报备，这场演出将被即时取消。

李薄荷觉得这其中一定是有什么误会，赶紧跟前来抽查的工作人员解释：“两位，咱们这里面是不是有什么误会，我们每次演出都会提前通过网络提交申报材料，肯定没问题！”

可能是在梁浣面前的官威没耍起来，工作人员的脸色颇为难看，其中略胖的那位挑了挑眉毛，冷哼了一声，反问道：“没问题？申报材料无论是通过还是被驳回都会收到明确的邮件答复，你收到回复了吗？”

“胖头陀”是李薄荷一瞬间在心里给这位胖胖的工作人员起的外号，如果那位胖子被命名为“胖头陀”，那这位瘦子自然就是“瘦头陀”了，“瘦头陀”冷冷一笑，用浓重的南方口音嘲讽道：“你们以为这是跑‘草头戏’呢，想演就演？”

文学艺术常识是李薄荷大学时的必修课，作为经常在这门考试中拿满分的优秀毕业生，李薄荷敢拍着胸口保证我国戏剧史上是没有“草头戏”这个艺术流派的，她猜，“瘦头陀”可能又想说“草台班子”又想说“路头戏”，结果嘴一瓢造出了这么个新名词，但她顾不上纠结这些细节，“胖头陀”的话提醒了她，她赶紧掏出手机给米雅打电话，公司演出申报的事情一向由米雅专门负责，这次也不例外，之前她特意嘱咐米雅如果申报有什么问题一定随时和自己联系，所以一直没有收到联系的她就默认为没问题了，再加上排练演出有太多的事情要忙活，她就把这件事给忘记了。

电话那头，米雅的声音带着哭腔，话都说不利索了，一个劲儿地跟李薄荷解释：“姐，对不起，最近池总那边的项目人手不够，让我去搭把手，忙得有点晕，把这件事给忘了……姐，都是我的错……”

电话那头传来池柳抢过手机的声音，打断了米雅语无伦次的道歉：“我马上想办法处理，你也想想办法。”

这是池柳给李薄荷的最后答复，李薄荷欲哭无泪，晚上就要演出了，她还有什么办法可想，不过能在这时候愿意挺身而出帮自己协调问题的也就只有池柳了。

乐团里已经炸了锅，听说演出批文出了问题，有乐手当场就要撂挑子走人，李薄荷也能理解，都是堂堂国家级演奏员，每一分每一秒都是很值钱的，谁有工夫陪她过家家玩啊。

李薄荷觉得自己现在就是风箱里的老鼠，两头受气，一边要安慰乐队成员，一边又要解决演出审批的事情，实打实地理解了什么叫“分身乏术”。

“你先去解决报批材料的问题。”梁浣语气镇定。

“可是，各位乐队老师……”李薄荷生怕她一离开乐团马上就会散伙走人。

“如果审批文件的问题解决不了，你态度再好也没有理由把他们留下来，如果你能把审批材料落实，谁走谁违约。”梁浣从容自若，抬手看了看手表，补充了一句，“在排练结束之前，你还有半个小时。”

“能演不能演了，不能演早点散吧……”

“这什么破公司啊，办的这叫什么事儿啊！”

“这得追究他们责任啊！”

梁浣站上了指挥台，乐团抱怨的言语不绝于耳，梁浣把手表从腕上摘取下来，举到眼前认真地看了看，又重复了一遍“排练时间还有半个小时”，然后把表轻轻地放在了指挥台上。

梁浣的话是在提醒所有人闭嘴，的确，演出的安排和协调工作是由经纪公司负责，演职人员的工作就是排练和演出，不是你职务范围内的事情不干涉，不该打听的事情别打听，这也是专业的一部分。眼下，整个乐团虽然选择了暂时安静，但估计心里都只有一个共同的念头：“再忍十块钱的。”

李薄荷承认梁浣的话不无道理，索性离开剧场，在梁浣的特许下躲进了指挥休息室，开始翻通讯录打电话。

休息室门口传来杂乱的脚步声，李薄荷知道这是乐队结束排练去吃饭了，在刚过去的这短短半个小时之内，她把自己这辈子能求的人都求到了，却毫无结果，这种局面也在意料之内，毕竟要在半个小时之内搞定一份演出审批文件的确强人所难。

手机已经发烫，李薄荷头脑逐渐空白，心情也渐渐绝望，她抬头看着镜子中的自己，开始自问这是图什么，好好的出国深造她不去，池柳铺好的台阶她不下，非要逞强把自己逼到如今这步骑虎难下的境地，简直是没有困难给自己创造困难。

镜子里闪现出一张傲然的面孔，梁浣不知何时出现在身后，正冷冷地盯着李薄荷。

“你在干吗？”梁浣正颜厉色地问。

“梁老师……对不起，我真的没办法了……”李薄荷抽抽噎噎，这几天发生的一切已经超出了她能承受的极限，她觉得自己就是一只要被最后一根稻草压倒的骆驼。

梁浣双眼直直地盯着她，大吼一声：“李薄荷！”

李薄荷吓了一大跳，忙从椅子上跳了起来，梁浣的怒火像开了闸的洪水倾泻而出，几乎是破口大骂：“这么多人等着解决问题呢，你倒在这里躲起清闲了？这么分秒必争的时候你摆伤感脸给谁看？我大老远跑来是来听你哭哭啼啼的吗？告诉你，我梁浣身边从来不留废物，更不同情无能的人，你能干就干，不能干现在马上从我的休息室滚出去！别指望我哄你！”

要不是石聪闻声赶来及时拉开了梁浣，李薄荷完全相信梁浣再过几秒钟就能把手里的保温杯扔到自己脸上，不过也没什么可抱怨的，她知道，是自己让梁浣失望了。

说起来，李薄荷从小到大都不是个太好胜的人，她之所以一直在各个方面出类拔萃主要凭借着的是一份不愿意辜负别人期望的心理包袱：因为怕辜负单亲母亲的苦心，她努力学习考上了好大学；因为怕辜负老师的期许，她积极担负各项班级工作；因为怕辜负张群的厚待，她一直为“苇航”尽心竭力。而如今，她把梁浣和自己拴到了一条草绳上，却又单方面要剪断草绳，别说梁浣生气，就连她自己都无法原谅自己。

梁浣还在骂骂咧咧，石聪一边劝说着，一边向李薄荷使着眼色，示意她先出去躲躲。

李薄荷红着眼睛溜出休息室，整个剧场空无一人，她随便挑了个座位呆坐了几秒，给夏昭发了条微信。

“对不起，我还是辜负了你和杨家强的好心，谢谢你们帮助我。”

夏昭秒回：“出什么事了？”

李薄荷向夏昭大致描述了一下现场的情况，夏昭又回复了一条微信：“去群里问问啊，咱班同学大部分在行业内，说不定能帮上什么忙。”

夏昭的话提醒了李薄荷，她忙活了半天还真没想起来去大学群里求助，不过这个念头只在脑海里闪了几秒就又被掐灭了，隋郁还在群里呢，让自己当着她的面拉下脸去求人，她怕隋郁看笑话。

犹豫之时，夏昭那句话又在耳边回响——“什么深情都不如有出息好使”。

同理，“什么面子也不如把事办成了重要！”

想到这里，李薄荷咬牙向同学微信群里发了条求助信息。

几条信息闪过，李薄荷的眼睛亮了起来，抓着手机一阵欢呼：“谢谢老郝！谢谢老班长！太爱你了！回去请你吃饭！”

所谓踏破铁鞋无觅处，得来全不费工夫，李薄荷的求助很快得到了班长老郝的回复，老郝说最近文旅局推出了个什么“惠民演出季活动”，要在本季度内策划十场带有公益性质的演出，演出城市不限，现在还差着项目呢，如果李薄荷愿意，可以把他们的演出纳入“惠民演出季”项目，先简单签个合约，演出报批材料可以日后补递，条件是李薄荷他们要放出一定量的特价票作为惠民回馈，对于这样的条件，李薄荷当然一口答应！

李薄荷顾不上吃午饭，抓起包直奔当地文化部门签合约，出门前还不忘双手合十向石聪连连作揖：“石哥，石老师，梁老师那边您帮我多照应着点，我去去就回，一切拜托了！”

石聪看着李薄荷风一样消失的背影，摇了摇头……

李薄荷用最快的速度签署了必要的文件，并得到许可——其他的文件可以待演出过后再补齐，算算时间，乐团成员已经该候场了，她又用最快的速度直接冲回了剧场。

刚一进剧场，李薄荷就被眼前的情景吓坏了，群情激愤的观众已经把音乐厅大厅堵了个水泄不通，原来演出没有得到批文可能会被临时取消的消息不胫而走，在网络上迅速传播开来，尤其是那个叫“天蓬很帅”的账号又迅速发表了长文，大做文章。

“天蓬很帅”是古典乐界有名的“喷子”，也是当年在网上黑梁浣黑得不亦乐乎的公众号之首。文中，他指责“苇航”违章运作，指责梁浣没有职业操守，欺骗观众，顺便又把梁浣当年演出误场的“前科”翻出来炒了一遍，连篇累牍刺激性的字眼立刻引爆了观众们的神经，有的观众觉得自己受到了欺骗，还有特意从外地赶来观看演出的观众提出让主办方包赔机酒损失和时间损失，“退票”“退钱”的喊声在大厅内爆开，不绝于耳。

李薄荷的头都快炸了，她离开前大家明明达成协议要严密封锁消息，可乐团人多嘴杂，又都不是自己人，谁随随便便往外抱怨一句，就足以让网络上那些天天等着抓人黑料落井下石的营销号兴奋半天了。

李薄荷从包里往外掏着刚签署的文件，拼命往人群里挤，高声向大家解释，但她的声音和“退票”的呼声相比简直就是三角铁和定音鼓之间的角力，被淹没得连渣都不剩，还有大爷大妈不断回头吼她。

“挤什么挤？退票后面排队去！我们来得比你早你挤什么？”

李薄荷很担心情况再失控下去会发生踩踏事件，干着急却无计可施。

头顶突然传来悠扬的钢琴声，是一曲大家再熟悉不过的《花之圆舞曲》，众人循声抬头，梁浣已经换好了演出时穿的女式燕尾服，坐在二楼陈列展示的钢琴前旁若无人地演奏。

李薄荷一仰头，很多黑色的音符正从梁浣修长的指间冒出，淘气得那么具体，俏皮得那么真切，钻出护栏，顺着楼梯，没头没脑地砸在她头顶。

未决的悬案迎刃而解，大丽花的花瓣自动报数，前世的日记历历在目，圆周率被推算到了最后一位……在这一瞬间，所有李薄荷想知道的，不知道的，好奇过的，没好奇过的，一切一切，都那么自然地有了一个答案……

乐曲在精彩之处戛然而止，梁浣踩着短筒小靴，长腿一跨，迈过围护着钢琴的红丝绒栏杆，双手搭在二楼的护栏上，仿佛平日登台时手搭乐池的样子，向一楼的观众点头示意。

一楼掌声四起，乐曲像一支缓缓注入整个大厅的镇静剂，让人们暂时忘记了暴怒和狂躁。

梁浣没有说话，微笑抬手，向人群中的李薄荷示意了一下，优雅地抽身而去。

众人顺着手势看向早已被挤到怀疑人生的李薄荷，李薄荷来不及犹豫，赶紧抓住大家稍纵即逝的注意力就近跳上一只台阶，向大家展示了刚刚签署的合约文件，拍着胸口保证当晚的演出会顺利进行，并顺势大讲特讲引起这样的误会，指挥梁浣深感不安，为表达歉意，她特意亲自出来为大家演奏一曲，以示对大家的补偿。

话说到这个份儿上，观众也就没话好说了，默默散去……

当晚的演出，无论是梁浣还是乐团都憋着一口气，因为不管演出前大家如何各自肚肠，一旦上了台，大家就是一荣俱荣一损俱损，不管谁丢人，都会被视为集体的丢人，再加上演出前经历了那么一场风波，大家都格外想把这一仗打漂亮了，出口恶气。

有了精神上的默契和战略思想上的高度统一，演出果然空前成功，结束时的欢呼声如山呼海啸，李薄荷和石聪最后几乎是“兜头盖脑”地护着梁浣才把她从堵在演员通道求签名求合影的观众中救了出来。

热情的观众还不肯散去，围着梁浣的车子挥手道别，梁浣一直保持着热情的微笑，向视线范围内的每一个方向挥着手，确保每一位观众都能自以为被她的回馈照顾到了。

缓缓关闭的车门如同演出结束时缓缓拉合的幕布，当它终于发出上锁的“咔哒”一声，车里的李薄荷和石聪都如同刚抽离角色的演员，无力地瘫坐在座位上，就连一直如同铁打的梁浣也撑不住了，刚才还热情洋溢的笑容像被用卸妆水洗过，瞬间消失，取而代之的，是面沉如水。

几天的硬仗让几个人的肾上腺素严重耗损，在回酒店的漫长路途中大家都默契地保持着沉默，因为对于现在的三人来说，就连说话也是一种体力耗费。

车子快驶进酒店时，梁浣没来由地问了一句。

“小石，你是哪里人来着？”

“梁老师，我是河北人。”

梁浣没再回应，昏昏欲睡的李薄荷下意识地接话：“好地方啊，自古燕赵多侠义……”

这话是捧石聪，但捧得倒也不算虚，这些时日接触下来，李薄荷觉得石聪对梁浣的忠诚简直堪比“忠犬八公”，要搁古时候，李薄荷绝对相信他是个能为了梁浣舍生取义的门客义士。

庆功宴的地点是李薄荷亲自选的，她知道梁浣喜欢安静，所以特意选择了近郊的这家欧式田园餐厅，餐厅外广阔的草坪和稀疏的树林将餐桌与城市的喧嚣隔离开来，闹中取静，私密性很好。

店家很贴心，知道前来赴宴的都是音乐家，在宴会厅的布置上便选择了白色花束配黑白条纹丝带，像钢琴琴键，像五线乐谱，又像乐手的演出服，怎么看，都能点题。

乐手如约而至，梁浣在众人的瞩目中打开了今晚的第一瓶香槟，随着“嘭”的一声闷响，欢呼声充斥了整个宴会厅，看着香槟顺着杯塔缓缓淌下，李薄荷心中按捺不住地悸动。

说实话，在整个音乐会的运作过程中，李薄荷的心情就像一颗暴露在冰天雪地里的石头，每天都在被各种人不断地往上浇凉水，浇一层，就结上一层冰霜，日复一日，冰冷彻骨。而刚才，那颗飞出去的香槟塞正好敲击在了她的心口上，之前的层层冰封应声而碎，当丰盈的泡沫从香槟瓶口喷涌而出，一股热流也顺着她的心房漾出，慢慢地，遍及她的周身，直达指尖，让她整个人都暖暖的。

从现在开始，一切都会好起来的，李薄荷这样告诉自己。

夏夜本来就燥热的气氛在人们的语笑喧阗间越发升温，之前像定时炸弹一样埋在团队中随时可能被引爆的挑剔、焦躁、傲视、抗拒等各种负面情绪全部烟消云散，剩下的只有应接不暇的嘘寒问暖，惺惺相惜。

人嘛，很大程度上都奉行结果论，只要你最终成功了，让所有人都尝到甜头了，什么磕碰摩擦都可以随风而逝，之前的世间百态全可以被一副副雷同的、热情洋溢的笑脸所替代。富在深山有远亲，说的就是这个道理。

然而，这么热闹的场面却不见了梁浣的身影。

李薄荷四下找寻，终于看到宴会厅后门的落地窗帘后露出了一条高跷着的二郎腿，还有隐约的烟雾飘出，这两个细节完美地暴露了梁浣的坐标。

室内不允许抽烟，梁浣就拉了条藤椅坐在后门边，李薄荷端了两杯鸡尾酒颠颠地跑过去，用腿钩了条藤凳大大咧咧地在梁浣身旁坐下，把鸡尾酒放在桌上，伸出了手掌，说："梁老师，跟您蹭根烟！"

梁浣笑着把李薄荷摊开的手掌拍了下去。夏日晚风拂过，带来一阵难得的惬意，李薄荷四下看看，眼前是花坛草坪、水池喷泉，一扭头又可以看到宴会厅内的觥筹交错，尤其是借着落地窗帘的掩映，特别像躲在侧幕后偷偷看戏的孩子，既可以看得到台上的演员，又可以看得到台下的观众，却以为全世界都看不到自己，有种莫名的安全感，不由连连赞叹梁浣真是找了个好地方。

"心情好，看什么风景都好。"梁浣笑着提醒李薄荷。

"对，心情好，看什么都顺眼。来，梁老师，为了咱们的合作成功……"李薄荷一手抄起一杯鸡尾酒，左右手轻轻地碰了一下，元气满满地喊了一句“干杯”，随后把其中一杯递给了梁浣。

“行啊，现在马屁拍得越来越到位了。”梁浣笑着接过酒杯。

“这不是知道您怕麻烦嘛！帮您省点事。”李薄荷得意地呷了一口酒。

宴会厅里，大家你来我往，带着各自的心思和目的勾兑客套，丝毫没有人发现梁浣和李薄荷的缺席，梁浣和李薄荷却都很享受这种感觉，一时间她们都没有说话，只是隔着被窗帘半掩的门看着室内的人情练达，颇有点深藏功与名的意思。

在庆功宴顺利开始的那一刻李薄荷的所有工作就算是彻底完成了，但作为“苇航”现阶段的主要负责人，池柳的责任却在香槟开启的瞬间才算真正开始。从宴会开始到现在，她那双穿着八分高跟鞋的双腿就一直在人群中穿梭，不是在敬酒中，就是在被敬酒中，不管是剧场方还是乐团方，演职人员还是工作人员，她都得招呼到了，既要为本次的合作打上一个圆满的句号，又得为以后的合作打下铺垫，既不能失了庆功的娱乐气氛，还得不着痕迹地把商务要素暗示过去，这其中尺度的微妙，一言难尽。

正所谓：江湖不是打打杀杀，江湖是人情世故，能应对就不容易。

李薄荷工作能力不错，却不爱应酬，这种“苦差事”她乐得交给池柳。梁浣显然也一样，同样的“苦差事”她选择了交给石聪。

就在李薄荷和梁浣躲清闲这阵工夫，池柳和石聪已经各自端着酒杯在屋里打了一圈，第一轮打点齐全，两人才总算能松口气吃点东西，他们赶紧一人抄起一块蛋糕，躲进宴会厅的角落，相互为对方打着掩护大口大口地吃起来。

一块蛋糕下肚，池柳和石聪缓过一口气，同时发出一声长叹，好像在感叹“总算活过来了”，这种“神同步”把他们俩自己也吓了一跳。因为同病相怜，也因为心照不宣，池柳一手捂着嘴，一手指着石聪偷笑起来，石聪舔舔嘴角，不停地用纸巾擦着额角细密的汗珠。

梁浣静静地打量着宴会厅里的一切，一边习惯性地轻轻踢着跷起的二郎腿，仿佛在为心中无声的旋律打着节奏，一边绰有余暇地捏着手中的高脚杯杯脚，按着顺时针一圈一圈地转动着……

"丫头……"

"哎！"

梁浣轻轻把高脚杯放下，又点燃了一根烟，接连吐出两口烟后才悠悠开口，"想知道我那次误场是因为什么吗？"

李薄荷一愣，误场的原因石聪早就跟自己说过，她相信石聪也一定告诉梁浣了，梁浣今天旧话重提，倒勾起了她的好奇心。

"石哥说，是他粗心漏看了电子邮件……"李薄荷也不知道自己为什么压低了声音。

"如果我说，那不是意外，你信吗？他早就看到了组委会发来的调整出场顺序的邮件，只是故意没告诉我，也故意没向组委会提出异议……一切的一切，从始至终，都不是意外……你信吗？"

梁浣气若游丝，但李薄荷觉得她并不是怕隔墙有耳，而是喉咙中压抑着一股难以掩饰的绝望，饶是这么轻的声音，却像电流一样打过李薄荷的脑海。可怕的念头一旦浮现出来，就会变成夏季海浪中人们玩耍的皮球，你越使劲压，它越会在水面上飞速打转。

指间的烟快要燃尽了，梁浣默默吸完最后一口，牙齿沿着烟蒂一点点地咬着，留下一排清晰的牙印："从颁奖会场赶到音乐厅那天是他开的车，后来我才知道，他给我选了一条那个城市最绕最堵的路……"

梁浣别过头去，怅然地看着大厅里那些这几天和她朝夕相处的人，眼里流露出深深的孤独和陌生。

大厅里，池柳正和石聪聊得火热，不知道是蛋糕太甜，还是酒喝多了，又或是西装太热，石聪今天的脸红得胜过往常，相比于池柳的游刃有余，他显得那么手足无措。

撞车的工作安排，全是红灯和堵车的路口，误场后第一时间迅速发布的精心措辞的网络“檄文”，针对性极强的舆论发酵风向……这些散乱的信息像被摔碎的磁石，无论怎么用力想将它们拨散，它们还是会相互吸引着，自然而然地拼成一个呼之欲出的答案……

梁浣说，一切的一切，从始至终，都不是意外……

李薄荷一下子笨拙起来，不知该如何应对接下来的局面，木偶似的抄起桌上的香槟杯，“咕咚”咽下一口，试图让自己混乱的大脑清醒下来。

这一口酒下肚，像是冰水浇进了热油锅，烟尘四起，很多曾经系在脑海中的死扣在这一瞬间全部迎刃而解，逻辑中的死胡同全被打通，高架桥似的四通八达。

怪不得梁浣初初相识就约自己去洗桑拿，怪不得一向生人勿近的梁浣会特别允许李薄荷进她的房间谈事，起初李薄荷还以为这是一种沟通情感拉拢人心的“坦诚相见”，如今回想起来如梦方醒：在这个项目推进的每一个重要节点上，梁浣都需要一个合理的理由甩开石聪。

没有风吹过，李薄荷却冷得起了一身鸡皮疙瘩。

“那您为什么没有辞退他，还带他出来演出，您就不怕这次演出他也……”李薄荷有点不敢往下说了。

“我前些日子刚发现他不对劲，才开始怀疑，是通过这次演出才彻底确认的……”

可以理解，终究是自己一手带出来的学生，终究是自己大度宽谅过的孩子，如果不是证据确凿，谁也不愿意轻易怀疑。短短相处数日，就连李薄荷都下意识地想为那个看上去鞠躬尽瘁的大男孩辩白上几句，她可以想象，在得出这个结论之前，梁浣一定也在内心替石聪辩护了一百次，脱罪了一百次，但最终还是一百零一次地失败了……

可是在脑海里把整个演出流程回想了好多遍，李薄荷也没找到石聪有什么破绽，她实在猜不破梁浣到底是从哪里找到突破口的。

梁浣抄起桌上的手机，一解锁，手机屏幕上出现的就是“天蓬很帅”的长文，显然，她一直在反复翻阅这篇文章。

演出过后，池柳曾经让公司的人联系过“天蓬很帅”，告知文章内容不实，希望对方能将其删除。“天蓬很帅”给出的答复很明确，他与梁浣和“苇航”一向无冤无仇，并无意针对他们，作为流量公众号，他也不过是拿人钱财与人消灾，有人给了钱让他黑梁浣，只要对方没让他删帖，他就不能删除。

这个道理池柳和李薄荷也明白，正所谓“只有同行之间才是赤裸裸的仇恨”，“天蓬很帅”只不过是一把摆在明面上对准梁浣的枪而已，真正的幕后持枪者一定是古典乐界中的某一位或某几位跟梁浣处于同一水平线上的竞争者。

“天蓬很帅”这人，钱挣得不光彩，江湖规矩倒是守得紧，也算是盗亦有道。

“苇航”只好另发了一篇文章声明澄清，这件事情就算是过去了。

“天蓬很帅”那篇文章李薄荷也看了几次，除了气得双手哆嗦之外，什么有用的信息也没翻到。

梁浣叩了叩手机屏幕上的“关注栏”，李薄荷直作难，“三十多万粉丝哪，梁老师，您该不是想让我一个一个从中筛查嫌疑人吧？”

“没让你看关注他的人，你看看他关注的人。”

李薄荷又看了看“天蓬很帅”的关注列表，两百多人，还算可以承受，便开始顺着长排的账号认真地一个一个往下捋。

梁浣又提醒她：“排除那些实名认证加V的，再排除那些用本人照片做头像的。”

李薄荷想想觉得很有道理，谁黑人会用实名和真实照片呢？这样三排除两排除，也就只剩下几个“嫌疑人”了，李薄荷无师自通，挨个点进去，把那些放过自拍或者生活痕迹很重的账号排除掉，很快就锁定了一个叫“错过一个亿”的账号，李薄荷把他的主页浏览了一遍，微博量很少，还都是些转发抽奖之类的内容，很难提炼出个人信息。

几十万粉丝的大V会加一个看上去毫无营养的小透明，这的确反常，李薄荷又点开“天蓬很帅”那篇黑梁浣的文章下看评论，发现“天蓬很帅”点赞了一条“错过一个亿”的评论，内容是“好好的古典乐，硬给演成了‘草头戏’，真是大跌逼格”。

“草头戏”？李薄荷心里一激灵，觉得这个词有点耳熟……对了，这是那天来临检的“瘦头陀”独创的，他说这句话的时候只有李薄荷、梁浣和石聪三个人在场，已经学会抢答的李薄荷又点回“错过一个亿”的微博，重新把那几条少得可怜的微博捋了一遍，终于在某条微博下发现一个地址定位，河北某市。

那天回酒店的途中，梁浣问过石聪的家乡，石聪回答说是河北。

“我把这个账号所有的发帖时间和我过去的工作行程进行了核对，他发帖的时间完全错开了我的排练和演出时间。”梁浣淡淡地补充。

那就是说，从发帖时间倒推这个账号主人的行动轨迹，倒是与石聪完全吻合，可是，这也只是大方向上的巧合，并不能完全锁定，世界这么大，去过河北，发帖时间与石聪的休息时间完全重合又恰好也笔误地写出了“草头戏”这个词的人也不能说完全没有。

梁浣默然不语，让李薄荷意识到自己在考虑一个很愚蠢的问题，因为对于梁浣来说，只要她足够想，完全有一百种机会拿到石聪的手机去确认他的网络账号和电子邮箱，眼下她能轻描淡写地跟自己聊起，就说明她已经“结案”了。

李薄荷怅然若失：“我只是想不到，他看上去对您那么忠诚，甚至可以说是……那么崇拜您，他怎么会……”

梁浣笑了，笑得任性跌宕，笑得晚归的猎户断了弓，新登科的举子掉了牙，远关的征人断了家书，新妇碎了胭脂……

“可能的理由太多了，比如什么人许诺了他更可观的薪水？更高的职务？一个大城市的户口？一个正式编制名额？总之，如果背叛我可以让自己少奋斗三年五年，十年八年，又有几个人能抵得住诱惑呢？”

梁浣看了看远处相谈甚欢的池柳和石聪，又面如止水地感叹了一句：“总之，丫头啊，这个世界上并没有能亲近到可以完全相信的人啊！”

“那您打算怎么处理？”

“既然是自己一手带出来的孩子，当然是……开除他了。”

梁浣的眼中闪过四个字：杀伐果断。

池柳正引着石聪端着酒杯款款而来，笑意盈盈地问：“在聊什么啊，这么开心？”

梁浣的慵懒一扫而光，抄起桌上的酒杯向池柳举了举：“池总，辛苦了。”

“别别别，您叫我小池就行，之前公司乱七八糟的事太多，哎……您也知道，我就不多说了，总之对您照顾不周，这杯酒当是给您庆功，也当是给您赔不是。”

“池总客气了。”梁浣与池柳一饮而尽。

石聪也向李薄荷举了举杯，李薄荷的酒已经干了，她也没在意，就把空杯子放在唇边比画了比画，像极了此刻她心里对他满满的虚情假意。

次日，连续奋战了好多天的李薄荷等人总算是能睡个懒觉了，卡着酒店退房时间出来，阳光好得令人幸福到眩晕。梁浣自己推着行李箱快步走在前面，石聪跟在后面一溜小跑，想帮忙却又插不上手，求助地看向李薄荷，李薄荷也目不斜视，把他当成空气般无视，直接帮梁浣把行李搬上车，把石聪晾得好像站在哪里都碍事。

梁浣上了车，石聪抬腿要跟着上车，却被李薄荷一把拦住，石聪一愣，却见李薄荷甜甜地笑着：“我们只负责给合作方预定行程，非工作人员不在我们的职责范围之内，所以，您回程的机票和车子我都没给安排。”

石聪用一直捏在手上的纸巾擦了擦汗，一脸茫然，连个“啊”字都问不出来。

李薄荷故作惊讶：“怎么？据我所知，昨天您已经被梁老师解雇了，没人通知您吗？”

石聪张了张嘴，舌头像打了蝴蝶结，连口气都没喘出来。

李薄荷“哧溜”一下蹿上车，隔着车窗向石聪摆了摆手：“对不住了石老师。噢，不对，小石！”

车子启动开远，坐在副驾驶座的李薄荷通过后视镜悄悄打量着坐在后排的梁浣，梁浣连睫毛都没有一丝颤动，仿佛对于她来说石聪已经连个陌生人都不如了。

石聪的身影在后视镜里慢慢变小、变远，直到消逝不见，取而代之的，只有快速向后飞去的街景。

李薄荷的心里一阵哀伤，不知怎么的，她倏地回想起半个月前，那个一说话就会脸红的娃娃脸男孩站在白砖青瓦的高墙下，一半在阳光里，一半在阴影里，透过圆圆的镜片看着她，眼睛几乎眯成一条缝，那样的神情如今再回想起来，让她觉得毛骨悚然。

“饿了吗？去吃碗面啊？”他笑吟吟地对她说。

“苇航”和梁浣签的是单项项目约，所以李薄荷和她的合作也就到此为止了，这两场演出让梁浣彻底打了个翻身仗，重新跻身国内一线指挥家行列，李薄荷悄悄留心了一下石聪的动态，发现他马上转投到了另一位指挥家门下，看起来梁浣真是没冤枉他。

再多的事情，比如梁浣和那位指挥家有什么江湖恩怨，梁浣一直戴着的那只断齿发夹的来历，石聪易主之后混得好不好，甚至梁浣跟自己说过的所有细节到底哪些是证据确凿哪些是一面之词，李薄荷一概不想去深究，她明白做他们这个行业，如同阿庆嫂开春来茶馆，来的都是客，过后不思量，跟谁都不过是一段买卖，一段交情，如果曾经有过那么一二刻的美好，就应该适可而止，让一切都留在最美的阶段，别走心。

此时的李薄荷并不知道，在不久的将来，当她再回想起梁浣看着池柳和石聪幽幽说的那句“世界上并没有能亲近到可以完全相信的人”时，却体味出另一番意味。

是一语成谶？还是意外巧合？还是早已看破什么的梁浣的善意暗示？李薄荷无从定论。

七、日久他乡即故乡

梁浣音乐会的成功算是救了“苇航”于水火之中，差点死掉的“苇航”缓过一口气，公司又给李薄荷开了个小型内部庆功会，蒋丽娜也亲自出席道贺，这是继当年的捉奸风波之后她第一次在公司公开露面，大家心照不宣，都装出一副忘性很大的样子。

蒋丽娜心里也明白，现在公司正值风雨飘摇之际，能留下和肯留下的对她来说都是股肱之臣，轻易得罪不得，也不应该得罪，所以虽然大家表面上一口一个“蒋总”地称呼着，她也不敢倨傲，对大家，尤其是池柳和李薄荷十分客气，动情之处，几度哽咽。

这场庆功会的规模虽然简陋，却不失温情，完全达到了它本来预期的团建效果。

梁浣的项目顺利完结，李薄荷算了算账，不但没赔还小有盈余，池柳本来想给李薄荷包个红包作为奖励，李薄荷却执意要把杨家强那份赞助算作入股，从盈余中抽出一部分给他分红，剩下的充作公司盈利，正好池柳那个新项目也需要经费。

“没意见吧？”李薄荷歪了歪头，淘气地看着池柳坏笑。

“有人不但替我省钱，还往我手里塞钱，我还能有意见？我疯了？”池柳笑得比李薄荷更坏。

“别这么说，柳儿，我得谢谢你。”

“谢我？你给公司办成了这么一件大事，大家还没来得及谢你呢，你谢我什么？”

“谢谢你包容我这么任性，让我把这个项目做完了，其实我现在想想都后怕，要是真把事办砸了，我都不知道该怎么面对大家了。”

“好了，别想那么多了，这不是没砸嘛！”池柳顺势往沙发上一倒，转而又流露出羡慕的神情，说，“你现在算是轻松了，我那个项目还不知道怎么样呢。后天我得去趟冰城，《一夜孤城》最近在那边演出，我过去看看，感受一下他们现场演出的效果，和演员接触接触，再策划一下到咱们这边演出的具体操作方案……唉，想想头就大。”

“《一夜孤城》那导演叫马什么来着？”

“马昆。”

“噢，对，人怎么样？好伺候吗？”

“好不好伺候”，这是服务行业私下里对客户最常用的一个评价标准，像李薄荷他们这种演艺经纪公司说白了也就是文化行业里的服务行业，所以他们也经常议论哪个演员、哪个团体“好不好伺候”。若在平时，这是再平常不过的一句议论，但此时落到池柳耳朵里，却让她心里猛然生出一棵新鲜的仙人掌，刺痛难耐。

“哎，搞艺术的，都那么回事儿吧……”池柳说着站起身来，“我得去收拾收拾了，后天一早的飞机。”

电话铃声响起，是江野达打来的，池柳刻意避开李薄荷，抄起手机进了洗手间。

电话那头，江野达告诉池柳虽然按原计划自己应该和她一起去冰城，但因为公司临时另有要事缠身，他抽不出空一同前去了。

“没问题吧？”江野达问。

池柳大脑放空了两秒，直到江野达又在电话那头连“喂”了几声才回过神来，急忙回复说：“噢，没事江老师，您要是有事就先忙着，我自己应付得来。”

此次去冰城的目的也只是感受一下剧目演出效果，和演员吃个饭联络联络感情，完全谈不上是什么重要任务，就连池柳自己都没有意识到她竟脱口而出了“应付”这个词。

可能是敏锐地捕捉到了池柳的措辞，江野达在电话那头追问：“真的没有问题吗？”

池柳“咯咯”地笑了起来，说：“江老师，您这是职业病又犯了吧？我就是去看看戏吃吃饭，基本上等于是拿着公款度假去了，能有什么问题？”

“行吧……那你遇事多留个心眼儿，女孩子自己出门在外凡事多加小心。我给你们牵这个线，是为了双方互利共赢，合不合适你自己看着办。工作归工作，师生情分归师生情分，生意还是要理性考量，不必顾忌我的情面。”

江野达说完这句就挂了电话，办公室墙壁上挂着他和业界各位大佬的合影，无一不彰显着他如今是一个不折不扣的商人。照片的背景多为深色系，以表示合影者的身份非同一般，黄昏的光线照进窗子，把那些相框映得像一面面镜子，江野达的影子投射在那些“镜子”上，清晰可见，他看了看自己的影像，又审视着照片上自己假模假式的样子，自嘲地笑了。方才池柳一语中的，可不是嘛，都脱离教师行业多少年了，一牵扯到当年的学生，他还是满腔的婆婆妈妈，尤其是那天饭局后马昆的问话透露出隐隐的暗示令他倍感不安，介绍这个项目给池柳本是好意，但如果让池柳陷入什么不堪的泥潭中，那他可算是好心办了坏事，就算池柳不怪他，他自己也会于心不安。

不过刚才的话说得很明白了，明白到让江野达甚至怀疑自己是不是说多了，他起身想去洗个脸，顺便清理一下这满脑子的千头万绪。

拉开抽屉，池柳送还的那块手帕静静地躺在里面，看着那块不知道被反复洗过多少次又熨烫了多少次的手帕，江野达心底生出一种暴殄天物的愧疚感，又把抽屉合上，随手抽了几张纸巾。

算了，有劳素手纤纤，不环保就不环保吧。

池柳挂了电话却不想动弹，坐在马桶盖子上发了好长一会儿呆，直到李薄荷在外面敲门。

“柳儿，没事吧？”

池柳随手抄起一个旅行用的洗漱包，胡乱往里塞了点小瓶的洗漱用品，走出洗手间，说：“没事，护发素找不着了。”

“梁老师那个项目多亏了杨家强和夏昭帮忙，我想请他们吃个饭，你作为公司领导是不是也得给个面子出席一下？”

“作为公司领导我不一定有空，但作为老同学，我必须露面。”

池柳故意皱了皱眉头，似乎是在为难李薄荷，李薄荷“哈哈哈哈”地笑了起来，搂着池柳的脖子说：“我知道你不跟我摆官架子，不过杨家强就吃这一套，跟他组局，越商务越好！”

池柳用洗漱包在李薄荷的头上敲了一下，算作回应，转身回屋。

“柳儿。”李薄荷叫住池柳。

池柳回头看向李薄荷。

李薄荷问：“想什么呢？”

“啊？”池柳愣了愣，“没想什么啊。”

“我觉得你有点魂不守舍的。”

“可能……是太累了吧。”

“噢……”

这样的感觉又来了……

李薄荷记不清从何时起她们间的对话已经从畅所欲言变成了欲言又止，从一个一个示意明确的句号，感情饱满的感叹号变成了一个又一个模糊暧昧的省略号。

在冰城的几天果然如池柳所预言，就是看戏看排练再加上吃喝玩乐。池柳会做人，几天下来就和剧组各位演员打成了一片，她很清楚，所谓“功夫在诗外”，演艺行就是江湖行，有时候胡打胡闹的交情勾兑反而比大家在办公室里正襟危坐地谈判更能促进合作，只是不知怎的，这几天她脑子总有一个声音像复读机似的来回重复着一句话。

“江老师是个好人。”

“好人”，这是一个极具时代特征的词，在网络语言日新月异的今天，这个词已经显得很土气了，但除此之外，池柳找不到更合适的词来形容江野达。

回到汤城，池柳和李薄荷请夏昭和杨家强吃了个饭，李薄荷喝高了，缩在椅子上抱着酒瓶子念念有词，什么“五百万”“提前退休”“人生巅峰”之类。池柳和杨家强听得一头雾水，夏昭哭笑不得，向池柳和杨家强科普了李薄荷之前被人抢走的那张彩票。

“上次跟我说的时候还是五十万呢，这一喝多了又成五百万了，估计这根刺算是扎在她心里了，以后一不顺心了就要拿出来念叨念叨。”

池柳心疼地摸了摸李薄荷的头，说："要不是前阵子公司出了状况，薄荷也不至于这样，都是让我们给折腾的……"

李薄荷迷迷糊糊，摇了摇头，试图摆脱池柳放在她头上的手，池柳见大家吃得差不多了，也就趁势把局给散了。

李薄荷醒过来的时候发现自己已经躺在家里的沙发上了，身上盖着池柳的毯子，她完全不记得自己是怎么回到家又是怎么睡着的了，她记忆里最后的画面还停留在跟杨家强的饭局上，俗称"断片儿"。

池柳房间里的灯黑着，洗手间里传来呜咽的声音，李薄荷跌跌撞撞地摸过去推开洗手间的门，池柳正抓着头发趴在洗手台前干呕，李薄荷破门而入把她吓了一跳，急忙伸手打开了水龙头。

"怎么了？"李薄荷起得太猛，眼前发黑。

"哎呀，快出去，恶心死了！"池柳从架子上取下漱口水，"咕噜吐噜"地漱着口。

李薄荷抓着毛巾架缓了缓，扶着墙走到水池边，问："喝多了？"

"嗯……"池柳把漱口水吐进水池里，含糊地回应，胯间轻轻一摆，把半开的抽屉撞关上了，说："回屋接着睡吧。"

抽屉被撞得猛了，又反弹回来，微微张开一道缝，有什么东西在惯性的作用下来回滚动，发出"哗啦啦"的轻响。

这普普通通的轻响也不知触动了李薄荷哪根敏感的神经，她问："什么啊？"

"什么什么啊？"池柳若无其事地看着镜子里的李薄荷。

可能是对家里的一切格局太熟悉，才觉得刚才的声音格外陌生，李薄荷直接拉开抽屉要看个究竟："你搞什么鬼啊……"

"哎呀，你好烦啊！"池柳想推开李薄荷，可是自己也醉得七荤八素，一个趔趄，差点没仰过去。

一只药瓶“骨碌骨碌”地滚向李薄荷手边，是一瓶处方类安眠药。

“你从哪儿弄来的啊？怪不得你最近脸色这么差！”李薄荷担心地看着池柳。

池柳浑身的气力都泄了下来，歪歪地靠在洗手台上，蹭掉了口红的嘴唇一点血色都没有，轻轻地回答：“找了个医院的老同学帮着开了一瓶，最近破事太多了，实在睡不着觉……”

李薄荷一时不知该说什么，前阵子自己被梁浣那一个项目折磨得都快疯了，而池柳一个人要面对全公司的烂摊子，估计想死的心只会比她强烈百倍。

“我知道现在公司的情况很糟糕，可是这种药会产生依赖性，你还老喝酒，会加重药物的副作用，这样下去身体会垮的。有什么事，咱们一起想办法解决。”

李薄荷顺着缝隙把药瓶塞回了抽屉。

池柳回过身来抱了抱李薄荷，说是抱，其实是整个人都软软地瘫在了李薄荷身上，有气无力地说：“薄荷，你回来了真好。”

李薄荷任由池柳像只无尾熊一样在自己身上挂了一会儿，拍拍她的后背说：“好了，收拾收拾快睡吧，接下来还有硬仗要打呢……对了，这次演出的事情多亏了老郝，哪天有空也得请他吃个饭。”

“我跟他说了，他说最近都在外地出差呢，没空，意思到了就得了，就这样吧。”

池柳抽出一张卸妆湿巾，在半边脸上敷了敷，精致的眼影眼线瞬间融成一片，随着她的擦拭，原本掩盖在昂贵化妆品下的无助、无奈、无力悉数显现，与另半边脸上的干练伶俐形成了鲜明对比。

池柳把头埋进水池，一遍又一遍地冲洗着脸上残留的化妆品和卸妆液，又把毛巾烫得热热的，盖在脸上，给自己紧绷的脑神经做着桑拿。流水声完全没有干扰到她，听觉神经清楚地捕捉到李薄荷走回房间，将门关上，将床头灯打开又关闭的声音，直到李薄荷的房间沉寂到不像会再有声音传出，她才把脸上已经反复热了几遍的毛巾扯下，映在镜子里的脸红彤彤的，却毫无生气。

池柳把毛巾甩进洗脸池，拉开尚未关紧的抽屉，那瓶安眠药旁边静静地摆放着一只验孕棒，两条红线格外刺眼……

“年深外境犹吾境，日久他乡即故乡。”

池柳不记得在哪里听过这句话，但此刻看着这个原本与她毫无瓜葛，而今却有着千丝万缕联系的汤城，脑子里没来由地冒出了这句话。

池柳的记忆被相似的夜景拉回到刚见到马昆的那个夜晚，她在出租车上收到了他发来的“面谈”微信以及一条酒店地址定位，谁都知道一场被安排在酒店的“面谈”意味着什么。从业这几年，她也不是第一次面对这种情况了，如果是以往，一个普通的音乐剧项目还不至于让她奋不顾身倾尽所有，她一定会想个既不伤人情面又不绝人念想的办法拖着对方，时张时弛，拖到项目结束，大家一拍两散谁也求不着谁时，对方自然也就知趣而退了。可今时不同往日，如今的她是公司高层领导，《一夜孤城》这个项目是她从江野达的公司求来的，为了促成这个项目，她甚至不厚道地把原来属于李薄荷的资源全调集到了自己手中，但即便在这种情况下，李薄荷依然奇迹般地把梁浣那个死局给盘活了，更让她没有了退路，不管是冲着李薄荷、江野达还是全公司的人，她都只能把这个项目完成得更漂亮，否则别人一定会说“果然是钻了李薄荷要出国的空子才坐上了这把交椅，真是德不配位”“人家赤手空拳都赢过她全副武装，不行就是不行”……

想到这些，头就像爆炸一样疼，池柳知道自己别无选择，唯有不择手段，于是她毫不犹豫地让司机调转了车头，驶向了马昆发来的酒店。

醇香的烟味从身后传来，把池柳的思绪拉回到现实，即便是不抽烟的人也能从那种如丝绸一般的烟雾质感中品味出这种烟草价值不菲，代表着抽烟者不凡的身价。即便如此，池柳还是屏住呼吸，直接伸手从倚在床头的男人手里把刚点燃的烟抽出，狠狠地掐灭在烟灰缸里。

男人很绅士，池柳如此烦躁粗暴他也不恼，就静静地闭目养神。

池柳抓过自己的包，从中摸出一样东西甩在床上，转过身继续看向窗外。

歪在床头的男人正是鬼才导演马昆，他微眯着眼睛，用细长的手指把东西捏起来看了看，又不以为意地甩回床上，波澜不惊，似乎这样的场面见得多了。

“多久了？”马昆满不在乎地挑了挑眉。

“刚自己测出来，还没去医院。”池柳回答。

马昆嘴角微微抽了抽，说：“也不能说就是我的吧？”

池柳整个人像被雷劈中了，如果不是窗外的车水马龙证明时间还在流逝，屋内的画面简直会让人怀疑是电影中的定格镜头。那只验孕棒静静地躺在床上，两道红线看上去很讽刺，对于马昆的嘲讽，她不想争辩，也没有底气将其视为一种“污蔑”，毕竟，人在已经有了一个“污点”之后，就很容易被别人按着想象打上“劣迹斑斑”的惯犯标签，用老话说就是“脚上的泡都是自己走的”。

手机“嘀”了一声，手机银行显示出一条到账信息，数目还算过得去。

“这笔钱应该够了，孩子打了吧。”马昆放下手机。

池柳没有回头，她不愿意在任何人面前表现自己的狼狈，她微微整了整衣物，扭身扯过包，拿出粉饼开始补妆。最初，她的手还微微有些颤抖，但随着镜子中的妆容渐渐完整，她整个人也镇定了下来，掌心那个圆圆的小化妆镜中映出的又是往常那张精神干练的“池总脸”了。

最后，池柳用小拇指尖沿着唇边细细地擦拭了一道，确保朱红的唇形完美无瑕，才又说：“在冰城的时候你说过，这个项目可以给我一个‘联合制作人’的署名，这一点我不希望有变化。”

池柳不在意身后的男人会给出什么样的回复，轻巧地将那支显示着两条红线的验孕棒扔进了包里，很显然，她这句话不是恳求，不是申诉，而是结论，还带着点威胁的意味。

马昆悠悠地说：“我是无所谓，不过海报上多打一个名字，但你打算怎么和你的江老师解释？”

池柳仪态万方地冲着床头镜笑了笑，马昆的脸刚好映在那方寸之间：“那你就不用管了，我自有办法。”

“噢？这么自信？”

池柳转过头来正对着马昆，认真地说：“江老师是个好人，和你不一样。”

马昆回复了池柳一个轻描淡写的微笑，他平时一贯这样从容不迫。

这样的女人和这样的男人，无论何时何地都尽可能地维持着表面的体面和优雅，方才房间里的激情、羞辱、威胁……一切爱恨情仇瞬间皆烟消云散，若无其事……

煮熟的红枣汤带着一种焦香弥漫在整个茶点区。

落地窗外，孩子们在滑梯上、木马上、跷跷板上上蹿下跳欢笑嬉戏，妈妈外婆们半嗔半笑，追在自家孩子屁股后面，有的妈妈腹部已明显隆起，预示着在不久的将来，这些孩子们中的哪一个或者哪几个就要做大哥哥大姐姐了。

坐在沙发上的池柳看着外面默片一样的世界，厚厚的落地玻璃把所有的欢声笑语都隔绝开来，但对于新生命的期待却通过人们的笑脸、眼神和口型张扬地传递过来。如果不是身边偶尔有穿着白大褂的护士轻手轻脚地路过，池柳都几乎要忘记自己是身处于一家妇幼医院，而误以为自己是在某个高级会所的茶点区。

一名护士走到池柳身边，打开文件夹，从胸口的口袋里抽出一支圆珠笔，微微弯腰，动作优雅得像头等舱内服务的空姐，声音不远不近，不轻不重："请问是池女士吗？"

池柳回过神来，点了点头。

"您预约的手术马上就要开始了，这边请。"

池柳跟着护士向手术室的方向走去，包里传出手机铃声，池柳看了看来电显示，充满歉意地向护士示意了一下这通电话的重要性，接起电话。

听着电话那边传来的声音，池柳微微皱眉，轻轻地问："必须是现在吗？我现在真的有很重要的事情，抽不开身。"

电话那头在强调着什么，池柳一股无名怒火蹿上天灵盖，大吼一声："她怀孕了关我屁事！我他妈也怀孕了！我现在一个人在医院呢！"

池柳的情绪与妇幼医院天伦之乐的气氛极不相符，立刻引来其他人异样的目光，保安和护士如临大敌，飞奔向池柳的同时又尽可能地控制着自己的脚步声不会惊扰到其他病患，在他们看来，现在的池柳就是个即将爆炸的炸弹。

池柳调整了一下情绪，向远处用惊恐眼神看着自己的孩童们投去歉意的目光。电话那头，马昆还在喋喋不休，池柳知道发脾气也是没用，只能妥协让步："好吧好吧，我这就派个人过去。"

"对不起，我有点紧急情况要处理。"池柳向身边一直等候着的护士交代了一句，便翻起了电话通讯录。一通一通的电话打出去，没想到全公司的人都在外面忙业务，分身乏术，池柳想来想去，只有刚忙完项目被她特批放假在家休息的李薄荷还闲着。

池柳把李薄荷的电话调了出来，手指却悬在电话屏幕上迟迟按不下去，无法决定这通重要的电话到底要打还是不要打。

"池女士，还没好吗？王主任后面还有别的手术安排。"护士轻声又礼貌地提醒。

池柳恍神间手指一滑，电话已经拨了出去，话筒里传出几声"喂，喂……"，低头一看，"李薄荷"的名字已经赫然显示在手机屏幕上。

池柳把手指放在唇间向护士比了比，示意她不要做声，然后故作镇定地清了清嗓子，问："薄荷，你现在有空吗？"

李薄荷还没睡醒，迷迷糊糊地回复了一句"嗯"。

池柳支支吾吾："薄荷，有件事情我一直想告诉你的，但是没对上机会……"

"什么事啊……"

"之前你去梅城的时候，我不是跟你说过从别的公司撬过来一个项目嘛……"

"嗯……"

"其实，那个项目是别人让给我的，因为看咱们公司现在挺难的……"

"噢……谁这么仗义啊……"

"江总……"

"姜总？哪个姜总啊……"

"江……老师，江野达……"

"噢。"

这一声"噢"倒是清晰短促。

没有收到李薄荷再多的回话，直到看到医生从手术室里探出了头，池柳才只得长吸了一口气说："本来合作方定好了后天跟我面谈合作细节，不过临时出了点状况，要我马上过去，我这边……有点事实在脱不开身，你先替我去应付一趟，我把地址发给你。"

"可是我完全不了解这个项目啊……"

"江老师在，有什么问题他会尽量帮你的。"

池柳躺在手术床上，呆呆地看着天花板上的一片白，如果不是护士悉心地过来帮她擦拭眼泪，她都意识不到自己在哭。

"别怕啊，咱们现在的手术技术是很先进的，整个手术过程都是可视的，配合吸导技术，对身体的创伤很小，而且手术过程是全麻的，不会难受……"

池柳轻轻地摇了摇头，说："没事，你别管我，我只是想起来点……别的事……"

护士不再做声，又用纱布轻轻地拭了拭池柳的眼角，悄悄地退远了。在妇幼医院里，这种情形并不罕见，像这种独自一人悄悄来做人流手术，身边别说是孩子的父亲，就连亲朋好友都没有一个来陪着的女孩子，哪个没有一把令闻者伤心见者落泪的心酸事呢？

八、不就是个前男友嘛

阳光照射在海面上，配合着随风起伏的浪柱，将原本透明的海水割裂成深浅不一的蓝色块，在那些从未涉足大海深处的人们的想象中，那样的配色一定是像教堂的花窗一样高级玄妙，只有长年和大海打交道的人才能体会，那种看似平静的斑驳所能带来的幻象和可能性是何其令人惴惴不安。

水面下掠过的时而有形时而无形的黑影最令人疑心，最有经验的老船长总会叮嘱年轻后生千万不要去盯着海面看，更不要试图去猜测水面下的图形，因为无论你有多少种恐怖的推测，它永远会朝向你心中最恐惧的预测发展。

“哗啦啦”一阵乱响，一头巨鲸从水面下遽然而起，黑白相间的皮肤凑巧拼成诡异的微笑，正对着扬帆前行的船头，庞大的身躯边两只肉鳍“啪啪”拍打，无论是兴奋还是威慑，对于风雨飘摇的小木船来说都是灭顶之灾，而当那沉重的身躯落回水面，立刻便有以巨鲸为圆心的波浪一环套一环地袭来，震得船板发出随时都会散架的哀号……

李薄荷“腾”地从床上坐起，看了看时间，意识到一个严重的问题：自己已经来不及化妆了。

刚才的一切不是梦，对于李薄荷来说，江野达的名字就如同一只巨鲸深潜在她记忆的深海里，一旦浮出水面，便是那样骇浪滔天、人仰船翻。

李薄荷还在翻江倒海地晕船，一脑袋糨糊，明明火烧眉毛了，她却连下床都忘了。电话铃声响起，瞥了一眼，是个陌生号码，她心里揪起一股紧迫感，因为那铃声听着就“催命”。

果然，电话是江野达公司的员工打来的，对方压低了声音问她到哪儿了，李薄荷赶紧蹑手蹑脚地溜下床，尽量把手机听筒转向窗外，让窗外的嘈杂声传进电话，试图让对方相信自己真的已经“在路上”了。

对方的声音小得像做贼，客客气气但又千叮咛万嘱咐李薄荷一定要快马加鞭，李薄荷受了对方的影响，动作也小心得像做贼，弯腰溜进客厅，光着脚把散落在四处的平板电脑、充电宝、笔记本、钥匙等零七八碎一股脑归纳进包里，拎着鞋子踮着脚探头探脑地往外跑。

电梯门“叮”的一声打开，一位脸生的邻居从里面走出来，与弯着腰钻出房门的李薄荷打了个正照面，对方的神情从惊讶到恍然再到努力憋笑只用了短短数秒，随后体贴地别过头去假装什么也没看见，不用问，显然是把李薄荷当成逃离偷情现场的“小三儿”了。

得，这下不脸生了，估计这位邻居会永永远远记得自己的样子！

李薄荷这样想着，忽然觉得自己狼狈到好笑——不就是一个前男友嘛，何至于把自己搞得这么心惊胆战？

想到此处，她“啪”地把高跟凉拖往地上一摔，双脚一踩，昂头挺胸，大步流星而去。

“被小三儿”的那股子气一直顶到江野达办公室门口都没消，李薄荷大手一挥，办公室的门“咣”的一下被撞开，桌边围坐着的那些焦头烂额的人吓了一跳，同时惊恐地看过来。李薄荷被办公室内喷涌而出的烟雾呛得连咳了好几声，二手烟密度向来与抽烟者的焦虑指数成正比，看起来这一屋子人也真是愁得够呛。

李薄荷皱着眉头把扑面而来的有毒气体挥散干净，江野达才看清这个生硬地闯入自己办公室的人的面目，之前他虽然听说池柳有事赶不过来，却完全没想到临时被派过来的人竟会是李薄荷。

李薄荷嘴上说着不在乎，但烟雾散尽的同时，她也在下意识地寻找着江野达，两个人的目光就这样硬生生地撞上了。

初次见面时，她也是这样素面朝天；初次见面时，他也是这样芳兰竞体。一切的一切，恍若当年。

李薄荷用了五分钟了解了眼下他们面临的困境：经过几轮大力度的宣传和热炒，《一夜孤城》在本地的演出票全部售罄，各家媒体也摩拳擦掌地等着对这场已享誉全国的经典剧目进行报道，就在这一切已经箭在弦上蓄势待发时，女主演张芸却意外怀孕了。

“那就换B角上啊。”李薄荷也知道自己是说了句废话，如果问题这么简单，那这一屋子人就不必如此坐立不安还特意把她从梦乡中揪过来了。

“张芸没结婚，还对外宣称单身，在这个正当红的节骨眼上爆出个私生子，人设崩塌肯定是分分钟的事情，所以她不想让观众知道她怀孕了。”

“我们卖票的时候把张芸当作了一个很重要的宣传点，观众也大多是冲着她的明星效应买票的，B角替一场两场还说得过去，替久了，只怕观众要不买账了，更会影响后面的票房。”

“那换咖呢？”

“我们正商量到这儿呢，马导倒是列出了几位人选，就是不知道谁愿意接这只烫手的山芋。”

白板上果然贴了一排女演员的照片，众人像下棋一样来回来去摆布。

“姜洋和张芸是同校的师姐妹，两人在学校和行业里都时常会被人拿来做比较，人嘛，远羡近妒，估计姜洋现在正巴不得事情闹大，把张芸的私事丑事全兜个干净，让她死得越难看越好，才不会帮她救场呢。”

“刘丽燕虽然和张芸年纪差不多，但出道早，算是张芸的大前辈，估计放不下身段来接张芸演剩下的戏，演好了胜之不武，演砸了还丢不起那个人……”

“许明玉业务能力倒是可以，前几年也挺火的……”

工作人员说到这里，心虚地停下来看了看众人脸色，果不其然，听到许明玉这个名字，所有人都拧紧了眉头。平心而论，这位女演员论唱功、演技、颜值都称得上一等一，前些年也算是登上了音乐剧金字塔尖顶的一姐级人物，但人一火就容易长毛病，这位许大姐还偏偏是位把各类毛病长齐了的全才，盘点盘点整个音乐剧圈，论矫情事儿多难伺候，她要认第二就准没人敢认第一，凡是和她合作过的，有的明面上剑拔弩张，有的暗地里叫苦连天，没有一位全身而退的。许明玉就这样在圈子里作威作福了几年，落下了令人不敢恭维的名声，渐渐地，所有人都对她敬而远之，她也就被动地淡出了行业核心圈，说句不好听的，就是被大家抱团排挤，变相雪藏了。

“我听说许老师和咱们这位男主演以前也合作过，后来闹得很不愉快，咱们这本来就是临阵救火的事，要是她来了再和男演员打起来，咱们可算是自己给自己找麻烦了。”有员工小心地提出异议。

“不过往好的方面看，许老师被大家冷落了几年也许会很珍惜这次复出的机会呢。”

大家面面相觑，对于这种假设，谁也不敢给出肯定的答案。

白板上几张照片摆来摆去，最后就只剩下章清心这一个选项。

章清心，中生代音乐剧女演员，人如其名，为人行事低调，性情淡泊，从业态度也比较单纯，不爱掺和事，在行业里跟谁都不算过从甚密，自然也跟谁都不结仇，听起来是本剧替演的不二人选。

“章老师论业务能力和行业口碑可以说跟张芸不相上下，如果能说服她接棒张芸的角色，倒也不算是亏待观众，可是我们跟章老师的经纪公司联系过了，她是休假期间，电话打不通，工作邮件不回复，连经纪人都联系不上她。”负责外联的孩子一脸苦相。

“我也试着让行业里的朋友帮忙联系，但一直没收到回音……”江野达又补了一句，平白增添了办公室里的绝望气息。

“找人就跟找东西一样，用不着的时候天天在眼皮子底下摆着，一旦哪天要用了，就消失不见了。”不知道是谁感叹了这么一句，引得众人纷纷点头应和。

“哼！婊子、戏子、猴，谁也养不熟！”

马昆把烟头捻灭在烟灰缸里，语气中带着极大的轻蔑和不屑，这个行业就是这样，大家是利益共同体时，哥哥妹妹叫得比亲的还亲，一旦利益出现分歧，转脸什么难听的话都能说得出口。

“真是个老狐狸！”李薄荷心想，“人选明明都是他自己提的，可是一个能用上的都没有，他还一副劳苦功高竭尽全力的样子……”

接演人选的问题陷入了僵局，马昆重新点燃了一根烟，吐了个烟圈，说：“人选的问题先放一放，摆在我们面前的还有另一个问题。无论我们找了谁来接演，还是要给观众一个自然的说辞过渡一下，才能最大限度地避免纠纷和减少退票率。”

也不知道是被满屋子的烟熏的，还是丸子头里的皮筋扎得太紧，李薄荷一阵头疼，她把笔插进发髻里挠了几下，说：“我有个提议，不知道合适不合适？”

“说说看。”

“事到如今，咱们就只能给观众演一出苦肉计了，就说张芸老师排练时因公负伤，挥泪痛别舞台，新来的老师临危受命，挺身救火，这样两个人一位爱戏如痴，一位江湖义气，面子上都过得去了。”

马昆眼睛一亮，向江野达频频点头：“嗯嗯嗯嗯，这是个主意！要不怎么说还得是年轻人呢，脑子就是活。”

李薄荷向马昆假假一笑，说：“您上学的时候肯定是好学生，不像我们这种后进生，三天两头装病请假，为了逃课什么借口都有，张嘴就来。”

学生时代的李薄荷别说是逃课了，恨不得连别的专业的课都是能蹭则蹭，眼下不过是给马昆一个台阶下，见鬼说鬼话而已。

气氛压抑的办公室果然爆发出了自李薄荷到来后的第一阵笑声，唯有江野达低头用手指在鼻尖拭了拭，眉头微蹙，趁众人都没有注意飞快地向李薄荷使了个眼色。

李薄荷微微一怔，还没来得及细细品味江野达眼神里的意思，马昆已经笑着对江野达说：“江总，现在的年轻人啊，不可小觑，这也提醒了我们一件事，要学会放手，敢于放手，小李这么有能力，我看不如就把接洽接演人员的事情交给她去做吧。”

李薄荷差点没把手里的签字笔给握断了，她这才反应过来江野达刚才为什么会急着给自己使眼色：马昆作为一个在圈子里浸淫了这么多年的江湖老手，怎么会连个“因伤退演”的借口都想不出来，原来他不过是故意给自己抛了个话头，只等着自己一逞强冒头就立刻就坡下驴，把“选接棒演员”这个出力不讨好的活儿甩给自己。

原来，马昆从一开始就给自己挖了个坑，不，这只老狐狸是给自己挖了个坟！

江野达沉吟了一下，说：“马导，小李还年轻，而且他们公司现在的情况也不适合接手这么紧急的工作……”

马昆像没听到似的，自顾自地看看手表，着急忙慌地收拾起东西，嘴里念念叨叨B角演员还在等着他排练呢，眼下时间紧任务重，B角的戏要抓紧仔细打磨，给换角撑出足够的时间和空间等等，听起来都是正经事，江野达也没有理由再拦他，只好放任他甩锅离去。

众人起身散会，有江野达在，李薄荷也不敢多留，低头把东西一股脑划拉进包，连告辞都是随便寒暄了几句便扭头离开。

“薄荷。”

李薄荷刚按下电梯按钮，一个熟悉的声音从走廊深处响起。

又有一头巨鲸轻轻一跃，在心口撞出一阵失重感。

李薄荷回过头，江野达已经站在她身后不远处了，他说：“这次的任务的确是有点艰巨，难为你了。”

“没事，谁让我在生物链最底端呢，江老师。”李薄荷尽可能地让自己的语气听上去很公事公办。

“有什么事情，你可以随时联系我。”没等李薄荷回话，江野达又补了一句，“或者让池柳联系我。”

电梯适时到达，李薄荷向江野达点了点头以示道别，一脚跨进了电梯，直到电梯关闭她都背对着门，因为她知道江野达的目光一定还在身后注视着，她不敢回头。

盯着电梯显示屏上的数字降到一楼又重新开始往回升，江野达才回过神来，七年前，他错过了一通李薄荷的电话——当时，远在海外大学执教的母亲听说他放弃了留校资格特意飞回国跟他通宵达旦地长谈了一个星期，母亲的“谈心”堪比世间最折磨的审讯，但他还是小心地隐瞒了李薄荷的存在和自己放弃留校的真实原因，否则母亲一定会立刻冲去学校用她自认为最义正词严实则最令人难堪的方式让李薄荷灰飞烟灭，顺手殃及所有无辜。

毕业的压力，临时求职的仓促和母亲的咄咄逼人压得他太窒息了，他只是想稍微喘口气，李薄荷却再没了音信。

她没有再打来，他就不敢再打回去了，他怕她已经放下了，怕她把他的来电当成情感勒索，怕她那通电话只是来告别的甚至只是误触了手机的一场乌龙……

一通错过的电话就像童年时池塘里放下的折纸船，松手的时候谁也没想到它会漂得那么远……

手术之前，麻醉师告诉池柳手术结束之后她大约将在几点几分醒来，所以她睁开眼睛的第一件事情就是去找墙上的钟，时间果然与麻醉师预言的一般无二，池柳乍然感觉自认为是万物之灵的人类说到底可能也不过是一台复杂点的机器而已，生死虽尚不可控，小病小灾却早可逆转，就连那些看似复杂的百转千回的贪恋痴嗔，说不定也早在出厂设定时就写在了说明书里。

李薄荷发过来一条带着哭腔的语音：“柳儿，我可算是倒了大霉了……”

“倒霉？”

这个词在现在的池柳听来就像是成心的挖苦，她嘴角抽了抽，算是苦笑一下，眼角的泪水再次无声滑落。

张群的栖身之所是汤市最高级的墓地，环境高级、服务高级、就连往来拜祭者的哀伤也显得那么高级，没有呼天抢地的鬼哭狼嚎，没有花里胡哨的纸钱祭品，只有夕阳把人们略显素净的身形尽可能地拉长……

从医院出来，池柳不想回家，却没来由地想来看看张群。

面对张群的墓碑，池柳万种思绪涌上心头，她已经记不清与张群之间的“地下情”是从什么时候开始的了。因为并不爱张群，她志不在成为一个相夫教子的阔太太，所以她也从来没有想过自己能取代蒋丽娜上位，她很清楚自己与张群只是交易关系，有了这层关系，张群才承诺给她提职加薪，并让她成为公司的新合伙人。现在，张群死了，把她的黑历史永远带到了地下，她也基本上得到了张群生前承诺给她的好处，这对她来说应该是最理想化的结局，但她却并不像想象中那样快乐，内心深处甚至还潜藏着深深的焦虑和压抑。在无数个失眠的夜里，她把每一丝情绪都一遍遍细细地盘点过滤之后，最终弄清楚了烦恼的焦点：李薄荷。

从认识李薄荷的那一天起，池柳就觉得自己一直是她身边的女配角：李薄荷成绩比她好，人缘比她好，工作能力比她强，各个方面都比她优秀，在很长一段时间里，所有人，包括池柳自己都安心地接受了这个设定，但从李薄荷决定出国的那一刻起，池柳感觉属于自己的那一页篇章骤然揭开了，她终于不用再以“李薄荷的闺蜜”“李薄荷的同学”“李薄荷的同事”这样的身份出现在别人面前，可以以领衔主演的身份去书写自己的剧本了。可她没有想到，张群的意外离世改变了一切，从李薄荷重返公司的那一刻，她们二人便毫无选择地被推上了擂台，大家一双双眼睛全在比较着她们的表现，而她，已经在“输不起”的深渊中越堕越深了。

这一切能怪谁？怪张群的遽然离世？怪李薄荷的意外留下？

还是怪命运的阴差阳错，造化弄人？

说起来有点好笑，现在的池柳竟觉得最能让她放松的地方就是张群的墓前，因为在这个世界上，张群是唯一一个了解她真实面目的人，张群了解她的功利、她的嫉妒、她的一切。

只有在张群面前，她谁也不用扮演。

拖着虚弱和疲惫的身躯回到家，池柳被映入眼帘的第一幕吓了一跳：李薄荷不知道从哪里翻出来个八百年没用过的瑜伽垫铺在客厅墙脚，上身躺在地上，双腿与身体呈九十度立起，紧贴在墙上，脸上还歪歪地搭着一只真丝眼罩，入定一般安详，即便听到开门的声音也一动不动。

“干吗呢，吓我一跳。”池柳有气无力地把钥匙扔在门厅。

“别和我说话，我现在就是个定时炸弹。”

“你也不怕有人入室抢劫！”

“赶紧来！我现在满格的负能量正愁没处发泄呢！”

池柳知道李薄荷这大半天肯定也不好过，便问：“怎么了？”

李薄荷的双腿直愣愣地贴着墙边，沿着顺时针方向慢慢滑下，最后重重地跌在地面上，发出“砰”的一声，腿控得太久早已麻木，她并没有感觉到疼痛，顺势翻了个身趴在地上，蛇精似的支起上身，扯掉眼罩就跟池柳抱怨起来。

“你知道张芸怀孕了吧？”

“大概情况我听说了，最后怎么定的。”

“马昆那个老狐狸，把这个倒霉差事推给咱们了！从中午到现在，我一直在联系可能的几位替补演员……”

“怎么样？”

“别提了，我先联系的是姜洋的经纪人，结果姜洋自己把电话给抢过去了，劈头盖脸给我一顿好损，简而言之就是虽然她丝毫不想接张芸的烂摊子，但是她也绝不想错过任何一个可以挤对张芸的机会。”李薄荷想了想，又愤愤不平地补充：“那您倒是直接找张芸去啊，冲我来什么劲啊！”

池柳给李薄荷倒了杯水，说：“张芸她不是接触不到嘛，估计只能把你当成假想敌过过干瘾了。”

“我又联系了刘丽燕，人家倒是挺客气，说在团里排戏呢，让我去团里找她，结果我在她们排练厅的门房从下午三点一直等到六点半，在这三四个小时里门房大爷把我从年纪到籍贯、学历、工作、收入情况调查了个底朝天，给我介绍了四五个相亲对象，我估计再聊下去，大爷都能认我当干闺女。”

池柳笑了一下，李薄荷接着说：“我从中午就没吃饭，一直头晕眼花地等到快七点，人家大姐才溜溜达达地出现，最后特别客气地说，经过慎重考虑，她决定放弃和咱们的这次合作……”李薄荷欲哭无泪地直捶地，“那您倒是早说啊，为什么非要大老远地把我揪过去，让我白等好几个小时啊！”

“章清心呢？”

“说实话，我现在做梦都想找到章清心，可是我联系过她的经纪公司了，他们说章老师每年都会给自己放两个月的长假，在这两个月的时间里什么工作也不接，还会切断和经纪公司的一切联系，基本上算个失踪人口。”

“现在的选项只有许明玉了是吧？不过我听说她和咱们那个戏的男主演以前合作过，两人有点不对付？”

“确切地说，是她和全世界都不对付，但我们实在没有别的选择了。”李薄荷摆出一副生无可恋的表情。

李薄荷一进排练厅就差点被迎面飞出来的剧本砸到脸上——经过全公司开会研讨，最终别无选择地确定了许明玉为张芸的替演人选。李薄荷与池柳明确分工，制作和管理层面的问题由池柳对接，剧组各项事宜由李薄荷负责，结果排练第一天，许明玉就以实力向所有人证明了自己的“不好合作”绝非浪得虚名。

现在，许明玉正捏尖了嗓子在吼搭戏的配角演员，配角演员眼睛红红的，情绪已经接近崩溃的边缘。

“我说了几遍了？你的音高了！你哪个学校毕业的？会不会唱？谁教你的？”

许明玉一连串极具攻击性的问题抛出来，连刚进门的李薄荷都听不下去了，配角演员还是极力控制着自己的情绪，弱弱反驳：“可是老师，谱子就是这样写的，之前我们也都是这么唱的……”

“我不管！”许明玉的声音像毒蝎子高高翘起的尾针，蜇得每一个人脸上都热辣辣的，“你唱到这么高，我再怎么接？这个戏是看你还是看我？”

李薄荷已经猜到了大致剧情：许明玉为了出风头，想强行减弱配角演员的存在感，眼下正在逼着配角演员把已经定好谱的唱段降调，反衬自己唱段的华丽。

所有人都把询问的目光投向了导演马昆，马昆则把询问的目光投向了刚进门的李薄荷。

“看我？看我干什么？”李薄荷心里这样想着，面上却不敢表露出来，只能满脸堆笑地看向大家，说：“各位老师好，我是‘苇航’的李薄荷，这次演出由我负责配合各位老师的工作，保障好后勤，各位老师有什么需要的请尽管使唤我。”

趁着排练厅里的各位还没回过神来，李薄荷又故意补了一句：“现在有什么需要我做的吗？”

许明玉没好气地白了李薄荷一眼，李薄荷的话说得很明白，她是来保障“后勤工作”的，创作层面的问题跟人家说不着，有气也撒不到人家身上，只得高傲地“哼”了一声，李薄荷赶紧就坡下驴，溜到墙角乖乖坐好：“那我就不打扰各位老师排练了。”

马昆抬手看了看表，说：“先排到这里吧，休息十五分钟。”接着又看似无意地向李薄荷瞥来一眼，意思很明确：“现在是‘后勤’时间了，这位姑奶奶归你哄。”

众人如释重负，迅速以许明玉为圆心默契地散开，把整个排练厅空出一个圆形，让她尽情“圈地自萌”。

“你搞清楚状况！我是来帮忙的！要不是看马导的面子我才懒得管你们这个又累人又不落好的烂摊子呢！”许明玉一脸颐指气使，不是空调温度不对了，就是柠檬蜂蜜水没及时递到手上了，工作餐没按她交代的少油少盐了，但凡有一丁点的不顺心，必然要把这套台词甩到李薄荷脸上。

这些话是说给李薄荷听的，音量又足以传进排练厅每个人的耳朵，到底是音乐剧演员嘛，功夫全用在这上面了，被评价为“烂摊子”，每个人的脸色都很难看。这种难看有百分之三十是针对许明玉的，却有百分之七十是针对李薄荷的，显然大家都在暗暗抱怨她请谁不好，偏偏请来这么一尊难伺候的大佛。所以对于她遭受的“虐待”，众人非但没有同情，反倒觉得是她自作自受。

众人炙热的谴责目光如万箭穿心，李薄荷能做的只有强忍着胸中那口老血不喷出来。

“许老师……”一个熟悉的声音在排练厅门口响起。

李薄荷心里一沉：“他怎么来了？”

许明玉再狂，也知道江野达是主办方的最大老板，更何况江野达这几年在行业里也有些名声和口碑，气焰便软了下来。

“下午我们要召开一个新闻发布会，对演员调整做一个阐述，如果有空的话，也请您拨冗前来？”

江野达使用了个模棱两可的疑问句，意思就是，许明玉可以来，也可以不来，并非不可或缺的一号人物，可是这样的问题又让许明玉如何回答呢？说去吧，刚当着那么多人摆出了屈尊纡贵的姿态，拉不下脸来上赶子说自己想去，说不去吧，又舍不得这个时隔几年好不容易得来的露脸机会，话一时哽在喉咙里，竟不知该往外吐哪句。

江野达眼角余光往李薄荷身上扫了一下，李薄荷心领神会，赶紧上前一步说：“江总，下午的发布会是我们这边安排的，名单我都发给媒体单位了，上面有许老师的名字。”说到这里，李薄荷故意摆出一脸为难的样子，转身对许明玉说：“许老师，要不就辛苦您出席一下？”

许明玉的态度顿时软化下来，眼角只略微挑了挑，说：“反正下午导演不在也排不了戏，你们看着安排吧。”言毕便自顾自地扯过翻了一半的剧本，一脸岁月静好地看了起来，什么空调、蜂蜜水、减肥餐的统统抛到了脑后。

李薄荷悄悄看向江野达，江野达嘴角微微抽动了一下，露出个别人轻易无法察觉的笑容，这种恶作剧式的笑很少出现在他脸上。按说，作为主办方最高层领导，他其实完全没有必要也没有理由出现在排练厅，他会来，是正巧路过？还是担心自己对付不了许明玉这个刺儿头，特意前来助阵……

李薄荷很怕自己想多了。

发布会现场，闪光灯晃得人眼花缭乱，相机接连“咔嚓”作响，轰得李薄荷一阵阵耳鸣，但两位女演员错落有致的抽泣声依然见缝插针地钻进了她的耳朵。

按发布会流程，张芸先行发言，她气若游丝地拿着话筒，撑着桌子试图站起来，马昆赶紧说："你坐着说吧，坐着说吧。"

台下的记者也七嘴八舌让张芸坐下，张芸还是扶着桌子强撑着给大家鞠了个躬，身子才重重落回到座椅上，接着向媒体表示自己早已经感觉到身体不适，但为了工作一直默默咬牙硬撑着，直到几天前"晕倒在排练厅"。

"那时候我才认识到这不仅仅是关系到我个人健康的事情了，我再逞强下去，对观众、对剧组的同仁们来说都是不负责任的，所以……我痛苦地做出了一个决定，退出巡演，安心休整养病，相信经过一段时间的调整，将来我会以更饱满的状态给观众带来更精彩更优秀的作品……"

张芸说完掩面而泣，如果"负伤退演"这个主意不是自己想出来的，李薄荷都要相信她的表演了。

接下来是许明玉发言，她的情绪比张芸更加激动，语气颤抖："在淡出行业休整这几年，我一直在给自己充电，读了很多书，也去了很多名校，还出国进修了表演和演唱……其实，我并不是传闻中的那么不好合作，我只是对于剧本，对于表演，对于音乐剧有太过苛刻的执念，我认为这是我作为一个中生代音乐剧人担负的使命……但是在充电的这段时间里，我也反思了自己身上的一些问题，我认为自己应该放下过去的棱角，变得圆滑一些，能融入人群，只有这样，我才能有更多的机会去实现自己的理想……"

许明玉说到动情之处，擦拭着眼角溢出的泪水，媒体席里爆发出雷鸣般的掌声，从张芸和许明玉两个人身上，李薄荷充分领教了什么叫人生如戏，全靠演技。

许明玉在镜头面前的出色表现引得各家媒体众口一词，对她的复出姿态大加赞许，也对她的接演充满了期待。

然而，许明玉在排练厅里又“抖”了起来，李薄荷注意到前几天那个坚持不肯把唱段降调的配角演员不知何时已经离开了剧组，取而代之的是B组演员。

“导演，这戏我没法排了，全是拉背那我还演什么？”

那位之前就与许明玉传过“不和”新闻的男主演在现场提出了疑问。原来，许明玉在排练的过程中强行调整表演调度，把男演员正对观众的表演全改成了背影，这样一来，男演员就变成了活脱脱的人形道具。

男演员忍了两天，终于在排练的第三天大发雷霆，在李薄荷看来，这位男演员的脾气已经算够好的了，好歹还忍了两天，若是换了自己，两天前就炸锅了。

“你们就在这儿杵个塑料服装模特就行了，反正有她一个人在，其他人都不需要表演了。”男主演扔下这么一句话摔门而去，排练再度陷入僵局。李薄荷知道自己又来差事了，先给池柳拨了个电话，池柳那边一片嘈杂，觥筹交错，吆五喝六。

池柳听完李薄荷汇报的情况，压低了声音说：“我这边现在也有点情况，你自己看着处理吧……”说完就挂断了电话。

眼看天色擦黑，李薄荷也只得先给全剧组安排了工作晚餐，让大家吃完饭早点休息，把所有人都安顿好了，李薄荷给夏昭发了个微信：“收工没？出来喝点？”

夏昭赶到时李薄荷已经灌了自己半打啤酒了，听着李薄荷断断续续结结巴巴地讲完整个故事，他有些哭笑不得：“我怎么觉得那个马昆从一开始就给你下了个套啊？”

李薄荷一拍桌子，震倒了桌上几只空瓶，夏昭的话戳中了她心中隐约搁着的疙瘩：这几位替演的人选从一开始就是马昆提出的，在四位候选人中唯一有可能接演的也只有许明玉，现在回想起来，这两人背后肯定早勾搭上了。马昆从一开始就想让许明玉来，只不过面上不好表现得太直白，他也知道许明玉不好打交道，便一步步铺垫，顺理成章地把李薄荷推出来背锅。这样如果戏搞砸了，错是李薄荷的，因为许明玉是她出面请来的；如果演出成功了，功劳是他的，别人必然还会感叹一句“马导真够可以的，连许明玉那么难合作的演员都搞得定！”

李薄荷喝得两眼发红，恨恨地磨着牙问夏昭：“你有没有道上的朋友，帮我揍那个泼妇一顿？”

夏昭的脸上闪过一丝难堪，李薄荷马上意识到自己说错话了：对于普通男人来说，或多或少都喜欢吹嘘自己有点“黑白两道”的朋友，以显得自己有那么点像个江湖人，但对于夏昭这种真有过前科的男人来说，这一刀的确直接捅了人家肺管子，好像成心在揭人家的黑历史。

李薄荷一懊恼，酒就醒了大半，赶紧解释说：“对不起对不起，我不是那个意思。”

夏昭喷了口烟，笑着说：“对于这种泼妇，揍是不管用的。”

李薄荷顿时灰了心：“连揍一顿都不管用，那我可真是没指望了。”

夏昭摇摇头，接着说：“老祖宗教育我们，穷则思变，变则通。在我看来，泼妇大概分两种，一种是‘纸老虎’型，一种是‘瓷观音’型，收拾这两种泼妇，各有各的办法。”

李薄荷睁大了眼睛，眼中闪烁着“愿闻其详”的光芒。

夏昭说：“所谓‘纸老虎’就是她不是真泼但又想让人家觉得她泼，以‘撒泼’作为自我保护和达到目的的手段，想让别人惯着她，满足她的一切要求，对于这种人，揍一顿是好使的，要让她知道她泼你更泼，她见撒泼捞不着好处，以后也就不用这招了。”

李薄荷摇了摇头，显然许明玉在她心中并不符合这类设定，她赶紧给夏昭倒了杯酒追问：“那另一种呢？瓷……瓷观音？”

夏昭用酒润了润喉，说：“这种人是真泼但又不想让人家知道她泼，相反，她特别注重自己的外在形象，特别怕别人知道她是个泼妇，可是因为她在公众面前精心营造着一个清正美的形象，你很难抓到一个让大家都看得到的把柄，在这种情况下，如果你敢惹她，她立刻倒地碰瓷装受害者，你反而显得没理了。”

想想前些日子许明玉在媒体前面演的那一出苦情戏，李薄荷当场将她诊断为“瓷观音”型真泼妇，她整个人无力地扑倒在桌子上，下巴支着桌子，眼神涣散，“斗不过斗不过，这心机婊可算是吃定我了。”

夏昭把手按在李薄荷头顶抓了抓，像在安抚一只和野猫单挑打输了的家猫，李薄荷的头发被抓得乱蓬蓬，还留下了淡淡的烟味。

“这个世界上，是蛇就必然有七寸，你得知道你的对手最怕什么，只有这样才能切中要害。”

李薄荷的头无力地歪向一边，不小心撞掉了桌上的啤酒瓶，啤酒里的二氧化碳让瓶子炸裂的声音格外清脆，接着，冒着气泡的液体滋滋啦啦顺着人行道砖块的缝隙流向远处。

她一下子清醒过来，一激灵站起身，揉了揉由于过度承重而酸痛的下巴，眼神也变得坚定起来，说：“我明白了！”

夏昭看着李薄荷一副势在必得的样子，不由好笑，他发现了，李薄荷这孩子身上最大的优点就是自我修复能力超强！

夏昭的内心独白话音未落，李薄荷身子一软，又栽了下去，她最近累坏了，刚才憋了一肚子气基本上没怎么吃东西，喝了急酒又一下子起猛了，酒劲一上头，心跳骤然加速，两眼一黑，差点晕过去。

夏昭赶紧扶住李薄荷，一脸黑线：看来这位小姑奶奶今天算是讹上他了，不送她回家是不行了。

池柳坐在点唱机前，先点了几首刘欢、韩磊和屠洪刚的歌，旋律响起，极具时代感的MTV画面出现在大屏幕上，马昆一愣，随后看向几位文化界的领导，哈哈大笑："原来在小池眼里，咱们都是那个时代的人啊。"

池柳才反应过来，在她之前的概念里，这几位的歌是中年男子的标配曲库，但是细算算，听周杰伦那一拨人都已经步入中年了，她这几首歌一点出来，一竿子就把对面那几位捅到了"离退休老干部"的梯队里了。

池柳赶紧端起酒杯，来到几位文化官员面前，说："对不起，各位老师，我罚酒。"

包间里刚刚冷掉的气氛被缓了过来，还有点升温的趋势，中国人老话常说"敬酒不吃吃罚酒"，显然，罚酒是远不如敬酒好吃的，可这条准则虽然适用于任何场合，却唯独不适用于衍生它的酒桌本身，在中国的酒文化里，罚酒永远比敬酒来得更有趣，尤其当接受惩罚的一方是女性，必然会激发一桌子大老爷们儿的征服感并扩宽他们的遐想空间。

在众人的哄笑声中，池柳接连喝了数杯红酒才重新坐回沙发上，江野达担心地问："没事吧？"

池柳按了按潮红的脸，不知道是想用冰冷的手为滚烫的脸降温，还是想用滚烫的脸暖暖冰冷的手，摇了摇头。

"不能喝就少喝。"江野达小声提醒。

池柳双手捧着脸，确切地说是捧着已经发沉的脑袋，木然地点了点头。

可是，中国酒桌上的度量衡颇具哲学意味：只有“喝”和“不喝”，却没有“少喝”的概念——要么不动如山，说不喝就不喝，滴酒不沾，虽然高冷但要怠慢一起怠慢，也算一视同仁；要喝就敞开了喝，只要敢把自己灌高了陪，没陪好谁都不会有人挑理；而那种扭扭捏捏说“少喝一点”的最吃亏，因为既然已经“少喝一点”了，那就更得面面俱到，否则跟张三“少喝了一点”，跟李四“连少喝一点都不喝”，就显得太看人下菜碟，太得罪人，所以几圈下来算算总量，往往是喝得最多，别人还感觉他一直在“少喝一点”，两头不划算——池柳深谙此理，对于那些端不动的架子，倒不如早早放下。

不知不觉间，池柳看东西已经出现了重影，有人举着杯子晃到面前，她都来不及细看是谁就急忙端起酒杯迎了出去，酒精影响了她对距离的判断和对力度的把控，“咔嚓”一声，她的杯子和对方的杯子狠狠地撞在了一起，直接在她手里碎了一半。

锋利的玻璃碴划过池柳白皙的大腿，鲜血奔涌而出，她还没来得及感觉疼痛，江野达已经迅速而准确地将一块干净的餐巾扔到了她的腿上，盖住了她的伤口，也盖住了一众男人关心的契机。

“各位，今天差不多就到这里吧，早点回去休息。”江野达顺势起身，说，“我送小池回去，处理一下伤口。”

江野达开了口，其他人只得就坡下驴，礼节性地关心了池柳几句，也就散了。

池柳坐在副驾驶座上，手死死地按着那块遮着伤口的餐巾，头抵着车窗，脸色惨白，江野达一边开车，一边不时扫她一眼，但也说不出什么话来。

自和池柳在同学会上重逢以来，江野达总觉得哪里怪怪的，似乎眼前这个池柳和当初校园里那个池柳很不一样。曾经的池柳虽然哪里都不算打眼，但至少是个踏实本分的孩子，现在她在社交场上的这种游刃有余却让江野达感觉很陌生，是这个学生变了，还是自己以前对她的认知就太过肤浅，江野达不得而知。

池柳气若游丝，先开了口："江老师，薄荷她们都指着我吃饭呢，张群也在天上看着呢，薄荷那边也不容易，这个项目，无论如何我也不能做砸了。"

江野达细长的手指在方向盘上轻轻扣了扣，池柳的一句话把深夜中的一切都给说软了，空中被云遮掩了一半的上弦月，路边刚推出摊的宵夜车，巷子里还没来得及关灯的烟酒店，路灯、行人、花丛……全被说软了，江野达的心也被说软了。

是啊，"苇航"现在不容易，池柳现在不容易，李薄荷现在也不容易，在诸多的"不容易"面前，人往往没有选择的权利，也许，她不是八面玲珑，她只是"太不容易"。

想到这里，江野达心中刚刚浮上来的对于池柳的那一点点微词灰飞烟灭，取而代之的，是不可言说的愧疚。

就是这点莫名的愧疚感作祟，江野达一直把池柳送进了家门，二人进门时，李薄荷正在洗手间里抱着马桶吐得翻江倒海，夏昭倚在门边，进也不是，退也不是。

洗脸池水一阵"哗哗"作响，李薄荷素面朝天，扎着熊耳朵发带，脖子上搭着一条毛巾从洗手间里晃悠出来。

客厅里的四个人目光相互交错，迅速地打量了一下彼此，面色都平静如水，谁也没说什么，因为谁也没立场去问谁什么，谁也没资格去打听谁什么，倒不如都体面地沉默。

九、佛祖不度滥好人

接下来的几天，许明玉在排练厅里继续作威作福，李薄荷脸上笑嘻嘻，谁都能看出来，那是一种发自肺腑的笑，而不是胸怀万匹草泥马奔腾驰骋、脸上强挤出来的笑容，就连原来对“苇航”颇有微词的合演者都对李薄荷渐生同情之心。

这孩子，是不是被虐出斯德哥尔摩综合征了？

然而，几天后，在某一个太阳照常升起的平平无奇的周三，许明玉一反常态，人也不作了，胸也不闷了，肥也不减了，空调的温度既不冷也不热了，看剧本也处处拍案叫绝了，不但能和其他咖位的同事们一起吃多油多盐的“垃圾外卖”，连习惯性的白眼翻到一半都能婉转地演化成娇嗔嬉笑，不由让人感叹著名女演员的表情管理能力实在是强。

对于这样的改变，全剧组的惊异程度几乎可以用“胆寒发竖”来形容，暗暗思量这是平行时空的另一个许明玉前来魂穿了？还是李薄荷这小丫头给许明玉下降头了？更有甚者，怀疑这是许明玉憋什么大招之前对世间的最后一丝柔情，宛如死刑犯上路前的最后一餐饭总是极尽丰盛、色香味俱佳的。

大家提心吊胆地过了几天，发现许明玉的温柔并非一时情绪错乱，而是稳定输出，又开始暗暗疑惑李薄荷到底有几把刷子，居然不动声色便把许明玉这颗浑身是刺、见谁扎谁的海胆打磨成了光滑圆润没事就往壳子里一缩的海螺，就连马昆看这小丫头的眼神中都多了一丝“不明觉厉”。

对于许明玉的改变和周遭的疑惑，李薄荷仿佛没有丝毫察觉，该说笑说笑，该殷勤殷勤，不时拿着手机拍几段排练视频，偶尔抽空低头摆弄摆弄剪辑，心里暗暗回忆着周三早晨自己在电梯间里堵到许明玉的情景……

周三早上，排练时间已经过了一刻钟，许明玉才踩着八公分高的鞋跟“咔哒咔哒”地出现在大厅一楼。今天早上路况出奇地畅通，她比约定的排练时间提前十分钟就到达了，但作为一名“大咖”，迟到是一种身份和姿态的象征，她在心里估算了一下自己与剧组其他成员的咖位差距，觉得迟到十五分钟是最恰当的，于是她宁可选择在周围咖啡厅喝点东西，在楼下小花园溜达溜达，消磨消磨时光，也要在众人努力克制的不满目光中姗姗来迟。

敢怒而不敢言，这是多高级的赞美！

电梯门关上的瞬间，一个身影倏地挤了进来，许明玉吓了一跳，定了定神才看清钻进来的正是李薄荷，脸上微微的慌张收拾了起来，取而代之的是日常招牌式的冷傲。

李薄荷没有注意到许明玉的存在，她耳朵里塞着耳机，低头忙碌地摆弄手机，只是她方才挤电梯时一不留神把耳机线从手机插口上扯了下来，一个女人吵吵嚷嚷的声音从手机里冒出来，在狭小的电梯空间里回荡，格外刺耳。

可能是没发现耳机脱落，只觉得耳朵听不到声音了，她毛毛躁躁地按着手机上的音量键，手机里女人聒噪的叫喊像学生时代混杂了石粒的粉笔划过黑板时发出的声音，令人汗毛竖立，起了一身鸡皮疙瘩。

“泼妇……”许明玉心里这样嘀咕，又觉得那个声音很熟悉，目光虽高傲地移开，耳朵却条件反射地竖了起来。

“唱，唱不行，跳，跳不行，演，演不行。我真不知道学校当初是怎么放你们毕业的……我只是来演出的，没拿给你们当老师的钱……要不是看着马导的面子，我真跟你们丢不起这个人……”听着听着，许明玉周身皮肤一紧，“等等！这，这不是我的声音吗？这个泼妇不是我自己吗？”

“你干吗？”许明玉像被淘气的猴子挠了鼻子的母豹子，就差趴在地上弓起背扑上去撕咬李薄荷了。

李薄荷吓了一跳，回过头来慌慌张张地扯下耳机，说：“许老师，早啊。”

“你干吗？你干吗？”许明玉声音尖厉，杏目圆瞪，重复着这句话。

顺着许明玉的目光，李薄荷才发现耳机没插在手机上，刚才公放出来的那番难听的话正是昨天收工时许明玉刚拍在其他演员脸上的，赶紧调小音量，手忙脚乱。

许明玉扯着李薄荷，直接把她甩到了走廊尽头：“你要干吗？你到底要干吗？”看来她是真急眼了，语言库处于宕机状态，只会反反复复追问这一句。

李薄荷一脸无辜，告诉许明玉：“为扩大宣传力度，我们联系了几家有影响力的自媒体公众号，准备每天投放几条排练vlog，为演出做做预热。”

李薄荷煞有介事地报了几家公众号名目，许明玉听得直皱眉头，那几家公众号她也都是听说过的，影响力不算小，好事不出门，坏事传千里，万一在排练厅里作威作福的视频流传出去，自己这来之不易的翻盘机会可就彻底砸了。

“那你拍我干吗？你拍别人啊！”许明玉气到颤抖。

李薄荷一脸苦相：“您是咱们组里最大的咖，我不拍您拍谁啊，这戏可就看您一个人了。”

“这戏可就看我一个人了！”

这是许明玉前几天在排练厅里耍威风时撂下的狠话，如今从李薄荷嘴里再说出来，怎么听都像反讽。

“你们这是侵犯我的肖像权！”许明玉叫着。

李薄荷不卑不亢：“怎么能够呢，我们在合约中可是明确标注了‘苇航’有权将排练和演出的一切影像资料用于宣传使用的啊。”

许明玉被李薄荷一句话噎住，无言以对。

李薄荷愁得挠头：“我们领导倒是说得简单，现在是自媒体时代，vlog 就是微型纪录片，纪录片嘛，真实记录，记录真实……”

“真实”这两个字打在许明玉肋条上，疼得她直肝儿颤。

趁着许明玉哑口无言，李薄荷看了看手机上的日期，说：“我们领导要求从演出前一个星期开始，每天投放三条，一共 21 条，我还没找到感觉呢……”

许明玉迅速算了一下，目前距演出开始还有八天时间，也就是说，在第一条 vlog 被正式放出之前，她还有机会自救形象！

她脸上的冰霜融化了一半，语气不经意地缓和了许多，说：“我在国外充电的时候倒是进修过一些影视拍摄和剪辑课程，你可别小看所谓的‘短视频’，越短越难，拍是好拍，但怎么剪，怎么配乐，怎么转场，怎么选封面写标题，怎么吸引观众点开看，处处都是学问啊！”

李薄荷一拍大腿："许老师您说得太对了，不然我怎么能愁成这样，隔行如隔山嘛！要不，麻烦您抽空帮我指导指导？"

许明玉脸上余下的另一半冰霜也融化了，懒洋洋地将双臂在胸前抱了抱："我真是欠你们的……"

李薄荷嘿嘿一笑，没脸没皮："您真是宝藏艺术家，找到您我们算是抄着了！"

许明玉暗暗诱导李薄荷选择素材和进行剪辑，这件事情已经有五成的局面被她控制在手中了，心也就有一半放进了肚子里。同时，她也极大地收敛了自己的排练态度，李薄荷看似随口说的那句"真实记录，记录真实"还是起到了一定的威慑作用，让她脑子里随时绷着根弦儿，李薄荷每天在排练厅里不时举起的手机镜头对她来说就是明晃晃的威胁。

人嘛，只要知道随时都有镜头在拍着自己，就会不自觉地做起戏来。

众人享受着许明玉那做作的温柔，游戏玩到这里，李薄荷算是想明白一个道理：孙悟空要是一心向佛，还要头上那紧箍咒干什么？

李薄荷提到的那几个公众号都是杨家强公司运营的，她提到要在一个星期内用排练 vlog 为演出做预热也所言不虚，这是她和池柳一起商量出来的策略，既可以牵制许明玉，也可以扩大宣传，可谓一举两得。

按之前的分工，安抚许明玉的工作交给李薄荷，与杨家强洽谈的工作由池柳负责，闺蜜二人双双旗开得胜，达成所愿，决定好好任性一下，摆了一排啤酒，撕了几包薯片，泡了一桶方便面，挤在沙发上分而食之，分食一桶方便面倒不是穷，也不是吃不下，而是因为这桌上满满全是极不利于减肥的高热量垃圾食品，所以两人决定在克制中放纵。

说来也怪，这些东西白天摆在眼前也没有多馋人，偏到了半夜要入睡时就会诱人到令人无力拒绝，于是李薄荷和池柳给自己下了一条死命令，相互监督：每当完成一个大单子，或者解决一个棘手难关时才可以“堕落”一次。

快乐被限量的同时也就被放大了，不记得从哪本书里读过那么一句话“饮酒的快乐在于禁酒令的存在”，李薄荷深以为然。

李薄荷边吃边刷着手机，也不是想看什么，只是戒不掉当代人机械性刷新社交网页的通病，自从《一夜孤城》的排练 vlog 投放到网上以来，杨家强不但让自己运营的所有公众号轮番转发刷屏，还主动掏腰包为该剧买了热搜，倾尽全力力挺老同学。

回忆起同学会，杨家强口口声声亲亲热热呼唤“老同学”那架势总让李薄荷觉得戏有点过，毕竟如今精于算计的商人早已不是当年朴实无华的贫困生了，“老同学”这个词从他口中说出来，怎么听都多了一份情感投资的滋味，但现在回头细品品，每每在困难之时搭把手的还真是这位“老同学”。

李薄荷为自己曾经戴着有色眼镜看人心生自省，不由感叹：“别说，这杨家强真够仗义的，还自掏腰包给咱们买了热搜，里外里算算，别再赔了。”

池柳正抱着面桶把最后一口汤面吸溜进嘴里，含含糊糊地回答了一句：“可能是看张群的面子吧。”

李薄荷心中哽了一下，掐指算算，张群才离开几个月，但已经很久没有人提起这个名字了，说来很奇怪，以前的人没有社交网络，没有便利的通讯交流，没有影像记录，就连张清晰点的照片都没有，离去后却能被人念叨很久，现在呢，人们大到结婚生子、入学求职，小到早上吃了几个茶叶蛋，屁股上起了几颗青春痘，无一不可通过社交网络宣之于众，强势侵占他人视野，输出自己存在于世的证明，可人一旦没了，对于别人来说无非是“此账号不再更新内容”，随后就从记忆中一键删除了。

科技发达了，人心却懒了，有些东西被科技记住了，便不再走心。

池柳对李薄荷说“杨家强是看张群的面子”，这话半真半假，杨家强如此殷勤热情的确是看了某个人的面子，却不是张群。

一个星期前，池柳打算约杨家强出来聊聊合作，不知受了什么神谋魔道，她翻开手机通讯录后的第一个电话没打给杨家强，却打给了马兰，连她自己都没想到毕业七年了马兰的电话号码居然没换，这样的人生活一般很平静，既不欠别人钱，也没人欠她钱。

马兰毕业后没多久就结婚了，专心在家中相夫教子，她本来就是喜静不喜闹的性子，社交圈子也就越变越窄，每天基本上只能接到三类人的电话：幼儿园老师、快递外卖和推销中介，所以接到池柳电话时她很意外。

电话那头池柳热情地约马兰出来喝个下午茶叙叙旧，马兰仔细想了想，觉得上学时跟池柳没什么交情，连话都没说过几句，万一见了面四目相对一不小心就会把天聊死，正想着找个理由婉拒，回头又看到走廊鞋柜上摆着一只精美的盒子，那是她两个月前网购的一双高跟鞋，款式精美性感，八公分的高跟细得像小手指头，可是作为家庭主妇，她平日的“战场”主要集中在超市、菜市场、幼儿园和游乐场，若穿上这种鞋子，估计追着孩子跑上半个小时便足够让她痛到想把整个脚底板直接掰成两半了，所以这双鞋自从买来就一直没找到合适的机会穿，她只是时常地、反复地把它从鞋盒子里拿出来看看，穿上在镜子前照照，最后再收起来。

“总该试试这双新鞋子吧……”

心里这样想着，马兰嘴一松，就答应了池柳的邀约。

所以，在觉得和池柳没话聊的时候，马兰无意地开了这么一句玩笑：“你听说过吗，高跟鞋刚被发明出来的时候是当作刑具使用的呢……”

茶点吃了一半儿，一个胖胖身影一摇三晃地进了大堂，马兰心里咯噔一下，池柳却若无其事地站了起来，笑吟吟地招呼：“家强，这边！”

看到马兰，杨家强也一愣，显然今天这出“意外相逢”是池柳一手策划的，可她好像丝毫没有察觉到杨家强与马兰之间微妙的气氛，自顾自地解释着：“今天约马兰出来就想偷闲喝个下午茶，放松放松，谁知公司临时又有点急事要求家强，只好约到一块儿了，这顿我得让公司给我报销。”

杨家强挥了挥大手：“有我在，哪有让两位美女掏钱的道理，想吃什么尽管点，我请！对了，有没有蜜耳朵，来两盘！”

蜜耳朵是马兰最喜欢吃的零食，服务生却故作为难地笑了笑，仿佛“蜜耳朵”这种市井零食便已经折煞了他这五星级酒店服务生的身份，用看似谦卑实则倨傲得不得了的态度回答：“对不起先生，没有。”

池柳简单地跟杨家强聊了几句想在他们公众号上投放 vlog 的事情，杨家强心不在焉，不管池柳说什么都只顾“嗯嗯行行”地答应，池柳见杨家强这副予取予求的样子，悠悠一笑，抬腕看了看表，说：“实在对不起，二位，公司还有事，我得赶回去，唉，劳碌命，一刻不得闲，你们先聊着。”

见池柳要走，马兰也局促地起了身，说："那我跟你一起走吧。"

杨家强闻言，眼睛中闪过一丝无助和委屈，将求助的目光投向池柳。

池柳笑着说："别啊，我刚加了一份马卡龙塔……"

话音未落，服务生已经端着盘半米高的马卡龙塔小心翼翼地走到桌边，轻手轻脚地摆放好。

池柳嗔笑着直咬牙，说："这东西也没法打包，真气人！账我已经结过了，你们一定得替我多吃两块，要不然我解不了这份心疼！"

池柳话说到这份上，马兰也不好硬说要走，只得又默默地坐下。

五彩斑斓的马卡龙按照考究的色系搭配，一层叠着一层，像童话故事里可以结出美梦的树，每一种颜色都代表着不同的幻想，隔着那些美梦，杨家强看不清马兰的脸，在业界打拼几年练就的见人说人话见鬼说鬼话的本事这会儿也用不上了。

成年人不走心的社交无非包含三要素"想过去，叹今朝，盼未来"，可眼下两人相对无语，不忍回忆过去，不敢打听现在，也更没有什么共同的未来可以期许，说白了，倒是因为曾经走过心。

马卡龙塔上淡黄的糖丝慢慢融化，欲滴未滴，黏腻腻的，看得人心里有种莫名的不畅快，马兰终于忍不住了，还是站起身来告辞。

杨家强没敢挽留，就说："老同学这么多年没见了，咱加个微信吧。"

马兰没答应也没拒绝，只是轻轻回了句"大家都在同学群里"，便拒绝了杨家强开车送她一程的请求，仓促离去。

走出酒店，街头的车水马龙轰得杨家强脑仁直嗡嗡，现在，他满脑子里只有一件事：现代化进程慢慢吞噬了城市里原有的人间烟火气，从什么时候开始，那个推着板车沿着胡同叫卖蜜耳朵的老头就不见了呢？

马卡龙塔宛如糖衣版的特洛伊木马，把杨家强的内心腐蚀得彻彻底底，不消池柳开口，他便主动动员公司所有员工竭尽全力配合“苇航”，做宣传、买热搜，忙得比自己的事情还上心，《一夜孤城》在网上越炒越热，终于在众人的期盼中拉开了帷幕。

不得不说，许明玉人虽然不厚道，戏还是真不赖，一曲终了，全场爆发出山呼海啸般的掌声与喝彩，这满堂彩至少有三分是冲着许明玉的个人舞台魅力的。

“苇航”的人今天悉数到场，分布在观众席或后台的各个角落，演出获得如此巨大的成功，众人热泪盈眶、如释重负、扬眉吐气。李薄荷站在舞台口甩着手腕把两只手掌都拍红了，与其说是在喝彩，倒不如说是在出气，她就想趁着这股子乱糟糟的气氛把自己从接手这个戏以来所受的所有的窝囊气都拍出去。

身后传来一阵脚步声，冷淡得跟整个剧场的热烈气氛格格不入，那个人没有一丝人间的气息，可以说他单纯得像一杯白开水，也可以说，在武侠小说里，无臭无味的毒药往往最是致命。

那个人默默站在李薄荷身后，不知道是在看台上还是在看她的背影，李薄荷不用猜也知道是谁，自是不敢回头，既怕撞上他的目光，又怕撞不上他的目光，她只能站军姿般地拔着一股劲头，暗暗抱怨身后这家伙真是一个典型的气氛破坏者。

悄无声息地，李薄荷的肩头被拍了拍，她心里一激灵，还没想好该怎么应对这等场面，身后清脆的皮鞋声已经渐渐远去。

"拍什么拍，我跟你很熟吗？"

这样想着，李薄荷心口却一揪……

随着一声欢呼，李薄荷被同事们扔到了空中，尽管她大叫着"我有恐高症"，同事们依然不依不饶地要将她在空中扔个三起三落。

从用梁浣的项目把"苇航"从倒闭的边缘线上拉回来，到搞定了许明玉这位姑奶奶，顺利完成了《一夜孤城》的演出并获得好评，李薄荷可算是不折不扣地立下了几桩大功，几乎可以说，要是没有她，"苇航"绝撑不到今天，同事们自然把她视为"救命恩人"。

为了庆祝"苇航"接连走过两座独木桥，池柳特意在附近的酒吧订了个大卡座，搞搞团建，犒劳一下下属们，放松放松，在酒精和音乐的催化作用下，年轻人们就搞了这么一出空中扔人的大戏。

池柳面带微笑看着众人欢闹嬉戏，心里却有种说不出的滋味，"苇航"能撑到今天，她也做出了太多的努力，承受了太多的委屈，为什么人们的眼光却永远只关注李薄荷呢？想来想去，她只能得出一个结论：李薄荷的努力和委屈都是摆在明面上的，好也罢歹也罢，起码哭笑都能写在脸上，她的努力和委屈却都是"哑巴亏"，牙打碎了也只能往肚子里咽，脸上永远只能端着风雨不透安之若素的微笑。

旁边的客人被"苇航"员工闹得头痛，纷纷向他们投来反感的目光。

"你们给我安静点！"

一个头发染得五颜六色，耳朵上戴着十二三个钉钉环环的青年忍无可忍，拍案而起，冲着“苇航”的卡座大喊。

同事们正兴致勃勃地把李薄荷第三次扔向空中，被那五颜六色的青年一吼，脑子一走神，手下一打滑，李薄荷就从他们手掌间“漏”了过去，重重地跌在地上。

“谁都别动我！让我自己起来！”

李薄荷直挺挺地躺在地上，高声喝止了七手八脚想把她拖起来的同事。

静静地挺了两秒，感觉身体并无异样，她才慢慢地爬起来，盘腿坐在地上，抬头委屈巴巴地看着众人：“幸好我沉，你们扔不高，要不然还不得摔死我啊，我算是又找到一个不减肥的理由了。”

好好的庆功气氛被隔壁桌一喊，再被李薄荷一摔，变得又扫兴又没面子，大家面面相觑，都讪讪地坐回了座位。

池柳噗嗤一笑，说：“李薄荷你没受伤就快点起来，我还要讲话呢！”

听说领导要讲话，李薄荷识趣地拍了拍屁股，跳了起来。

池柳清了清嗓子，举起一杯香槟：“我简单说两句，咱们接下来小点声，别吵到其他客人。这几个月大家辛苦了，下半年咱们再接再厉，争取多创业绩多挣钱，年底咱们包场，把别人都赶出去。”

众人哄堂大笑，池柳轻飘飘的几句话将方才的难堪和失落一扫而光，还顺便励志了一把，桌上又恢复了自信和斗志，众人纷纷碰杯，高呼着“年底把别人都赶出去”的口号，隔壁桌的客人听到也只能臊眉耷眼，假装没有听到。

隔着人群，李薄荷和池柳相视而笑，彼此心头都有一念闪过。

李薄荷想：不愧是池柳。

池柳想：如果没有李薄荷就好了。

“苇航”内部庆祝完毕，池柳又安排了一场专门招待剧组主创人员的庆功会，地点定在本市一家私密性较强的高级会所。

赴会之前，池柳特意叮嘱李薄荷与自己分工配合，一定要把各位“祖宗”都伺候好了，所以到了会所，两人很自然地分开落座，江野达、许明玉和池柳几个人坐在沙发左半边，男主演、马昆和李薄荷等人坐在沙发右半边，以便能照顾到每个人。

李薄荷并不知道这样的安排还有另外一番用意，昨天晚上，池柳又收到一条马昆发来的微信，内容只有三个字：“老地方”。

池柳给马昆回复了一条信息：“马导，这次的演出合约是我司的李经理跟您签订，有什么事情您可以直接和她沟通。”

马昆回复了一个表情：OK。

马昆解读了池柳信息中的内涵：当初的合约是李薄荷经手签订的，业绩是算在李薄荷名下的，所以池柳已经不会再给他任何甜头了，但李薄荷会。

再说直白点，马昆领会到的意思是：李薄荷，也可睡。

不得不说，今日的李薄荷与往日判若两人，平常她的衣着风格以T恤、衬衫搭配牛仔裤为主，再配上一双平底单鞋，上可登山，下可蹚河，一副“没有什么可以阻挡我”的架势，而今晚的她穿了件一字肩黑色连衣裙，深深的锁骨间闪闪发亮的施华洛世奇项链吊坠和耳环配成一套，细细的袖口落到肘部，腰收到胯骨后又像喇叭花似的散开，垂在膝间，一双银丝微闪的黑丝袜和一双三公分高的尖头小高跟，把小腿拉得纤细修长，既透露出微微的性感，又不显轻浮，恰到好处。

李薄荷就是这样一个姑娘，热情但不僭越，规矩但不生分，恰到好处。

酒过三巡，再加上前夜池柳的铺垫暗示，马昆趁着举杯放杯的间隙，手有意无意地就掠过李薄荷的大腿，李薄荷不动声色地往旁边挪了几次，马昆的手依然准确无误地落在她的膝头，说轻不轻，说重不重，偶尔地，指尖细细摩挲，像富有经验的裁缝在品鉴丝绸质地。对于有情的人来说，这种撩拨可谓犹抱琵琶半遮面；对于无情的人来说，这种挑衅就是藤萝爬上葡萄架，纠缠不清。无论有情无情，这尺度都拿捏得令人既不好意思迎合又没有理由拒绝。

李薄荷胸中一明一灭的火气终于在马昆第四次动手动脚时形成了燎原之势，她抄起桌上的麦克风，转过头冲着马昆甜甜一笑，说："下面我献丑给大家唱首歌吧？"

李薄荷不算扭捏，也不算太爱表现，酒局上主动要求献唱，尤其是当着几位专业音乐剧演员献唱这种行为显然不太符合她的一贯风格，所以众人都爆发出一阵惊喜的欢呼。

池柳兴致勃勃，说："跟薄荷认识这么多年了，说实话，连我都很少听她开口唱歌，要说还是马导的面子大，我今天也算是跟您沾光了。"

马昆本有几分醉意的脸上更添了一分红光，人往沙发上仰了仰，手指弹钢琴般轻巧地在李薄荷膝头上弹了几弹，说："噢，是吗？薄荷小姐如此美意，那马某可真是三生有幸啊，洗耳恭……啊！"

马昆的"听"字还未出口，突然惨叫一声，原来是李薄荷手里的麦克风掉落下来，不偏不倚，重重地砸中他搭在她腿上的手。

李薄荷故作惊讶，浮夸地摸了摸自己的膝盖，又按住了马昆往回抽到一半的手，问："对不起对不起，我喝多了，手有点滑没拿住，马导，您手没伤着吧？"

麦克风把与马昆手腕骨相撞的声音扩大了数倍，轰轰嗡嗡一阵杂音回荡在并不算大的包间里，马昆的脸红了又白，整个房间像 Wi-Fi 信号不好的网络视频一样卡顿静止……

一曲老歌的前奏响起，许明玉咋咋呼呼地抄起麦克风说："哎，这首歌是我的啊，有没有福建人啊，我闽南语唱得不标准你们别笑我啊……"

众人哄笑起来，举杯的举杯，鼓掌的鼓掌。戏剧行业里有句半开玩笑的理论叫"观众三十秒内反应不过来的逻辑漏洞即为合理，可以靠演员的表演情绪填补"，眼下，这一屋子演员导演都展现了自己不俗的专业技能，试图用自己"假嗨"的情绪将房间里的坚冰融掉，化作一江春水，向东奔流而去……

"一时失志不免怨叹，一时落魄不免胆寒，啊啊，三分天注定，七分靠……"许明玉柳腰轻摆，莲步慢挪，九十年代的迪斯科小舞步瞬间勾起了怀旧情绪。正当所有人都沉浸在这浓浓的复古风情中时，音乐的伴奏被切断了，许明玉清唱了大半句才发现不对，呆立在原地，众人四下环视，狐疑地寻找着是谁这么不懂事，非在这个节骨眼儿上插播点歌。

马昆的脸色已经恢复如常，解开了袖口的扣子，揉着刚才被砸疼的手腕，带着若有似无的笑容转头看向李薄荷，问："刚才李经理说要给大家唱什么歌来着？"

李薄荷没想到马昆会还招，一时语塞，马昆的目光越过李薄荷，看向池柳："池总，咱们的合作还剩下几场？"

池柳轻轻地说："四场。"

"噢，我们的合约中是不是有一条，如果我方不满意，有权随时终止与贵公司的合作？"

池柳没有回话，没回话的意思就等于是认同。

李薄荷看了看池柳的脸色，有点后悔，她不后悔自己修理了马昆，但后悔自己的一时冲动将池柳和整个“苇航”置于困境。

马昆抄起麦克风，抵在下巴上，目光又落回到李薄荷身上，说：“唱个《学猫叫》吧，现在的年轻人都挺喜欢的。”他的声音听起来很阴森，摆明了是在向所有的人宣布和李薄荷杠上了，其他人不敢随意打圆场，只得静静呆坐，免得惹火上身。

池柳悄悄看看江野达，江野达面色如纸，惨白、无字。

李薄荷咬了咬牙关，坦然说：“好，《学猫叫》。”

池柳纤细的手指一勾，已经将点歌的遥控器划进了掌心。她在场面上从来没有任何毛病，客户烟点上，她烟灰缸已经推了过去；客户筷子拿起来，她已经将对方喜欢的菜转到了面前。她总是能在不经意间将别人照顾得妥帖，润物细无声，就像眼下，大家还在愣神，她蜻蜓点水几下操作，已经将歌点好。

桌上一阵乱响，马昆胳膊肘一扫，把酒瓶子、烟缸、小果盘统统扫到了一边，全然不在意酒渍果汁把衣袖染得一片狼藉，嘴角抽了抽，脸庞好像被从中间生硬地劈成了两半，一半微笑，一半阴沉，向李薄荷歪了歪头，说：“站上来。”

包间里冷得像三九天冻住的湖面，马昆的声音轻得像乍暖还寒时节湖面上裂开的第一道纹，但谁都知道这一声脆响绝不意味着春意盎然，恰恰相反，它意味着一触即崩的危险，谁敢往前凑，谁就会掉进冰窟，万劫不复。

李薄荷脸上没有一点表情，在欢快的“喵喵喵喵”的伴奏声中轻轻地甩掉了高跟鞋，一脚踏上了眼前的茶几，几颗散落的葡萄粒被踩碎，冰凉从脚底钻入，传到心头，黏糊糊的，腻腻歪歪。

按李薄荷以往的性格，面对如此无礼又无理的要求，她基本上就“炸”了，但眼下她居然忍了，这大大出乎池柳的意料。

李薄荷心里有自己的规则：刚才不忍，是为了自己；现在忍了，是为了公司。一人做事一人当，她不想让马昆拿着自己的一时冲动做把柄，影响与公司的后续合作。

站在矮矮的茶几上，李薄荷突然想起了梁浣，想起梁浣让她站到指挥台上的那一刻，她好像看到了梁浣说的那一池鳄鱼，瞪着血红的眼睛，张着深渊一样的大嘴，喷吐着算计、陷害、耻辱、攻击、利益互换的恶臭口气……

"散了吧。"

说话的人是江野达，他苍白的脸上依然没有任何色彩，只是像镜子一样反射着房间里的五光十色和大屏幕上的斑斓光影。

没有人出声，没有人敢出声，没有人敢看江野达和马昆任何一个人的脸色，大家都低着头，假装玩手机。

只有马昆静静地看向江野达，不说同意，也不说不同意。

"我说散了。"江野达又补充了一句，语气很冷。

江野达是个很善良很体贴的人，总会让每一个与他相处的人都感觉到很舒服，如果谁觉得不舒服了，那他一定是故意的，就像现在。

"下来。"江野达转脸看向李薄荷。

两个男人的角力全落在李薄荷一个人身上，她根本没空理会马昆，只是呆呆地看着江野达，头脑一片空白，虽然从刚才到现在她一直沉默着，但刚才她是在无声地较劲，现在，是真蒙了。

"我让你下来！"江野达盯着李薄荷。

"你让我下来我就要下来啊？我凭什么听你的！你是谁啊！"李薄荷在心底使尽了全身的力气暴吼了一句，脚却乖乖地从茶几上下来了。

"我送你回家。"江野达抄起桌上的车钥匙。

马昆又看向池柳，谁都知道，李薄荷的去留将直接决定马昆与“苇航”接下来的合作。池柳讨好地向马昆讪笑了一下，也没说出个所以然，看来今天晚上的局面对于她来说也算是超纲了。

“咣当”一声门响，江野达拉着李薄荷扬长而去，其他人也趁机装醉的装醉，装困的装困，收拾东西，各自逃离。

从会所到停车场的路并不远，李薄荷气势汹汹地走在前面，江野达默默地跟在后面。

在茶几上踩到的葡萄皮粘在脚底，一步一打滑，李薄荷暗暗使劲，想把那恼人的小东西蹭掉，谁知却越蹭越牢，植物的纤维好像嵌进了丝袜的纹路里，骨肉相连，难分难舍。

李薄荷心烦意乱，甩掉高跟鞋，一转身把脚踏在了马路牙子上，拼命地蹭了起来，葡萄皮被蹍成黑黑的一团，滚到路边，但她还是不甘心，用力地搓着脚底，想随之刮掉这一晚上的屈辱和眼下的故作镇定。

丝袜很快就被蹭破了，青色的石头上留下道道血痕，江野达皱了皱眉头，说：“别蹭了，多脏啊，小心感染。”

李薄荷充耳不闻，一脚一脚向犬牙差互的马路牙子上踩着。

“跟你说话呢，听见没有？”江野达扯了扯李薄荷的手腕。

李薄荷触电似的把整条胳膊往后一甩，差点一巴掌甩到江野达脸上，江野达往后一躲，险些一个趔趄。

“我愿意！我愿意我愿意我就愿意！我愿意受伤我愿意感染我愿意生病，我愿意死，要你管啊？你是谁啊，管好你自己吧！”

李薄荷像植物大战僵尸里加了倍速的豌豆射手，吐出一连串又冷又硬的速冻汉字，迎面砸在江野达的脑门上，听得见“咚咚咚咚”的回声。

江野达被李薄荷连发的语言攻击打蒙了，正在无语，李薄荷倒鼻子一抽，眼泪“啪嗒啪嗒”地掉落了下来。

江野达顿时恼不起来了，纤细的手指轻轻地从李薄荷的脸上划过。已是盛夏，他的手还是那么凉，这么多年过去了，他一点没变，没有温度，没有气味，至深至浅清溪。

江野达的声音压低了几度，温柔得像在哄孩子：“明明是你在骂人，怎么倒先哭了？”

李薄荷抬起双眸，泪眼巴巴，说：“要管你早干什么去了？当初你说消失就消失，你有管过我会死吗？现在你想管，我告诉你，晚了！”

江野达一把把李薄荷拉进了怀里，深深地吸了口气，想从李薄荷的发间嗅到久违的熟悉味道，他本来已经抱得很紧，再一吸气，李薄荷便被箍得几乎透不过气，方才努力含在眼眶里的泪水全不争气地滑落了下来，滴在江野达肩头，打湿了一片衣领。

一个时隔多年的拥抱瞬间把两人拉回到了大学时的那个圣诞夜，好像这么多年的时光并没有被蹉跎，这么多年的惦念并没有被辜负，一切如旧。

江野达轻声地说：“不晚。”

散了局的人不时从停车场路过，有的大醉酩酊，有的意兴阑珊，还有一排穿着黄色小马甲、抽着烟、捧着煎饼倚靠在花坛边等待客人下楼的代驾司机。

马昆是开车来的，池柳赔着笑脸给他叫了代驾，亲自送到楼下，拿着手机问眼前那一排黄色小马甲：“手机尾号1260，是哪位？”

一个人快速地把烟头掐灭在花坛的泥土里，应声道：“哎，来了！”

借着月光看清代驾司机的脸，池柳愣了一下，脱口而出：“夏昭，你怎么干这个了？”

夏昭讪皮讪脸地一笑，说：“看你这话问的，好像我伤天害理了似的。”

池柳意识到失礼，赶紧解释：“对不起对不起，我没有别的意思，就是有点意外……”

夏昭说：“没事，挺好，你看咱们班同学都混成你这样的大老板了，我傍着你们也饿不死。”

“嘀嘀”两声尖锐的响声打断夏昭和池柳的对话，马昆从口袋里掏出车钥匙，打开了车门锁。

池柳忙不迭地向脸色铁青的马昆抬了抬手，示意他上车，夏昭也看出来现在并不是老同学叙旧的好时机，恭敬地一溜小跑到副驾驶座边，拉开车门把马昆请上车，又拉开后车门，请池柳上车。

池柳摇了摇头，说：“我不顺路，自己打车。”

夏昭麻利地拎起脚踏车，在后备厢里放好，跟池柳打了声招呼：“走了啊。”

池柳没回话，只是看着远处发呆，夏昭好奇地顺着她的目光看去，停车场路灯下，一对情侣深深相拥。这样的画面在娱乐场所附近比比皆是，抱头痛哭的，大吵大闹的，乃至情绪到位恨不得当场上演限制级戏码的，夏昭见怪不怪，只是今天的两个身影有点眼熟，让他也忍不住多看了两眼。

池柳流露出古怪的神情，倒一下子提示了夏昭，他看出来了，那是江野达和李薄荷……

“走了啊。”夏昭提高了声音，又说了一次。

池柳心不在焉，向着车子副驾驶座微微鞠了一躬，说："晚安。"

马昆连眼皮都没有眨一下，仿佛池柳只是路边花坛里一朵不知名的野花，不值得人间任何目光的流转。

夏昭一脚猛轰油门，以最快的速度把车子开出了池柳的视线范围，这是他所能想到的唯一能让池柳不那么难堪的办法。

池柳在路灯下呆站了一会儿，又转身上了楼，回到了包房。

收拾东西的服务生看到池柳去而复返，有点吃惊，说："对不起小姐，包房到时间了，你们都走了，我以为就不续时了呢。"

池柳说："再续一会儿吧。"

服务生利索地把满桌狼藉收拾干净，说："好，那我再给您送个新的果盘过来。"

池柳无力地摆了摆手，整个人瘫在沙发上，说："不用了，我就想静静地待一会儿。"

服务生诧异地看了看池柳，还是按她的意思办了，轻手利脚地把垃圾端走，再也没进来打扰。

大屏幕没有关，但不知被谁按了无声，池柳就斜靠在沙发上，看着屏幕上的痴男怨女无声又动情地上演着一出出悲欢离合。今天的局面本来是她精心策划过的，但还没来得及落子，棋盘就让人给掀翻了，黑子白子散落一地，滚向四面八方，卡进地缝墙角，抠都抠不出来了。

池柳感叹，果然人心最是难控，爱与不爱，爱谁与不爱谁，最是难控……

又结束了一个加班的通宵，杨家强滑开手机，点开了马兰的朋友圈，自从加上马兰的微信之后，他从未主动跟她说过话，只是默默地看着她在朋友圈里分享日常，连点赞评论都不敢，生怕提醒了她自己在卑微地关注着她一切，被她介意拉黑。

马兰发布了一张照片，往常她的朋友圈里有父母，有先生，有孩子，就连空镜都暗示着一家三口的其乐融融，因为镜前的牙刷牙杯永远是三套，门口的拖鞋永远是三双，餐桌上的碗筷永远是三副，颜色永远是灰蓝、瓷白和新绿……但今天，桌上只有一只瓷白色的盘子，里面放着半块蜜耳朵。

杨家强顿悟，其实蜜耳朵的味道没有改变，只是成人世界的苦涩早就掩盖了零食的微弱甜头。从什么时候开始，那群欢呼着追赶小贩板车的少年就跑出了胡同，一去不回头了呢？

“出来见个面吧。”神差鬼遣一样，杨家强给马兰发了这么一条微信。

马兰回了信息，杨家强心跳加速，用颤抖的手指轻轻点开，他上一次这么紧张还是在经过了十二年的寒窗苦读后撕开大学录取通知书的那一刻。

马兰回了三个字：“去哪里？”

杨家强从老板椅上跳起来，在办公室里来来回回转磨，如果这是招待客户，他肯定能不打磕巴地说出一串本市最高档的娱乐场所供君参选，但眼前情况大有不同，对方是马兰，是他朝思暮想奉为女神的马兰啊，她回复的这三个字对于自己来说宛如佛旨纶音，让他觉得凡间俗地竟没有一处净土可以迎接仙子谪凡。

杨家强想了半天，字斟句酌地回复：“要不，去学校转转？”

手机屏幕上反复显示“对方正在输入……对方正在输入……对方正在输入……”杨家强的呼吸也随之时紧时缓。

“算了，回不去了。”

杨家强重重跌回沙发上，捧着手机待了半晌才无奈地苦笑了一下，这短短几分钟间，他好像有点弄巧成拙。

十、累死总比穷死好

同学群里收到消息：杨家强组织全班同学周六聚会，地点约在学校食堂，并强调当天是一个重要的“纪念日”，大家一定不要缺席。

李薄荷想了半天，从入学纪念日到毕业纪念日到校庆日，就连校长的生日都查了，也没查到周六到底是什么重要日子。

李薄荷问池柳：“你说，杨家强到底找咱们干什么啊？”

池柳喝干杯底最后一口咖啡，把杯子小心地一块块掰碎，塞进嘴里慢慢咀嚼，这是她新买的燕麦咖啡杯，通体用粗粮和燕麦捏造，泡完咖啡之后可以直接食用，又好玩又省事还减肥，她开玩笑地管这叫“吃干抹净，不留痕迹”。

李薄荷尝过一次，觉得实在太难吃了，果断放弃，重回炸鸡凉皮烤冷面的怀抱。

池柳劝过李薄荷：“女人一过了二十五岁就进入了初老阶段，新陈代谢速度逐渐变慢，一旦大意，马上就会胖起来，你啊，别不当回事儿，少吃点垃圾食品。”

李薄荷捧着加酸加辣的牛筋面吃得不亦乐乎：“你说这么好吃

的东西为什么要被称为‘垃圾食品’呢？明明一切不能令人快乐的东西才是真正的‘垃圾’吧！”

池柳眼里的垃圾却是李薄荷眼里的快乐源泉，池柳甘之如饴的低卡食品却令李薄荷味同嚼蜡，果然是甲之蜜糖，乙之砒霜。

池柳把最后一片咖啡杯塞进嘴里，皱了皱眉才咽下去，不屑地回答：“咳，去看他装逼呗。”说完，她利索地把桌上最后一点残渣抹进垃圾桶，拎包出门上班去了。

房门关闭，焦虑与寂寞汹涌而来，池柳说李薄荷之前跑项目太辛苦了，给她放了个小长假休整，带薪的，具体上班日期等她另行通知。李薄荷知道自己得罪了马昆肯定给公司带来了不小的麻烦，美其名曰的“休假”就是变相停职，在面子上给马昆一个交代。

放假的第一天，李薄荷给房间来了个全方位大扫除，把所有卫生死角抠了个干干净净，闲置物品该扔的扔、该卖的卖，彻彻底底断舍离。

放假的第二天，李薄荷把网络收藏夹里保存的电影全以 1.5 倍的速度看了一遍，吃光了两桶爆米花。

放假的第三天，李薄荷背上背包，去惦记了很久的网红民宿店住了一夜，吃烧烤，喝自酿小烧，穿民俗服装拍照片，玩得不亦乐乎。

放假的第四天，李薄荷断断续续地在跑步机上跑了二十二公里，浑身的骨头架都要被拆散了。

放假的第五天，李薄荷收到了在网上订购的羊毛戳手工配件，戳了半套，耐心丧失，浅尝辄止。

放假的第六天，李薄荷买了套德语自学材料，翻到第三页，决定放弃这门语言。

放假的第七天，李薄荷坐在落地窗前，看着楼下地铁口早出晚归的人们像蚂蚁一样熙熙攘攘，发了一天的呆。以前工作忙的时候，她总抱怨自己就像个没有感情的工作机器，为了几块散碎银两疲于奔命，没有一点自己的生活空间，现在工作没了，净剩下空间了，她才发觉空虚比忙碌更让人疲倦。

石臼里的年糕越打越筋道，要是没人捶打就会变硬变渣，李薄荷觉得现在的自己就是一块渣年糕，欠捶、欠虐，浑身上下都不得劲。

现在是放假的第十天，李薄荷打开电脑，起草辞职申请。

放假十天了，池柳完全没有通知她重新回来上班的意思，就连一个关于工作的话头都不提起，李薄荷心里惴惴的，隐隐感觉到自己这次给公司造成的麻烦远比想象得大。

是时候引咎辞职了。

李薄荷放假的第一天，池柳也没去公司上班，约了位熟人去古玩市场精心挑选了一张古画，带去拜访马昆。

“马导，我也不知道李经理什么时候跟江总那边搭上了，作为公司负责人，我肯定是有责任的，所以我已经对李经理做出了停职处理，我保证在咱们后续的合作中，您不会再见到任何不想见到的人。”

马昆没有做声，低头从容地摆弄着几上精致的茶具，烧水、烫杯温壶、乌龙入宫、洗茶、冲泡，波澜不惊，仿佛池柳只是架上淘气学舌的鹦鹉，说的都是人话，但不必当人话听。

池柳把古画的包装盒往前推了推，说：“这是一点心意，民国的画，虽然不是什么名家，但寓意挺好的，骏马图，借了您的名讳，要是不入您的法眼，还可以再拿回店里去换。”

马昆瞄了一眼包装盒上盖着的古玩店印章，那是汤城最权威的店，他们的包装盒和印章堪比鉴定二维码，保真不假，凡是从他们店里出来的东西再拿到古玩圈里也不难出手，更何况池柳特意强调了，不喜欢还可以拿到店里换，说是“换”，如果“换”不到喜欢的也可以退掉，钱就这样顺理成章地落进了自己的腰包，曲径通幽，尽在不言中。

马昆把一只小小的茶盏放在池柳面前，自己也端起一只，微微摇头，吹着杯口的热气。

喜欢茶道的人讲究茶语，钟情花道的人沉迷花语，当人心深不可测时，万事万物，皆可代语。

落地窗前拉着厚厚的窗帘，池柳径直站起身来，按动窗边的按钮，阳光一寸一寸地侵袭进原本昏暗的房间，晃得人眼晕。

马昆每次来汤城，池柳给他订的都是这个房间，她对这里并不陌生，看着窗外悄声呢喃：“这个房间景观不错，可以看到整个汤城的夜景……”

马昆脸上终于露出一丝笑容，说：“池小姐喜欢，那就留下来看看吧。”

华灯初上时，池柳光着脚，裹着睡袍站在落地窗前认真地看着街道上的车水马龙，整个城市都被她踩在纤细秀气的双足之下。

马昆又点燃了那种细细的烟，深吸一口，问：“池小姐是汤城本地人吗？”

“不是。”

“那你喜欢汤城吗？”

认真地想了想之后，池柳巧声如流莺：“目前还不，希望以后能喜欢……”

李薄荷休假的第三天，池柳去公司拜访了江野达，听说李薄荷被变相停职，江野达很吃惊，对于江野达的吃惊池柳也很吃惊，想了想才说："薄荷没告诉您，可能是怕您担心吧。现在'苇航'风雨飘摇的，她自己压力也很大，我们压力都大，张群留下的这一大摊子，我真不知道还能帮他撑到什么时候。我倒无所谓了，换个公司从头做起，也能混个温饱，可是张群走了，家里还上有老下有小，蒋丽娜这么多年在家当主妇，也没什么工作经验和社交能力，这一家老小可怎么办呢……"

张群在学校时不算让人省心的学生，跟江野达也没多深的师生情谊，但好就好在他现在死了，"死者为大"向来是中国人手里的一张好牌，一听到张群的名字，江野达就唏嘘不已。

"当初张群成立'苇航'时就没打算要我，是薄荷看在闺蜜情分上死活把我给拉进去的。一开始我还不服气呢，现在我明白了，张群看人很准的，我确实是能力不足，您看，张群一走，我把一切搞得乱七八糟的，把客户得罪了，没把薄荷照顾好，还辜负了您向我们伸出的这根救命稻草……"

江野达引咎自责，仔细地回想起那天在会所包间里发生的一切，马昆的借酒轻薄有责任，李薄荷的冲动报复有责任，自己的护花心切也有责任，唯独池柳是没有责任的，如果自己当时能沉住气，用更妥当的方式处理，池柳就不会被逼到这种几头受气的地步。

"您看张群在世的时候，'苇航'接的项目全是独立承办，到了我手里，却连帮您打杂都打不好，有时候我真想趁着现在账上还有点钱，把大家遣散了各奔前程……"

"别，事情还没到那个份儿上，那天的事情我也有责任，是我没沉住气，对不起你和薄荷，要不这样吧……马昆那边我以后也不想再接触了，我们公司会从后续的合作中撤出，《一夜孤城》的承办权就全部移交给你们。"

池柳受宠若惊，不敢相信地看着江野达，问：“江老师，这，这合适吗？您这么大的人情，我可真不知道怎么还了……”

“都是自己人，别客套了，就这么决定了。”

江野达出局了，后面的操作就尽在池柳的掌握之中了，马昆承诺的“联合制作人”的署名唾手可得。目的达成，池柳适时起身告辞，走到门口，她又想起了什么，转回身来说：“对了江老师，既然薄荷没告诉您她在‘休假’，您就先假装不知道吧，要不我怕她怪我多嘴，反而给你们添乱了……”

江野达想了想，点了点头。

李薄荷休假的第十一天，池柳把公章盖在了她的辞职申请上，又签上了自己的名字，却迟迟不肯还给她，只捏在手里，反复地看了又看，问：“你确定？”

李薄荷点了点头，池柳又说：“要不还是我把你给开了吧，这样你还能多拿三个月工资。”

李薄荷说：“拉倒吧，我再怎么穷也不能薅自己人的羊毛啊，再说让你把我开了，显得我多不飒啊，也影响我后面找工作，我李薄荷到了哪里都得说‘是我把前老板炒了’！”

池柳很吃惊：“你还要找工作啊？我还以为这下你终于能出国圆你的深造梦了呢。”

李薄荷说：“人家都开学了，我想去还得重新申请，再等一个学期，太浪费时间了，再说……我不想和野达分开那么远了……”

跟马昆闹翻的那个夜晚，江野达一个深情的拥抱把他们拉回到了从前，让他们惊喜地发现彼此都没有改变。过去的七年里，他们把思念压缩成了一颗小小的泡腾片，藏在心里最隐秘的角落，现在，命运泼下一盆冷水，却正好浇湿了它，一下子，所有的克制和试探都崩解了，只有爱意一发不可收拾地沸腾着，让他们的关系像按下了快进键，倍速发展。

曾经，时间故弄玄虚，把他们分开了七年，现在，李薄荷不想被空间再刁难一次。

池柳恍了一下神，自嘲地笑了笑说：“是，看我，怎么把江老师给忘了……”

李薄荷笑着把辞职申请抽了过来，纸张划过手指留下一道深深的口子，很疼，但池柳没声张。

李薄荷回到工位上收拾东西，她恋旧，不爱扔东西，这次来公司打包，她特意从家里翻出来一只老奶奶去超市时用的那种小拖车。

“苇航”是李薄荷奋斗的起点，一转眼七年了，她对这里的一桌一椅都倾注了情感，一支专用笔，一张抬头纸，一只印着公司名称的保温杯都会将她拉入回忆之中，从而把这场离别大戏的节奏拖得格外冗长。

柜子里摞着一堆崭新的笔记本，上面印着“苇航”的徽标和年份，从2011−2018，每一本她都存着没舍得用，每次收到新本子，她都有一种小时候年底和妈妈去采购新挂历的快乐。

很多现在的孩子已经没见过“挂历”这种东西了，对于他们来说，时间存在于手机屏保上，一日一日，一年一年，都只是循环跳动的不同数字而已。但在李薄荷的记忆中，时间是存在于挂历上的，每个月的风景都不同，每一年的主题都不同，从最初的明星写真到祖国风景再到星座运势，后来又到二次元人物原创设计乃至私人定制，风格的变换暗示着世间的风水轮流，后浪拍前浪。

李薄荷喜欢撕挂历的感觉，小时候每到月底她都盯着时间跟妈妈抢着撕挂历，随着厚厚的铜版纸“刺啦”一声被撕裂，年幼的李薄荷觉得她驱动了时间，春夏秋冬像一只只有四个齿的齿轮，被她小小的双手扳动，一格一格，周而复始。

这几年母亲总是感叹“以前的钱真是钱啊”，不像现在，兜里不揣张百元钞都不敢去菜市场。李薄荷心里却悄悄想：“以前的时间真是时间啊”，二十四小时里可以吃够三餐，上足八节课，放学路上跟同学买点零食在路边玩一会儿，回家写完作业，看两集电视剧，还能睡上一个饱饱的觉，不像现在，传说中的2012世界末日好像还近在耳边，低头一看手机，2018年了。

李薄荷去茶水间泡茶，米雅往里探了探头，见四下无人，悄悄跟了进来，轻声说：“姐，你要走啊？”

“啊，走了。”李薄荷顺手多泡了一杯，递给米雅，“怎么，舍不得我啊？”

李薄荷是句玩笑，米雅却湿了眼角，说：“姐，我真挺舍不得你的……上次梁浣老师那个项目，我闯了大祸，要换了别人，就算不把我开除也得降职或者扣工资，可是你连句重话都没说我，我心里一直记着你的好呢……姐，不管你以后去哪家公司，有我能帮上忙的尽管找我，只要不违反公司原则，我一定全力帮你！”

米雅指的是上次她忘记给梁浣的音乐会报备差点惹出大乱子的事情。李薄荷伸出手指，淘气地把米雅额前的羊毛卷刘海儿搅成一绺一绺的，说：“祸不能白闯，以后要长记性……”

恍惚间，李薄荷觉得这话有点耳熟，想了想，好像是当初梁浣训诫石聪的话，不由暗笑，难道自己已经在不知不觉间变得有点像她了吗……

她又仔细地替米雅把刘海梳平，接着说：“记住教训了没？以后办事可别这么稀里马虎的了。上次算咱们命好，打了个擦边球对付过去了，下次可就不见得这么幸运了。”

从茶水间里出来，桌上摆着几只干净的外卖餐盒，公司的宁宁守在桌边，说："姐，到饭点了，我看你这忙忙叨叨的肯定也没来得及叫饭，就帮你点了。"

宁宁把餐盒打开，全是李薄荷爱吃的菜，还不是快餐，是附近一家档次不错的餐厅的特色菜。

"哟，不错啊，看来这个月奖金拿得不少。"李薄荷本来还不觉得饿，一看到对胃口的菜品肚子就不争气地叫了起来，她也没客气，撕开湿纸巾就擦起手来。

宁宁拖了把椅子在李薄荷对面坐下来，说："姐，我老说要请你吃饭，说了好长时间一直没逮着机会，今天这顿虽然简陋了点，也算是我的一点心意吧。"

"啊？为什么请我吃饭啊？"李薄荷捡了一块红烧冬笋扔进嘴里。

"姐，我是你招进来的，你忘了？"

"是吗？我都忘了，能把如此优秀的你招进公司，那我也算是很有慧眼啊。"

"跟你说正经的呢，那时候张总还在呢，我学历不行，也没有工作经验，张总本来说先签劳务合同，考验考验工作能力，干得合适再考虑转正，是你替我说了好多好话，说服张总给我签成了劳动合同。姐你可能不知道，对于我们外地孩子来说，这一份合同的差别可大了。有了正式单位我才能交保险，交够五年保险，我才有资格在本地买房，起码把房子的首付交了，我才算真正在这座城市立住了脚，扎下了根，要不然，真的就跟地铁站里来来往往的人一样，不管你费了多大的劲挤上了这趟车，早晚都得有你下车的时候，从哪里来回哪里去，脸上永远贴着一张'过客'的标签。"

"那你可得好好干啊，给我长长脸，以后我也可以在'伯乐圈'吹吹牛。你要是干不好，人家将来指着你鼻子骂'工作能力这么差，是谁把你招进来的啊'，我还得在家打喷嚏呢！"

李薄荷起开一听可乐，刚被晃过的碳酸性液体"噗嗤噗嗤"往外冒，她抻着脖子吸溜了好几大口，冲得眼圈发红。

管财务的王姐拎着几样卤味熟食过来，笑盈盈地说："吃什么好吃的啊，不叫我？"

宁宁干脆把周围几只空着的电脑椅都拉了过来，招呼米雅和前台丁当一块过来，米雅点了几块蛋糕，丁当刚洗了两盒车厘子，几个人一凑，顿时有点小型餐会的气氛。

王姐热情地给大家分发着鸭脖，说："该说不说，小李是我见过的报销最规矩的人，一项是一项，一笔是一笔，清清楚楚，该报的报，不该报的不报，从来没给我找过一点麻烦……"

"王姐您这是敲打我们呢……"丁当接过话头。

众人哄笑，丁当抓了一把车厘子放在李薄荷的餐盘里。前台日常的工作就是端茶倒水，收发一下公司快递什么的，"苇航"是私企，管得不严，丁当也经常帮着大家收收私人网购的快递，每个人对此都习以为常，只有李薄荷每次去外地出差时会带点当地的小零食或者小纪念品给她，东西不大，却总会让她心里暖暖的。

磨砂玻璃隔断是双向的，下属从外面看不清里面，池柳却可以很清楚地从里面看到外面。

都说人走茶凉，李薄荷要离职了，她这壶茶反而被拎到炉子上又沸得热气腾腾的了。池柳对着电脑不停地打着毫无意义的字符，打一行，删一行，装出很忙的样子，不时偷眼打量屋外的情形，大家说说笑笑，很是热闹，但没有人想到要招呼她一声，某一个瞬间，她开始假想，如果自己还在外面的格子间办公，同事们会招呼她吗？

这个座位是她处心积虑坐上来的，真的坐上了，却比想象中要冰冷许多。池柳有点失落，倒也不后悔，毕竟“冰冷”这点代价对她来说还是不值一提的。

酒足饭饱，拖着奶奶款小拖车走出公司大楼，李薄荷的眼睛有点湿。

今天一天李薄荷都在打岔，和池柳打岔，和所有的同事打岔，她故意想用不着调的言行去冲淡离别的愁绪，直到一脚踏出办公大楼，她才卸下所有包袱和面具，整条大街上所有的广告牌，新开的健身房散发的宣传单，路边的志愿者拉着的横幅……目之所及，凡是有文字的地方都写满了“伤感”两个大字，让她无力招架。

以前，李薄荷觉得自己不是个精打细算的人，不管是在经济上还是在人际关系上。初入职场，池柳在很长一段时间里收入并没有她高，但现在池柳的存款数绝对甩她两条街。每当面临困境，池柳随便划划通讯录就能找到合适的人把事情解决了，李薄荷莫说没这脑子，光说让她求个人就难得像要杀了她，吭哧半天没把事情办成不说，心里还觉得欠了人家老大人情。所以她总自嘲工作七年，自己就像左手拿个搂钱的耙子，右手拿个漏底的匣子，搂一耙子漏一匣子，什么也没落下，但今天，李薄荷改观了，她发现在“苇航”这七年自己还是留下了一点东西的，同样，她也得到了她最喜欢的，那就是在竞争和厮杀之余尚未完全冷却的一丝“人情味”。

在现在的李薄荷看来，那七只整整齐齐躺在小拖车里的新本子就像是一套长篇连载小说，虽然未着一墨，却事无巨细地记录着过去的精彩，并且，“未完待续”。

周六，全班同学应杨家强之约悉数聚齐。

毕业七年，学校食堂几经重新装修，焕然一新。曾经掉漆的桌椅，磕破边的汤桶早已不见踪影，饭卡饭票早已打入历史的陈列柜，换成了电子饭卡，扫码支付，收拾桌子时摔摔打打，上菜时把手指伸进汤里的食堂阿姨换成了统一制服的少女，个个都像三星级酒店前台，手写每日菜谱的小黑板变成了LED屏，滚动播出当日菜色，李薄荷他们看不到大师傅那带着口音书写的“洋四（柿）子炒鸡蛋”“地豆炖排骨”，就像菜里少了一味调料，寡淡无味。

大家七嘴八舌地议论，想从哪一块天花板哪一块地板砖上再寻找到一点自己曾经就读过的痕迹，“新”成了大家口中的关键词，这里好新，那里好新，一切都好新好新。

只有隋郁说：“不是学校新了，是我们旧了。”

学校的食堂“原则上”不对外营业，在生意场的潜台词中，“原则上不行”等于“可以”，“原则上可以”等于“不行”，所以杨家强费了些心思，终于还是在周六的晚上包下了一整排大桌，大家好多年没有像学生时代一样面对面排排坐了，有点别扭。

杨家强点的是小炒，摆盘用的是学校的餐盘，米饭和凉菜是一样的，主菜却各不相同，杨家强像个傧相一样围着长桌团团乱转，指挥着上菜的小姑娘把不同的菜品放在不同人面前。

“来来，这边，这边，老郝爱吃肉，红烧肉是他的。小炒肉，给‘特三八’，他是湖南人，每顿饭不浇上三勺辣椒油吃不下。西芹百合，隋郁的最爱，怪不得这么多年身材和皮肤都保养得这么好，你看人家吃这东西，就养人！李薄荷爱吃酱，酱排骨炖豆角给她！银丝馒头，这是咱们学校的独创面点，离开学校之后我就再没吃过这么好吃的小吃了，来来，大家都来点，都来点……”

菜一样一样摆在每个人面前，井井有条，每样都有说道，众人却面面相觑，不知道杨家强葫芦里卖的什么药。

杨家强站在长桌尽头，端着学校自兑的气泡饮料高高举杯，像西方电影里大宴群臣的有道明君，说：“老同学们是不是觉得奇怪，我为什么会记得你们每个人最爱吃的菜？”

众人静下来等待杨家强揭晓答案，杨家强将汽水一饮而尽，不知是被碳酸冲了鼻子还是情绪到位，眼眶微红，声音颤抖道：“因为上学的时候你们每个人都分过我半份菜啊……”

“那时候我家条件困难，最难的时候，我连菜都打不起，只能拿馒头就着食堂里免费的咸菜和汤填肚子，我知道你们都看见了，可你们谁也没明说，都装着不知道的样子明里暗里救济我。老郝，你总说自己饭量大，一份菜吃不饱，要打一份半，可是你多打出来的那半份菜最后都扒拉到我碗里了。薄荷、隋郁，你们这些女生老嚷嚷着减肥少吃，总把大块肉往我碗里扔。我心里都明白，你们要真想减肥直接点素菜不就得了？你们就是想借着这个由头让我多沾点荤腥。‘特三八’，你周末和朋友出去玩，经常给我打包点剩菜回来，你无辣不欢，可你带回来的那些菜没有一样是辣的，因为你知道我吃不了辣，马兰……”

当一个女人有钱了，可以买最昂贵的护肤品，吃最科学的保养品，做最先进的医美，却永远买不回她十八岁的时光。说到马兰，杨家强哽咽了，对于他来说，马兰就是一段永远残缺的青春，补不回去了。

马兰怅然地低下了头，老郝急忙端起杯来打圆场，说：“哎，这点小事儿你还记在心里，大家都是同学嘛，相逢是缘，谁没困难的时候，相互搭把手是应当的，来来，咱们大家一起喝一杯。”

众人七嘴八舌应声，举杯共饮，同样的汽水落下肚肠却是千般滋味。古人说，酒不醉人人自醉，果然诚不我欺。

杨家强把随身包重重拍在桌上，是葆蝶家最新款，国内还未上架，他从包里掏出数十个红包，一字排开。

“特三八”眼尖，看到每一个红包上都写着同学的名字，笑嘻嘻地问：“哟，老杨，这是有好消息啦？大老板就是不一样哈，人家办喜事收礼，你办喜事给我们发钱。”

“特三八”的努力并没有把气氛挑起来，在众人稀稀拉拉的干笑声中，杨家强又掏出一张皱皱巴巴的破纸，圆珠笔留下的字迹已经模糊，有的已经氧化消失——如果不经历岁月，少年们是不会知道有些东西并非天长地久，所谓青春，也终究长不过一支圆珠笔的保质期。

杨家强努力平复了一下气息，说：“我家里条件不好，从上大学开始就自己打工挣学费。可能大家都不记得了，大三那年，我在外面给一个皮包公司打工挣学费，结果活干完了人家公司也关门跑路了，我没拿到工资，连回学校的公交车钱都没有，更别提交学费了。那天，我就沿着马路往回走，一路走，一路看着马路上来来往往的车，特别盼着有一辆违章或者酒驾的车冲过来把我撞死算了，死了我就不累了，我爹我妈还能捞着笔赔偿金，也算没白养活我这么个儿子……”

老郝轻咳了两声，说：“家强，那些苦日子都过去了，你看你现在，多励志啊，是学弟学妹们的榜样！”

杨家强一拍桌子，说：“老郝！我正要说到你，我能有今天，多亏了你！”

老郝憨厚的脸庞一红，他本来想打个岔头把话题引开，没想到反而引到了自己身上，悔之不及：“这话……是从哪里说起啊……”

“是你，知道了我的困难，组织全班给我捐款！是你，把我从休学的边缘给拉了回来！是你，塑造了一个全新的我！要是没有你，就没有我杨家强的今天，要是没有你……”

“别！有我！永远有我！只要咱们班任何同学有困难，老郝大能耐没有，帮着张罗个事情什么的绝无二话！我先干一杯！”

老郝端起一次性塑料杯，将满满一杯汽水一饮而尽，算是强行把自己这一环节给提前结束了。

杨家强又扯起那张破纸，说：“这张纸上面记着的是当初大家给我捐款的数目，大家对我的好，每一毛，每一分我都记在心里……”

池柳不屑地撇了撇嘴，低声问李薄荷：“什么年代了，谁捐款还一毛一分地捐啊……”

李薄荷用胳膊肘拐了拐池柳，低声回应：“人家这就是一种修辞，是比方……”

“没错！是比方！表达的是我杨家强是个知恩图报的人！”杨家强耳朵很尖，即便是池柳和李薄荷窃窃私语也没逃过他的捕捉，接着他问，“大家知道今天是什么日子吗？”

众人茫然摇头，杨家强激动得面红耳赤，说：“是八年前大家为我集体捐款的日子！今天我之所以把大家聚在这里，就是要把当初大家捐给我的钱还给大家，不是原数，是十倍奉还！我要让你们大家相信，和我杨家强做同学，是你们这辈子回报率最高的一笔投资！”

众人这才明白这一出情感大戏的真实用意，啼笑皆非，任凭杨家强把一个个写着名字的厚信封使劲往他们手里塞，大家依然坚决推辞，双方相争不下，局面一度僵持，引得前来就餐的学生纷纷瞩目。

“杨家强，差不多得了！挺大人了，又是秧歌又是戏的，全班同学在这儿哄你半天了。当初大家帮你是出于同学情分，觉得你人不错，挺老实的，是图你这点钱啊？怎么还越大越不老实了呢？把社会上那一套搬到同学会上就没意思了啊。”

隋郁的话像定海神针，把满桌七嘴八舌的人镇得服服帖帖。

学生时代竞选班干部和学生会职务的时候，李薄荷和隋郁正面交手过几次，说平分秋色有点牵强，胜率其实是四六开，李薄荷四，隋郁六。论成绩论能力李薄荷与隋郁不分上下，但大多数时候老师会更看好隋郁的理由是“她有大人样”，当时的李薄荷很不服气，质疑“长得老也算优势啊”，可是随着年龄的增长，她已经能渐渐放平心态正视自己与隋郁之间的差距了——老师们说的“有大人样”是指在必要的时候隋郁更能拉下脸来，能把难听的话说出来，但李薄荷不行，像她这种从小看着别人眉眼高低长大的孩子总是下意识地想让每个人都舒服，想讨每个人的欢心，管不住人。

比如眼前这种局面，就连李薄荷都在心里暗暗给隋郁鼓掌：“有力度！谁还不是个领导层咋的？”

杨家强脸上一阵红一阵白，一时语塞，老郝忙又出来打圆场，说：“隋郁说得有道理，当初大家帮家强不是图回报，不过家强也是有心，这么多年来还没忘了咱们老同学，再说要没他组织，今天咱们大家还聚不了这么齐呢。要不这样，咱们折个中，每个人把当初捐款的数目收回去，就当留个纪念！”

众人看看老郝，看看杨家强，又看看隋郁，谁也不敢轻举妄动。

马兰悄悄站起身来，找到了写着自己名字的红包，从里面抽出了几张钞票，又把每一只红包对着名字推给了每一个人，隋郁捻起马兰递过来的红包，利落地从里面点出几张，又把红包扔回到了桌上。

众人得到指令，这才各自拆包数钱，待众人都拿完了钱，马兰又默默地把红包收拢一堆，拉开杨家强的包，把红包放了回去。

老郝轻轻地拍了拍那只包，说："好了，这笔账了了，从今以后两清了。"

杨家强突然趴在桌子上哭了：他自认不是一个没有良心的人，他也知道当年如果没有大家的捐款，今天的他指不定会落魄到何等地步，他知道自己必须感恩，但说不出为什么，他还是恨，太恨了，他恨自己生来贫穷，他恨同龄人家境优越，他恨同样生而为人为什么别人有的他都没有。八年来，他永远地记恨着那个大家把零零散散的钱交到他手中的傍晚，那是他心中永远的自卑和阴影，让他感觉自己从来没有在同学面前抬起过头来，而今晚的聚餐对于他来说就是一场隆重的仪式，让他一雪前耻。

八年了，套在杨家强心里的枷锁终于卸下了，从今以后，他与世界两清了，他，浴火重生了。

前来就餐的学生端着餐盘，好奇地打量着这桌莫名闯入的"大人"，"大人"们的嬉笑怒骂在尚未踏入社会的学生们眼里看来俨然是"抽风"。他们并不知道，用不了几年，自己也将成为这样的"大人"，或得意或失志，在同学会上或指点江山或抱头痛哭……

夏昭大一就被开除了，所以当年捐款他没参与，如今还款也没他的份儿，整个晚上，他都像局外人一样看着这出大戏，偶尔地，他也会幻想一下如果自己当初没有被开除，现在的人生又会是怎样一番景象，是会像隋郁一样春风得意，像李薄荷一样小富即安，还是像杨家强一样逢吉丁辰……

可惜人生没有如果，能留给他的只是一段与同龄人并行的别样青春。

夏昭没有让任何人察觉到他在想什么，有些愁绪就像食堂汤桶里免费发放的紫菜鸡蛋汤，你眼睁睁看它漂着，但一勺一勺下去就是捞不着干货，“可与人言无二三”。

散了局，杨家强招呼夏昭：“老夏，晚上我接待客户，要是喝多了给你打电话，你来接我一趟。”

夏昭看了看表，说：“这都快十点了，你还忙啊？”

杨家强神色诧异，说：“才十点，夜生活才开始。”

夏昭问：“你不累吗？”

杨家强不以为意地一笑，说：“累死总比穷死好。”

十一、尚未上架已然过期

池柳捧了一束剑兰去拜祭张群，张群喜欢剑兰，以前办公室里总是插着一束。

一块墓碑后面摆着几枝百合，有人用纤细的十指撩着水往花瓣上点，应该是想让鲜花陪伴地下的人久一点。

“人无百日好，花无百日红”，普普通通一句老话，在此地显得如此应景。

听到脚步声，摆弄百合的人抬头望了一眼，四目相对，两人都愣了。

池柳急忙绕过墓碑，看了看碑上的照片，这里安眠的正是张群，送百合的人是张群的妻子，蒋丽娜。

可能是蹲得久了，蒋丽娜乍一站起身时微微晃了两下。她愈发瘦弱了，带弹力的针织衫套在她身上都有些晃荡。

池柳赶紧去翻包，说：“我也有低血糖的毛病，要不要吃块巧克力？”

蒋丽娜的双目渐渐聚焦，眼前因供血不足而产生的那一片漆黑已经渐渐散去，她又能看清池柳的脸了，摇了摇头说：“不用了，我没事……你怎么来了？”

池柳也没坚持，毕竟在墓地吃巧克力这种事情的确不太尊重，便只是说：“我来看看张总。”

蒋丽娜的神情用“感动”都不足以描述，确切地说是“受宠若惊”。她忙往旁边退了两步，把正对墓碑的位置让给了池柳，池柳把怀里抱着的剑兰放在墓前，蹲下身来，双手合十，双目微闭。这时候她应该祝祷点什么，可又觉得碑上张群的遗像总带着笑意盯着她和蒋丽娜，笑得她无法集中注意力，心里发毛，阵阵凉意扑面而来……

池柳睁开眼，看到蒋丽娜正握着一只矿泉水瓶，手指轻弹，往她带来的剑兰上洒水，水滴溅到脸上自然是凉的。

蒋丽娜赶紧收了手道歉：“我有点强迫症，你别介意。”

池柳点了点头，说：“这样，花可以陪张总久一点……”

蒋丽娜看着并排摆在一起的百合和剑兰，喃喃地说：“他最不喜欢百合的，他总说百合的香味像掺了廉价香料的墨汁，又香又臭，我怎么总是记不住呢……”

池柳赶紧说：“我们办公室里插的都是剑兰，是前台统一订的，天天看习惯了，就买了一束过来，其实我应该带点菊花过来的……”

蒋丽娜苍白的脸上露出一丝笑意，慢慢把水瓶和杂物都收拾起来，说：“剑兰挺好的，好像他还没走似的……”

池柳不敢再接话了，因为无论这话怎么接，听到蒋丽娜耳里，总是伤感的。

“我早上没吃饭，有点头晕，山下有家甜点店，咱们去吃点东西吧。”

池柳没有理由拒绝，只得点头。

靠着墓园，甜点店也打着“纯素食材”的招牌招揽顾客，就连奶用的都是燕麦奶。

“听说李薄荷离职了？”

“是，我劝过了，没留住，也能理解。实话实说，她能力比我强，去更大的公司对她来说会有更好的发展前景。说实话，我也有私心，我和她大学时就是闺蜜，我也不希望耽误她的前程，就批了……唉，患难见真情吧……”

“对，患难见真情……患难见真情……”

蒋丽娜捏着勺子沿着咖啡杯不停搅动，直到把奶泡抹得平平的才端起来呷了一小口，一并把池柳这句话搅进咖啡里，一起喝进了肚子。

“我真没想到你能来看他，现在也只有你还惦记着他了，我现在才算真正体会到什么叫‘人走茶凉’。你不知道，自从他一走，以前那些天天找他办事、聚会、去家里玩的人全不见了，更别说什么雪中送炭了。前几天孩子病了，我想找他生前的朋友帮帮忙，结果人家根本连我电话都不接……”

“孩子怎么了？”

“肺炎，住院呢。这几天好些了，我妈过来帮我照应着，我才算能喘口气儿……”

“在哪家医院啊？”

“儿童医院。”

“儿童医院……我想想啊……”池柳翻着手机通讯录，“我好像有个初中同学在儿童医院做护士，我托她照顾照顾……”

蒋丽娜的眼里有了一丝光亮，抓住了池柳的手，说：“小池，不对，其实我比你小，池姐……”

“别别，您是我老板，怎么能叫我姐呢？”

“叫池总又显得怪生分的……”

“要不，您叫我柳儿吧，李薄荷就这么叫我……”

“行，那我就叫你柳儿，你也别‘您您’的了，就叫我丽娜吧。”

“好……丽娜……”

“谢谢你……柳儿！”

在池柳初中同学的关照下，蒋丽娜的儿子很快被调到了单间病房，蒋丽娜感激不已。池柳又请初中同学参加了一场电影节开幕式，带老同学进后台跟几位二三线明星合了一堆影，把个小护士给兴奋得连发了十七八条朋友圈，这个人情也就算是还上了。

对于护士来说，对某一个病人多加关照是举手之劳，对于经纪公司来说，送一张电影节的赠票也是顺水人情，在池柳看来，这是利益互惠，资源互换，谁也没有吃亏。不知怎么的，她又想起张群墓碑遗像上那意味深长的眼神。张群走了，她把他的公司经营下来了，也照顾了他的妻儿，怎么说也算对得起他了吧？

每每想到这些，池柳都觉得自己并不是个坏人。

一名盘着丸子头，穿着粉红卫衣，戴着夸张大圆镜框的女孩随意翻看着李薄荷的简历。

“就这些？”

“就这些？！”

李薄荷一时间竟不知该如何理解对方的话，从业七年，她谈不上业绩辉煌也算是兢兢业业，稳扎稳打，自信简历拿到哪里都不丢人，但显然，眼前这位小丫头却不这么认为。

“有什么问题吗？”李薄荷强忍住心中翻腾的不满，从牙缝中挤出这句话。

“都不是我们喜欢的风格。”丸子头女孩的回答也很直白。

“我以前就职的公司虽然不大，但对于作品质量这块把关还是很严的，我参与的项目基本上都是跟圈内一二线的制作团队和演出团队合作，还有不少获奖剧目……”

“嗤——”丸子头女孩毫不掩饰地嗤之以鼻，“可是我们年轻人不喜欢啊。”她格外强调了“我们年轻人”几个字，显然没把李薄荷算在其中，“当下演出市场的消费主力和口碑主力已经慢慢向95后群体倾斜，所以我们做项目只做爆款，做流量剧目，要搞就搞个大事情！我们公司的老总也非常重视对于年轻观众的掌控，认为‘得95后者得天下’，为了能抓准年轻观众的品味，我们公司的项目团队大部分也是由95后组成的。”

“95后”，李薄荷迅速在桌子下面掰着手指数了数，如果眼前这个女孩是按照国家正常教育制度读完了本科的话，那她顶多也就只有一年的从业经验，居然理直气壮地坐在主管席上面试自己一个有七年从业经验的“老人”，满嘴跑火车毫不心虚，她料定今天这场面试是没戏了，决定索性给年轻人上一课。

“那你觉得我以前做过的项目有什么问题，为什么不受年轻观众喜爱？”

“对不起，我都没看过。”

“没看过？没看过你就可以断定不喜欢？”李薄荷已经不想掩饰自己的惊讶。

丸子头女孩显然比李薄荷更惊讶：“我需要看过才能说不喜欢吗？我们是年轻人！我们懂自己！如果一个项目让我压根提不起兴趣来，我的同龄人也不会有兴趣，那这个项目从根上就死了！我为什么还要看？”

李薄荷蒙了，彻底蒙了：你想坐而论道，人家问你“道”字怎么写？这天儿还怎么聊得下去？

“我怎么觉得我们没赶上好时候呢？”李薄荷一边啃着从路边买来的煎饼馃子一边抱怨，“我们小的时候，是一个尊师重道崇尚资历的时代，我们刚入行那会儿，天天听的都是‘要向前辈学习经验’，‘要尊重前辈的资历’，只要比你早入行三个月，那都是你师傅。你说，就算在车间里，七年的老技工也是受人尊重的吧？厂长和车间主任见了也得给面子吧？”

“嗯，没毛病……”池柳用西餐刀把煎饼馃子仔细地切成两半，连薄脆的渣都没掉几粒，小心地把另一半包好放进冰箱里，才开始吃剩下的一半。

“可是咱们好不容易熬成了行业熟手，一下子变天了，大家开始疯狂地追求‘流量’‘爆点’，一会儿‘网感’，一会儿‘观众群体下沉’。哎，我好歹是科班毕业，从业七年，这些‘术语’我怎么从来没听说过啊，老祖宗之前留下那么多字，不够他们用的吗？非得搞出几个谁都听不懂的新名词？”

“我也听不懂，我还不敢问，一问就显得咱们跟外行似的……”

“没错！想想咱们刚入行的时候，那些所谓的‘行业翘楚’也就是咱们这个年纪吧，那时候的他们多风光啊，为什么我们到了这个年龄段一切都和想象的不一样了？”

“‘话语权’这根接力棒好像是从我们上一代从业者手里直接扔到我们下一代从业者手里了，完全把我们这代人隔过去了！”

“对啊！我还不到三十，本以为会是中流砥柱，可是你看现在小孩看我那个眼神，就差明说了，‘老而不死是为贼’！我怎么还没上架就过期了？！”

李薄荷气呼呼地把啃剩的半个煎饼馃子扔进冰箱里，撕开一条便携式漱口水，“咕噜咕噜”地漱着口，准备迎接下午的面试，身后传来池柳幽幽一叹。

“唉……龙游浅水遭虾戏。”

下午的面试官是位中年女性，李薄荷怕再次遭受“年龄霸凌”而一直悬着的心暂时放回了肚里。

“虽然这涉及个人隐私，但我方便问一下您的性取向正常吗？”

“啊？”李薄荷愣了一下，坦诚回答，“我觉得用‘正常’或者‘不正常’这个词可能有点不礼貌，我尊重每一种爱情的模式，但我个人属于比较‘大众化’的那种，俗称‘异性恋’。”

面试官被李薄荷逗笑了，看了一眼她的资料，继续问：“未婚……有男朋友吗？”

“有。”

“那你是不婚主义者吗？”

“我倒不恨嫁，但也不抗拒婚姻……”

“那你近期有结婚的打算吗？”

“暂时还没谈到，但如果没有意外的话，估计也不会太远，怎么了？”

“李小姐，说实话，我对你的工作经历非常满意，可是你现在已经二十九岁了，恕我直言，这对于女性来说其实已经不算是最佳生育年龄了……”

“不好意思，我打断您一下，这些问题跟我的工作有关系吗？这怎么有点像婚姻介绍所啊……”

面试官并不生气，倒亲切得像位邻家大姐姐，语重心长：“小李啊，怎么能没关系呢，你二十九了，我给你办了入职，不到三个月你结婚了，我们得给你批婚假吧？再过三个月，你怀孕了，我们得给你批产假，还不敢辞退你，要不然我们违法……”

李薄荷恍然大悟，赶紧解释：“我明白了，不过我暂时没有要孩子的想法，还想再拼两年事业。”

“我不怀疑你的说法，因为我看得出来你是个事业型的女孩，可是有时候有些事不能完全由你一个人决定，你不急着要，那你先生呢？”

“我相信我未来的先生也会支持我的。”

“那公公婆婆呢？他们不急着抱孙子？”

李薄荷一时语塞，她连江野达父母的面还没见过呢，如果现在一口咬定他们不会催生，那的确有点不负责任。

“你看是不是？”面试官看出李薄荷的犹豫，接着说，“年轻的时候都是这样的，以为‘我命由我不由天’，其实年纪越大越发现，尤其是有了家庭之后，很多时候都是事情逼着人往前走，身不由己。从个人角度，我很喜欢你；但是从工作角度，我必须做出对公司来说最负责任、风险最小的决定，希望你能谅解。”

“您能跟我开诚布公地说这些话，没有让我抱着一种虚无的希望回去‘静候佳音’，我已经很感谢了，那……您看我现在出柜还来得及吗？”

面试官被李薄荷逗得咯咯直笑：“那你舍得你男朋友吗？”

“舍不得，我跟您开玩笑呢……”

“哎，你要是有个孩子，一切都好办了。”

面试官的语气充满了遗憾，李薄荷却觉得很茫然：在她看来，婚姻的必要条件是爱情，宁缺毋滥，孩子更应该是夫妻双方经过慎重协商，自认可以承担将一个新生命带到世界上并在很长一段时间里对其成长负责任的任务，才诞生于世的爱的结晶，但这一刻她发现对于每天在马路上与自己擦肩而过的芸芸众生来说，结婚可以是一种手段，生孩子也可以是一种技巧，为了结婚而结婚或者为了生孩子而生孩子，甚至为了达到某种目标而结婚生子的大有人在。以前李薄荷觉得那些人是另类，现在换个角度看看，也许对于普罗大众来说，自己才是个奇葩吧。

李薄荷买了一束浅色的非洲菊去拜祭张群，非洲菊看起来像小型的向日葵，它还有一个别名，李薄荷很喜欢，叫太阳花。李薄荷觉得无论何时何地，处于何种境况，人的心里总是要有太阳的。

这一天的经历让李薄荷开始怀疑自己的心智与心理年龄，怀疑自己像个不谙世事的少女，而这一切无形中都得益于张群的保护。

一毕业她就被张群拉进了“苇航”，让她比其他同学少受了四处求职找饭碗的窘迫。进了“苇航”之后，张群很信任她，作为同学，自然又给她几分薄面，这又让她比其他同事少体会了才华得不到老板赏识的苦闷和仰老板鼻息的卑微。因为工作稳定、收入稳定、升职按部就班，她又比同龄人少了还不上卡债和贷款的危机感……林林总总算下来，她是比同龄人少吃了多少闭门羹，少看了多少冷眼色啊，很多人初入社会就要考虑的琐碎她居然拖到年近三十才面对，已经算是逃过几劫了。

不过老天爷也是公平，曾经少吃过的亏，现在都一点点补了回来。想到这里，李薄荷心里竟多了一份“欠债还账”的坦然。

“我是不是被保护得太好了？”李薄荷合掌闭目，心中默念，“一直以来，谢谢你了……老同学。”

李薄荷离职找工作的消息在圈内传开，接下来的几天，她接到的电话都像是被统一了口风。

“李小姐，我们是小公司，承办的都是小项目，您这履历到我们这里实属是屈才了，恕我们庙小，容不下您这尊大佛……”

“小李，你的工作能力我当然是了解的！当初你在‘苇航’的时候我多少次都动了心思要把你挖过来呢！这件事你要早说半个月，我直接给你个总监，可是上星期我们公司整改，刚把所有人员来了个大换血，在这个风口浪尖过来，恐怕对你来说也不是好事。这样，你等等，等我这边情况一稳定，马上给你打电话！哎，说定了，可不许去别的公司啊！”

“薄荷啊，自己人我悄悄跟你说啊，我们公司是家族企业，能管点事儿的职务全是老板家亲戚，别说你来了难受，我这都想辞职想了多少回了。哎，你以后要是有好去处，想着点我啊，我投奔你去……”

褒贬是买家，喝彩是闲人，用人单位在招人时总是嘴脸苛刻，拒绝别人时却从不吝惜溢美之词。

前天晚上，米雅悄悄给李薄荷打了个电话，给她透了个口风：马昆听说她从“苇航”离职重新找工作之后，表面不动声色，暗地里却通知了自己人脉圈内的所有人，谁敢录用李薄荷就等于是和自己作对，自己和自己的朋友都永远不会与该公司合作。

有了马昆的“封杀”，李薄荷被很多公司拉进了“黑名单”，人们没兴趣了解事情的来龙去脉，也没有兴趣判断孰是孰非，只是马昆发话了，他们自然愿意趋吉避凶。现在连送水工都要求大专以上学历了，任何一家稍微像点样的文化公司都不乏名校毕业生挤破了头求职，没有缺谁不可。

说白了，李薄荷现在对于任何一家公司来说都是个“风险项”“减分项”。

即便对于这样的结果早有心理准备，她还是难免难过，因为她总觉得自己并没做错什么。

折腾了一个星期，终于有一家刚成立的小公司愿意“接收”李薄荷，约好了下午两点签约。一点四十，李薄荷已经到了公司门口，她打算在门口磨蹭一刻钟，省得对方局促。

电话铃响，是个陌生的号码。

“喂，请问是李薄荷李老师吗？”

“是我，您哪位？”

“我这边是‘锦莱’……”

“锦莱”正是要与李薄荷签约的公司，她抬头看了看身后大楼的指示牌，确认了一下，刚想说“我已经到你们公司门口了”，身后却传来一个男孩稚嫩的声音。

“是这样的李老师，有个情况，这边有点不好意思……”说话的男孩就站在李薄荷身后不远处，尽管没有人看到，他还是一边说话一边对着电话鞠躬——大多数人说“不好意思”就是客气客气，可李薄荷能看出来，他是真的很不好意思。

为避免尴尬，李薄荷往远处移了移，压低了声音，问：“怎么了？”

“本来，我们是约了今天跟您签约的……可是，我们总经理临时有点事儿，不在……是出差了……去外地处理一点紧急的事情……”可能是怕李薄荷问总经理什么时候回来，男孩脸憋得通红，把最关键的一句话赶紧说了出来，“要不签约的事情，以后再说？”

新入职的小孩不太会说谎，估计也是在单位没什么地位才被派来做这种得罪人的倒霉差事，想必他们是在跟李薄荷谈好了入职事宜之后才刚听说马昆的“封杀令”，所以急着把李薄荷这尊差点请进门的“瘟神”给推出去。

“噢，好……”

“李老师，不好意思啊，那再见，再见……”尽管冷场了几秒，对方依然没有挂断电话，硬是等着李薄荷先挂了电话。

李薄荷悄悄回头看了看，年轻男孩廉价的西装开着扣，领带也松着，捧着已经挂断电话的手机呆呆地看了几秒，长长地出了一口气，如释重负，重新系紧领带，扣好西装，转身进了办公楼。

李薄荷恍惚间好像看到了多年前的自己，她会为了每一通电话而斟酌措辞，会为了每一次会面而在脑海中排练，她很重视每一个与自己有交集的人的感受，甚至可以说是“过度重视”，池柳曾经不止一次地提点她：“心太重，这也是病，得治。”

在多年后的今天，这个世界上居然也有了一个陌生的孩子因为要给她拨一通拒绝的电话而感觉难为情。李薄荷突然觉得老天还没有太亏待自己，他正在把自己曾经付出的某些东西悄悄地，一点一点地还给自己……

一片树叶落下，李薄荷没留神，一脚踩下去，叶子脆脆地碎了，她才意识到，秋天到了。

一辆酒红色本田停在楼下，李薄荷啃着根玉米绕着车打转转，趁下咽时发出一两声赞叹：“哇！可以啊柳儿，相当有派！”

池柳打量着自己的新座驾，心里也颇有几分得意，毕业七年了，她在这座原本陌生的城市里拥有了不错的工作和车子，基本上也算是“混得不错”，下一个小目标，就该买房了。

手机“嘀嘀”响了几声，员工们看到池柳秀新车的朋友圈后纷纷通过微信发来了红包以示祝贺，池柳犹豫了一下，默默全点了接收。

“周末没安排吧？我带你去兜兜风。”

“咳，我现在一个无业游民，哪天不是周末啊！”

“那说定了，郊区有个小民宿不错，我订个房。”

“OK，回头账单发给我，咱们俩平摊。”

“算了，这回我请你。”

“嗯……也行！”

“哈哈，你倒不客气？！”

“我跟你客气，那不是见外了吗？”

“滚！”

公司里，大家聚在一起吃着午饭看着池柳的新车照片。

米雅说：“我也是看上这款车了，我爸说了，他给我赞助一半，下周去提车！”

王姐轻笑一声，说：“幸好你还没提车，现在换还来得及。”

米雅面露疑惑，说：“为什么要换啊，我都看好了，销售说给我最优惠的价格！”

宁宁一语道破：“傻丫头，王姐点你都听不懂，你和池总开一样的车，是把自己摆在和她一个位置上了？这不是成心不给她面子吗？还是趁早换个比她档次低一级的吧。”

米雅一脸不服气加不情愿，倒也讪讪地闭了嘴，终究有人的地方就有江湖，有江湖的地方，都有无形的规矩和阶级链，不可轻易僭越。

池柳订的民宿在密林深处，入了秋，叶子一夜之间黄了，棕黄褐向来是秋装主打色，为了营销，这几年商家们绞尽脑汁给这种色调起了个新名字：“焦糖色”。

"焦糖色"，让秋天一下子变得可食用了。

穿红戴绿以故意凸显"民俗特色"的服务员在电脑前敲了几下，拿出一套房卡递给池柳。

池柳看看房号，面露疑惑："怎么是一间房？"

服务员查看了一下电脑说："您订的不是一间大床房吗？"

池柳把预订信息从手机里调出来，说："我明明是订了两个单间啊。"

服务员一会儿看看手机，一会儿敲敲电脑，一副拉不开栓的样子。

大厅里等着办理入住手续的人越来越多，队伍中开始有抱怨的声音，服务员只好请来了经理，经理了解情况后面带谦卑地向池柳和李薄荷道歉："不好意思，两位客人，我们这边系统出错了，弄错了您的订单信息，这次的房费我给二位打五折，再免费送一套'农家娱乐项目'套票，二位下次光顾时可以免费使用，二位看可以吗？"

池柳面露难色，李薄荷已经大大咧咧地拎起行李箱，说："走，又不是没在一张床上睡过。"

池柳穿着浴袍从浴室出来，李薄荷还坐在桌前对着平板电脑打字，民宿自造了土浴池，跟烧炕一样的，一头连着浴池，一头连着灶台。

池柳说："挺舒服的，跟温泉似的，你去试试……不过也有点瘆得慌，跟要被煮了似的……"

池柳自己笑了起来，李薄荷却没有动静。池柳又喊了一声，李薄荷还是埋头打字，没有应声。

池柳从冰箱里翻出两听啤酒，自己打开一听，把另一听放在李薄荷桌上，顺手扯下她帽衫上的帽子，戴着无线耳机听歌的李薄荷吓得大叫一声。

池柳帮李薄荷把啤酒打开，问："干什么呢？这么认真。"

泡沫"滋滋啦啦"地往外冒，李薄荷赶紧探头上去深呷了一口，毫不避讳地打了个嗝："查招聘信息呢……"

池柳伸头看了看平板电脑上的公司名称，皱了皱眉："这些公司都没听说过啊……"

李薄荷把键盘合上，脱衣服准备去洗澡，说："咳，现在不是我挑人家的时候，是人家挑我！"

池柳沉默了几秒，轻轻说："薄荷，对不起啊……"

李薄荷说："你干吗要说对不起啊？怪我自己，今天工作不努力，明天努力找工作……哎，咱俩的怎么不一样啊？"

她抓起民宿的睡衣左看右看，睡衣是两件套，上衣是圆领七分袖的套头衫，裤子是七分喇叭裤，领口、袖口和裤脚都点缀着花花绿绿的装饰，这风格，谁穿都是本命年！

池柳穿着的是一件桃红色天鹅绒曳地睡袍，腰间仅靠一根细细的带子固定，以腰带为轴线，领口和下摆露出一对对称的V形，她的丰胸和长腿恰到好处地透过这两个V形缝隙露出来，欲望与禁忌相互博弈，充满了诱惑感。

两下一比，李薄荷就是消夏晚会上准备表演大秧歌的广场舞阿姨，池柳则像百老汇后台即将登场的音乐剧女王。

池柳面露吃惊，问："你没带睡衣吗？"

李薄荷吃惊更甚，问："住酒店为什么要带睡衣？"

池柳问："你怎么能穿酒店的睡衣？"

李薄荷问："睡衣不就是给人穿的吗？"

池柳问："那你自带浴巾和毛巾了吗？"

李薄荷问："住酒店为什么要带浴巾和毛巾？"

池柳问：“你怎么能用酒店的浴巾和毛巾？”

李薄荷问：“浴巾和毛巾不就是给人用的吗？”

池柳问：“所以你出差什么都不自己带吗？”

李薄荷问：“所以你出差什么都自己带吗？”

虽然是大学室友，二人同租一房又半年了，但她们一直秉承着尊重彼此个人空间的共处原则，这也是她们多年来能和平相处的重要因素，所以直到这一个初秋的夜晚，池柳和李薄荷才各自捂着额头，两脸不敢置信地瞪着对方——“我以前怎么没看透，原来你竟是这种人！”

“哎呀，算了算了，入乡随俗。”李薄荷把大花睡衣往身上一套，进入浴室。

突然又杀了个回马枪，探出头来一惊一乍地问：“这衣服不会掉色吧？”

池柳还未及回答，她又缩回了浴室：“算了，掉就掉吧，把我染成小红人，我运气还能好点。”

池柳轻轻地从包里摸出一包烟，走到院子里，悄悄地抽了起来，什么时候开始学会的抽烟呢？她自己也记不清了，总之当反应过来之后，已经戒不掉了。

浴池里传来李薄荷哼歌的声音：“大王叫我来巡山啊，抓个和尚做晚餐……我是一个，努力干活还不黏人的小妖精……”

歌声在空旷的山间回荡，倒是很应景，池柳也被逗笑了。

刚从浴室出来，微信铃声就响了，江野达发来视频请求，李薄荷擦着头发，随手滑开。

“在干吗呢？”

“跟柳儿在民宿玩呢。”

李薄荷把手机镜头往旁边一转，池柳身着睡袍的样子进入镜头，她笑着轻叫一声，往旁边一躲，出了画面。

“话说……你穿的这是什么？……”视频那边的江野达露出疑惑的神情，目光明显聚焦在李薄荷花红柳绿的领口上。

“今年流行田园复古风吗？”江野达哭笑不得。

李薄荷捂着脸笑得接不上话，把池柳拉过来，往她身后躲着：“你帮我挡挡，太丢人了……”

池柳被拉回视频镜头，用手挡了一下脸，还想往外逃又拗不过李薄荷的力道，索性顺势一倒，笑着躺在了李薄荷的腿上，躲在镜头下方大喊：“江老师，我们在民宿呢，李薄荷这是‘入乡随俗’。”

江野达恍然，也跟着笑起来，说：“那就不打扰你们的闺蜜时间了，你们好好玩。”

李薄荷抱着池柳在床上笑成一团，说：“我将来要是嫁不出去可得怪你，谁让你带我来这么土的地方，穿成这样，我都市时尚女性的人设都崩了！”

池柳说：“行，我养你啊！”

李薄荷蜷缩在池柳身边，说：“哎，你记不记得大学快毕业的时候做求职资料，其中有一项要填写‘大学期间取得过什么奖项和成绩’，你说要填‘成功和李薄荷结为闺蜜’，还说以后要抱我大腿过日子。”

池柳说：“记得啊，我现在都还想为自己的机智点赞！”

李薄荷认真起来，说：“我知道这些日子你一直在照顾我，安慰我的情绪，其实‘成功和池柳结为闺蜜’才是我大学时做的最有收获的事情之一，柳儿，谢谢你啊。”

池柳扯过被子，把李薄荷塞进了被窝，说：“少肉麻，赶紧睡！”

“对了……”李薄荷浅浅入眠，又被池柳的声音惊醒，她问，“你没考虑过去江老师的公司吗？”

“我才不去呢……”李薄荷半睡半醒间回答，“在大学的时候，我从来没利用他辅导员的身份为自己谋取过任何便利，什么都是靠自己去竞争，输赢无愧于心，现在就更不会了……从小我妈就说，女人得有能靠自己过日子的本事，穷日子穷过，富日子富过，比吃男人的踏实……”

“嗯……也对，现在你去了算什么？老板娘？还是普通员工？怎么说别人都会多想……做不出业绩人家说你靠男人，做出业绩人家还要说你靠男人，搞得好像咱自己没本事吃饭一样……”

“就是！”李薄荷翻了个身，沉沉睡去。

吃了一天农家饭，喝了一天山泉水，池柳和李薄荷满血满蓝，打道回府。

池柳开车，李薄荷摆弄着车载音响打算试试新，蓝牙连上手机后，她点开一个音乐软件随机播放，一首悠扬又有年代感的日语歌传了出来，意外地好听，她看了一眼歌名：《镇守之里》。

她又随手查了一下歌词，意思很简单，描绘的无非是四季变化，春天积雪融化，芽苗萌发，夏季蝉鸣阵阵，秋季蜻蜓飞舞，冬日屋外积雪厚重，屋内炉火将人们的面庞烤得红彤彤，一切一切都在召唤着远方的游子卸下疲于奔命的包袱，静静享受一下故乡久违的风景……

“你说，咱们每天经历的这些事，什么失业了，失恋了，升职啊，涨工资啊，自己要死要活，唧唧歪歪的，但在老天爷眼里看来，是不是都是不值一提的小事儿……”

池柳把着方向盘开在密林深处，抽空瞄了李薄荷一眼：“什么意思？”

“我是说，以前我们习以为常的东西，比如春夏秋冬、雷霆雨露，也许都是大自然的恩赐，我们得意也好，失意也好，其实上天一直没放弃我们啊，地球没爆炸，宇宙没重启，春有百花秋有月……”

“你光看到春有百花秋有月，那你怎么不说有人冬天交不起取暖费，夏天吹不起空调呢……”

“嗯……你这么说倒也没毛病，但我这不升华一下怎么对得起你特意带我来亲近大自然的一番苦心呢……”

“咚”的一声巨响，一条巨大的黑影迎面砸来！

副驾驶座上的李薄荷下意识往右边一躲，同时伸手把池柳猛地向左边推去，以躲避迎面劈来的不明巨物，一股强大的反作用力却把她往右边推了回来——那是池柳同时向李薄荷伸出的手，也把她推向了安全的方向。

夺命的危险来临时，李薄荷和池柳都毫不犹豫地向对方伸出了手，把对方推开。

巨响过后，车里死一般寂静，李薄荷和池柳保持一左一右的躲避姿式，呆若木鸡——池柳方才一走神，车子撞倒了路边一棵枯树，正砸在车子中央，车顶被砸凹下来一大块，不幸中的万幸，她们躲避及时，枯木整好卡在二人之间。

过了很久，李薄荷轻轻地咳了一声：“我们还活着吗……”

“活着吧……”

“你受伤了没？”

“不知道，我现在什么知觉也没有，你呢？”

“我也不知道，根本不敢动……”

“这样，听我口令……左脚，能动吗？”

“能动……”

“右脚，能动吗？”

“能动……”

“左手，能动吗？”

“能动……”

“右手，能动吗？”

“能动……”

“现在能感觉到哪儿疼吗？”

“胸口让安全气囊弹得有点疼，其他还好……我手机不知道掉哪儿去了，你的在手边吗？”

“能摸到，干吗？”

“报警啊！”

“对对对，对对对对……”

直到吊车把断树从车顶移开，李薄荷和池柳才算真正反应过来发生了什么，也才真正反应过来应该害怕，她们紧紧抱住对方，浑身颤抖。

“薄荷，吓死我了！幸好你没事，要是你出了事儿，我一辈子不能原谅自己！”

“经过这一遭，咱们俩应该算是生死之交了吧……”李薄荷这样说。

江野达也驱车赶到了现场，看到李薄荷和池柳虽然花容失色，倒也毫发无伤，悬着的一颗心才算放了下来。

池柳面露愧色，说：“江老师，对不起，我没照顾好薄荷，真没脸见您了。”

江野达连忙说：“没事没事，是薄荷给你添麻烦了，这阵子还多亏了你帮我照顾薄荷呢，先上车再说吧。”

车子开进城，已是华灯初上时。

江野达说："咱们去吃点东西吧，给你们压压惊。"

副驾驶座上的李薄荷点点头，说："好，我也饿了。"

后座的池柳头靠在椅背上，好像已经睡着了，听到二人的声音才惊醒过来，迷迷糊糊轻声说："我就不去打扰你们二人世界了，江老师，能麻烦您绕个路把我送回家吗？"

"当然，这一天你也累坏了，用不用给你买点吃的？"

"不用了，我就想泡个澡早点睡……"

目送池柳疲惫的背影消失在楼道口，江野达问李薄荷："你想吃点什么？"

"什么都行……我现在觉得活着真好，吃什么都是赚到了。"

江野达斜了李薄荷一眼，有点没好气："那回家吃吧，现在这个时间段大多数饭店都要领号排队。"

李薄荷掏出手机："把地址告诉我，我查查有什么好吃的，叫点外卖……"

这是李薄荷第一次进入江野达家，站在门厅放眼望去，房间里的每一处细节都跟她想象的差不多：灰白相间的北欧色系房间里处处收拾得整洁有序，一尘不染，大到家具陈设，小到生活用品，都简约又不失设计感，随手拿起一只水杯、一个香薰台都会让人有一种"这东西虽然看上去普普通通，但肯定不便宜"的感觉，而且即便有了这种心理准备，壮着胆子一打听价格还是会被吓一跳，想到"不便宜"，没想到这么"不便宜"。

一言以蔽之，世人给这种房间的主人的评语就是："低调炫富，最为致命。"

江野达家鲜有女客来访，在鞋柜里翻找了半天也只找出一双新的男式拖鞋，他粗暴地扯开包装，“啪”地把鞋子甩在李薄荷眼前，说：“大了点，凑合穿吧。”

自从池柳下车之后，江野达就有点鼻子不是鼻子脸不是脸的，李薄荷不知道他这无名邪火是从哪里来的，只能穿着他扔给自己的大拖鞋，像个跟大人学步的孩子似的“啪哒啪哒”地跟在他身后走进客厅，掏出手机顾左右而言他：“我查查饭到哪里了……我快饿死了……”

江野达一把把李薄荷的手机抽走摔在沙发上，随后李薄荷的整个身体也腾空而起，重重地落在沙发上，她惨叫一声，刚要爬起来，双手却被死死钳住，举过了头顶。

江野达单膝跪在沙发上，脸色无比难看，厉声吼起来：“李薄荷！你的心怎么那么大啊！你今天差点死了你知道吗?！我差点再也见不到你了你知道吗?！你怎么跟什么事儿也没有一样啊?！”

李薄荷呆呆地看着江野达，眼角的泪水喷涌而出，沿着太阳穴滑落下去，江野达听到大颗大颗的眼泪接连砸在真皮沙发上的声音，一点芭蕉一点愁。

李薄荷是典型的“不会哭的孩子”，她有一种极度的悲观概念，那就是“生活没有最苦，只有更苦，抱怨是会遭报应的”，所以无论遇到什么困难，她总是会笑，会不断提醒自己“这不叫事儿，我能扛过去”，可是眼下被江野达这么一吼，这段时间以来压抑的焦虑、委屈、恐慌、屈辱和刚刚与死神擦肩而过的恐惧一股脑涌上心头，她再也控制不住了，无声地哭了起来。

对，李薄荷是“不会哭的孩子”，就连哭，也是无声的。

江野达愣了，忙松了松手劲，但并没有完全松开，问：“我弄痛你了吗？”

李薄荷摇了摇头，说：“对不起，我闯祸了，我让你担心了，其实今天回来的一路我都在想，如果当时那棵树偏个十公分，我可能就再也见不到你了。不过我见不到你，我也不会知道了，可是你怎么办呢？你会难过吗？你会想我吗？可是我不敢说出来，我怕说出来万一就应验了呢……”

江野达俯下来吻住了李薄荷的嘴，李薄荷最初有点窒息，在试着挣扎了几下发现徒劳无功之后也彻底放弃了，江野达的身体狠狠地压着她，像是要嵌入她的身体，好在身下的沙发无比绵软，让她感觉这一刻他们两人相拥着陷入了无底泥沼，一直一直坠落下去……

不知过了多久，江野达才抬起下巴，用自己的额头抵着李薄荷的额头，低声问：“知道错了没？”

李薄荷忙不迭点头，虽然刚经过一番热吻，但与江野达如此贴面相对，她还是觉得脸烫得快要烧着了，只得扭过头去，回避着江野达炙热的目光，轻声问：“你能放开我了吗……”

江野达没有说话，盯着李薄荷的脸看了几秒，沉声说：“那不行！教训轻了你不长记性！”

江野达一把抱起李薄荷，向卧室走去……

这一天发生的一切都令李薄荷眩晕，她几乎不敢相信此刻俯在自己身上的这个极具侵略性和占有欲的男人是她认识的那个温文尔雅看上去坐怀不乱的江野达，他的每一次进攻似乎都在向时光讨债，讨还原应属于他们却阴差阳错绕了个远路的幸福。某一个时刻，李薄荷设想了一下如果当初他们大学时代就顺顺利利地在一起了，今天又会是个什么情况？是已经组建家庭为人父母了，还是早已分手相忘于江湖……

江野达显然并没有给李薄荷太多分神的机会，一阵令人愉悦的波峰袭来，她所有的念头全被击碎了，剩下的只有欲拒还迎的悸动……

“算了，不想了，什么也不想了……”

也许应了那句心灵鸡汤：一切都是最好的安排……

记不清是几波激情过后，李薄荷裹着江野达的睡袍，蜷缩成一团，又被他“端”回了沙发上，李薄荷喜欢蜷着，蜷着让她很有安全感。

江野达把放在门口的外卖收了回来，饭菜早已经凉透了，他起火热饭，把汤重新煮上，又把炒菜回了锅。

江野达身上随意地套着一件白衬衫，领口系得很低，袖口也没扣，松松地卷着，接近肘部。李薄荷趴在沙发背上看着江野达热饭，江野达是那种可以同时兼顾煎炒烹炸，又能保证油花一点不溅到白衬衣上的人，而且明明是开放式厨房，家里却没有一点油烟味，李薄荷实在不知道他是怎么做到的。

“用微波炉热一下就好了，叫外卖不就是为了方便吗？”

“我平时不叫外卖，你也尽量少吃。”

“嗯……我尽量……”李薄荷拎起一只油焖虾三下五除二扒净了，塞进了江野达嘴里。

江野达笑意盈盈地咀嚼着，说：“要不你还是到我公司来吧？”

“啊？”话题转换得有点突兀，李薄荷一时没转过弯来。

“我是说，既然工作找得这么不顺利，不如先到我这边来吧。”

“嗯，还是算了吧……我不想让人家嚼舌根子，说我靠别人。”

“我又不是你的别人……”

“我妈从小就教育我，在学习和工作的问题上，除了自己，其他全是‘别人’，包括父母。”

江野达很了解李薄荷的性子，如果她有心，早在大学时就有太多的机会可以利用自己，但她都没有。江野达心里有一丝无奈也有一丝庆幸，无奈的是在李薄荷最需要的时候自己又一次无能为力，庆幸的是，她还是那个单纯的少女，没有改变。

“我尊重你的想法和选择，不过记住了，有事儿别自己硬扛，你现在有我了。”

江野达又要吻上来，李薄荷赶紧用手掌隔在了二人之间，说：“我现在嘴里全是腥味，不宜接吻……”

江野达把李薄荷的手掌压下去，强势地吻了上来。

许久之后，江野达捏着李薄荷又红起来的小脸说：“那以后再吃到海鲜，你就会想起我了……”

浴缸边点着一排薰衣草味的香熏烛，却仍消不除池柳心中的焦虑，今天她与死神擦肩而过，惊魂未定，她很想跟什么人说说，寻求一丝安慰，但把脑海里所有的人翻过一遍又一遍，却发现竟没有一个人可以交心，她觉得自己活成了一只汤城幽灵，精彩无人分享，挫败无人倾诉。

微信响了几声，池柳用毛巾擦了擦手，拿起浴缸边的电话，几天前拜祭张群时，蒋丽娜主动要求添加个微信，她没有理由拒绝，现在蒋丽娜一口气发来数张不同造型的照片和一条五十九秒的语音，声音听起来很局促。

“柳儿，我过几天要去参加一个商务聚会，你说我穿哪件合适？我以前都是陪着张群去，从来没自己去过，以前都是怎么漂亮怎么穿，现在是不是应该穿得职场点啊？真不好意思啊，我是实在不知道这事儿应该跟谁商量了，只好麻烦你了。不着急，你有空回我就好。”

池柳把蒋丽娜发来的照片放大，一一仔细地看着，泡着澡不方便打字，她也回了语音，“丽娜，我建议你用第一张的首饰配第三张的连衣裙，再配第四张的高跟鞋和包。还有我建议你不要披发，去做个盘发造型，我给你发张照片参考一下。”

池柳手机相册里专门有一个文件夹存着适合自己的穿搭照片，以便随时能按不同场合照着造型。

两分钟后，蒋丽娜按着池柳说的重新搭配了一下，拍了照片发过来，池柳回了个表情包：“完美”。

蒋丽娜又发过来一条语音：“柳儿，我听你声音不太对劲，你没事儿吧？”

池柳回复：“没事儿，我有点累……”

过了一会儿，鬼使神差地，池柳又回了一句：“其实……我今天出了场车祸……”

蒋丽娜的声音充满了关切：“啊？那你有没有受伤，严不严重？你现在在哪里？医院吗？哪家医院？我去看看你……”

“不用不用，我没受伤，就是刚提的新车送去修了，我现在在家呢……”

“那你吃饭了没有啊，我给你买点吃的，过去看看你啊……”

“不用不用，可别麻烦了，我一点事儿都没有……薄荷一会儿就回来了，让她看到也不太好……”

“噢……好……那你好好照顾自己啊，有什么事跟我说。”

终于应付完了蒋丽娜，池柳把手机一角抵在脑门上闭目沉思，又有些懊悔，她很后悔刚才一时多嘴跟蒋丽娜说了自己出车锅的事情，又引出了对方一堆关心，她不想跟蒋丽娜交朋友，这太诡异了，可是在这样一个夜晚，她实在是太太太需要一句关切的话了，哪怕是来自蒋丽娜的——这有点饮鸩止渴。

浴缸里的水凉了，池柳打了个寒战。

从浴缸里出来，池柳随手把大门的安全锁给扣上了，这样外面的人即便用钥匙也打不开了。以往池柳和李薄荷都会在上床前才落安全锁，但今天池柳算准了李薄荷不会回来睡，即便她要回来，也必须给自己打电话求开门，想到这一点，池柳心里莫名有点报复的快感。

十二、不是冤家不聚头

早上七点半，闹钟响起，江野达是老板，不必打卡坐班，但他有晨跑的习惯，所以闹钟总定得很早，他怕吵醒李薄荷，迅速伸手按掉了闹钟。

身后的床铺已经空了，枕头上有一张便利贴，上面是李薄荷清秀的字迹：“我今天接到入职通知了，是你带给我的好运气，谢谢，么么哒！”字条下面还画着一张可爱的笑脸和一只剪刀手。

江野达轻笑一下，把便利贴小心地夹进了一只不常用的笔记本里。

池柳“咔哒”一声拧开安全锁——李薄荷昨晚果然彻夜未归，自以为是的赌气和出拳根本没打到别人身上，别人甚至不知道她出过拳，她终于觉得自己有点可笑，也有点可悲。

到了公司，前台丁当从桌子底下搬出一只半米见方的箱子，说：“池总，您的快递。”

池柳不记得自己买过什么东西，狐疑地拆开盒子，一股清香扑鼻而来。

盒子里放着各式各样的花草茶和维生素软糖，多是安神助眠增强体质调节内分泌的，池柳反复检查盒子上的地址和收件人姓名，的确是自己。

蒋丽娜发来一条微信：“我给你买了点保养品，直接寄到公司了，你最近太累了，要好好调养一下，这些东西都是我常吃的，挺有效的，你试试。”

茶包的颜色在沸水里慢慢晕染开来，红色黄色紫色，最终汇在一起，混成了一杯乌黑。池柳没有想到在这个陌生的城市里最终与自己抱团取暖的人竟是蒋丽娜，这太荒诞了。她端杯尝了一口，玫瑰的涩、柠檬的酸、菊花的香、玫瑰茄的润再加上冰糖尚未完全融化形成的忽浓忽淡的不稳定的甜，宛如她现在的心情，五味杂陈。

李薄荷现在上班的公司虽小，但气氛融洽，老板是个三十岁独立创业的有志青年，再加上李薄荷和其他两名员工，就是公司全员了。

办公地点就是老板的家，一百多平方米商住两用房布置得合理有序。到了饭点，会有阿姨定时来给大家做饭，四个人说说笑笑吃完饭，帮阿姨把碗筷收拾到水池里，很有“公司是我家，温馨靠大家”的气氛。

因为公司小，老板很尊重李薄荷的资历，也给了她足够的话语权。才上班四天，她就帮公司签订了一笔大单，第一笔款项打过来之后，老板慷慨解囊，叫了几盆麻辣小龙虾外卖，扛了两箱啤酒，给大家开了个简单又热闹的“庆功宴”。

情到深处，老板潸然泪下，搂着李薄荷的肩膀说：“李老师，能找到您，我们公司真是捡到宝了！您不知道啊，那个项目我们磕了两个多月了，人家一直嫌我们是小公司、新公司，资历不够，直到您来了，履历往桌上一拍，人家才相信我们的专业度，大笔一挥就把合约给签了，您简直是我们公司的救星，来，我敬您一杯！”

其他两名员工也举起杯说：“对，我们也敬李老师一杯！”

李薄荷连忙与大家碰杯，说：“应该是我感谢大家对我的信任！”

老板说：“大家就不要相互客套了，都是一家人！”

“对！一家人！”

庆功宴连笑带闹地吃了好几个小时，小龙虾凉了又热，酒两箱不够又扛进来两箱，直吃到满桌“尸横遍野”才算作罢。

次日，李薄荷接到老板的通知，他要去南方谈另一个项目，已经上了最早班的高铁，另外两名员工一名在外面跑业务，另一名也没露面。

李薄荷给那名旷工的员工发了条微信，对方回复过来一条语音，声音听起来很虚弱：“李老师，你们今天都没事吗？我昨天吃完那个小龙虾上吐下泻折腾了一晚上，今天实在爬不起来了，你帮我请个假吧……”

李薄荷回复：“是吗？我们倒是都没事，他们还在外面跑业务呢……反正老板出差了，我不说也没人知道你没来上班，你也不用请假了，省得扣奖金。”

对方回复了一排感动加感谢的表情包，李薄荷觉得自己实在是太机智了！

之后的五天，老板和另外的两名员工都没露面，也没什么具体业务，李薄荷干脆通知了做饭的阿姨暂时不用来做午饭了，这一天她闲得发慌，给公司窗台上的一排小仙人球拍了张照片，发了条朋友圈："仙人掌多久浇一次水？"

夏昭评论："闲了？出来喝点啊？"

李薄荷回复："行，等五点下班。"

夏昭回了个表情："OK。"

没有工作，李薄荷也不觉得饿，直耗到下午三点才随便泡了碗面百无聊赖地吃着、一阵剧烈的敲门声响起，李薄荷竟有点兴奋，自己五天没正经跟人说过话了，现在终于又要见到人类了，端着碗就去开了门。

门口站着几个戴漆黑墨镜的男人，每人腋下夹着一个黑色公文包，气势汹汹地问："你们负责人呢？"

李薄荷不自觉地往后退了一步："找老板是吗？他出差了。"

"出差去哪儿了？"

"外地……倒没具体说是哪儿。"

人群后钻出一个穿格子衬衣的瘦高男子，指着李薄荷说："前几天跟我们签约的就是她，就找她！"

李薄荷一脸茫然："对，我记得您，您找……找我干吗？"

"找你干吗？！款都打给你们五天了，你们公司所有人都联系不上，是什么意思？"

"是吗？"李薄荷将信将疑地给老板打了个电话，听筒里果然传来"您拨打的电话已关机"的声音，她急忙又给另两名员工拨号，得到了同样的结果。

"这……五天前还好好的呢，怎么一下都联系不上了……"

"我们现在怀疑你们公司诈骗，要求解约！还钱……还要你们赔偿我的损失！"

"这其中可能有什么误会，要不你们等老板回来咱们再沟通。你们放心，等他一回来，我马上让他和你们联系……"

“回来？是你真傻还是当我傻？他还会回来？”瘦高男子向几名墨镜一挥手，“抄东西！”

几名墨镜把堵在门口的李薄荷推开，冲进房间不由分说地搜罗起来，李薄荷这才发现那天庆功宴之后房间里摆放的笔记本打印机什么的都已不知不觉不见了踪影，她心头隐隐浮上一丝不安……

墨镜们搜罗了半天，也只抄着一台半新不旧的洗衣机，问瘦高男子：“要吗？”

瘦高男子气得直哆嗦：“我要这破玩意儿干什么，给收废品的都卖不了30块钱！他们这是早有准备啊！这是跑路了！砸！全给我砸了！”

墨镜齐刷刷从腋下的公文包里抽出三十厘米长的钢管，对着房中桌椅猛劈起来。

李薄荷惊声尖叫：“你们，你们这是违法行为！我要报警！”

她双手颤抖，在杂乱的桌面上寻找手机，越急越找不到，一阵手机铃声响起，她循着声音从一个厚厚的文件夹下摸到手机，还没等拿稳，一只大手从背后伸来，直接将手机抢走，并将她死死地按在椅子上，一根钢管对准了她的鼻尖：“别逼我们兄弟跟女人动手！”

恐惧从鼻尖直传到心口，李薄荷不敢再做声，呆呆地坐在椅子上，脑海中一片空白，完全不敢想象接下来会发生什么。

木头、塑料和玻璃破碎的声音像环绕立体声一样在耳边炸裂，李薄荷觉得有飞溅的木屑和玻璃碴子划伤了她的脸，热乎乎的血直往下淌，她抬起手想擦一下，一阵带着力道的风“呼”地从耳边刮下来，仿佛嵌着利刃，足以将她的耳朵削下来。

一名墨镜把钢管抵在她脑门上：“让你动了吗？我让你动

了吗？”

二指粗的钢管在头上不停地戳着，学生时代脾气粗暴的班主任都有这习惯动作，不疼，但极具侮辱性。李薄荷心里一阵阵地泛上屈辱，她紧咬着嘴唇，眼泪在眼眶里打转，她想不通自己究竟做错了什么，为什么会落到此等田地……

“咣当”一声响，用钢管抵着李薄荷头的墨镜整个人飞了出去，钢管跟着甩出去两米。

夏昭不知何时已站在眼前，其他几名墨镜回过神来，抄着钢管齐齐袭来，夏昭头也没回，一弯腰，手肘往身后一撑，一名墨镜就捂着胸口痛苦倒地，手里的钢管不知何时已落进了夏昭手里。

夏昭眼疾手快，刷刷两下，钢管狠狠地劈在另两名墨镜的小臂上，二人吃痛松手，两根钢管清脆落地，被夏昭踢远。

穿格子衬衫的瘦高男子气急败坏，跳着大叫：“上啊，给我上！我可是花钱雇你们来的！”

夏昭的钢管狠狠一抽，甩在饮水桶上，半空的水桶发出开堂鼓般的闷响，震得整个房间静了下来，只有水顺着裂缝汩汩外漏的声音。

只有最初倒地的男子双眼通红，恨恨地瞪着夏昭，抄起地上的钢管大叫着冲向他，一看就是要拼命！

夏昭迎向男子，在他钢管还没落下来之前已抢先出手一管子劈在了他鼻梁上，“咔嚓”一声，墨镜断成两半，从左右耳朵上滑落，露出一张稚气的脸。

男孩鼻梁剧痛，两眼全黑，捂着脸凄厉惨叫：“我看不见了！我看不见了！我瞎了！我鼻梁断了。”

屋里所有人心都一沉，尤其是李薄荷，脸色惨白，心下觉得事情闹大了，自己可是把夏昭给坑了！

夏昭冷笑一下，随手抽了只纸杯，接了一杯从饮水机里淌出的凉水泼了过去：“叫唤什么！睁开眼看看！”

男孩被冷水一激，冷静了一点，试探性地慢慢睁开眼，又小心地捏了捏鼻子，发现自己眼睛没瞎，鼻梁也没断，只是墨镜的鼻托断裂时磕破了点皮而已。

男孩一阵胆寒，没想到眼前这个男人下手竟如此有准头，手再轻点，对自己构不成威慑；手再重点，估计早已酿成不可挽回的悲剧。

夏昭打量着那张稚气的脸，问：“挨一棒子就吓成这样，多大了？”

“二十一——”

夏昭盯着对方，冷笑不语。

“十——十九——”

夏昭点头：“嗯，也够判了！”

稚气的脸露出明显的惊恐，赶紧扭头去看带他来的大哥。

“不用看他们，真出了事他们跑得比你快，还会一起把你推出去扛祸背锅。”

几名大哥回避着男孩的目光，无形中验证了夏昭的推测。

“我也是十九那年判的，判了两年，我现在混成什么样你也看得出来。你打算进去几年，打算绕多大一条弯路？”

男孩快哭了出来：“大哥，我错了，我今天是第一次，你饶了我吧……”

夏昭挥了挥手，男孩立刻头也不回地夺门而逃，其他几名墨镜见状不妙也跟着仓皇而逃，瘦高男子还没来得及拦，房间里已经只剩他一个人了，他只好连滚带爬地也往门口逃去。

夏昭把钢管往门框上一横，门闩似的正卡在瘦高男子的喉部，拦住他去路。

夏昭瞥了一眼李薄荷，说："我不管你和这家公司之间有什么矛盾，冤有头债有主，该找谁找谁去，别找她的麻烦。记住了，你能找到她，我就能找到你！"

瘦高男子自认倒霉，头一低从钢管下钻了出去。

李薄荷惊魂甫定，双手将自己从头顶到脚腕摸了一个遍，竟是毫发无伤，刚才脸被划伤的疼痛感可能是惊恐之下产生的幻觉，她这才从一堆废墟中翻出了自己被抢走的手机，问："要不要报警啊？"

夏昭想了想说："算了，打都打了，江湖事江湖了，收拾东西走人。"

李薄荷又想起一个问题："你怎么来了？"

"我刚才给你打电话想问问晚上去哪儿喝，就听到电话那头一通乱喊，怕你这边有事，就赶过来看看。"

"你怎么找到我们公司的？"

"你那条仙人掌的朋友圈下面带着地址定位呢，我顺着地址找过来的。"

"这可真是……植物大战僵尸。"李薄荷叹了口气。

"小李啊……这是怎么了？"

一个胆怯的声音从门边传来，做饭阿姨一脸惊恐地站在门口，阿姨除了每天中午来给大家做顿饭之外，还每隔三天来给公司打扫一次卫生，不想一到门口就赶上了这出"动作戏"。

"他们真跑路了？"听完李薄荷讲的来龙去脉，阿姨一脸难以置信。

李薄荷点头："您也不用收拾了，咱们就此散了吧。"

阿姨茫然地摇了摇头，屋里只剩下一把没坏的椅子，她一屁股坐下，神情坚毅："不！他们还欠我一个月的工资呢，这个月的伙食费我还垫了一百，他总不能连房子也不要了吧！他总有回来的时候！我得跟他要钱！"

李薄荷叹了口气，说："阿姨，您还没看出来吗，咱们都被骗了，我猜这房子根本就不是他的，您再等下去，说不定还会有人来讨房租呢，咱们自认倒霉算了。"

阿姨眼神空洞，喃喃自语："我儿子娶媳妇盖房子欠了一屁股账，我老头儿在工地上给人搬砖，我一天跑五家打扫卫生，就为早点把债还上，我这累死累活一个月没挣着钱，还搭进去一百，我回家怎么交代啊……"

李薄荷鼻子一酸，把头别了过去，她不想让阿姨看到她眼圈红了，她想在心里咒骂一下那几个坑人的骗子，又感觉在现实的困顿面前再恶毒的语言和激愤的情绪都无济于事。

夏昭掏遍了所有口袋，摸出林林总总一把钞票放在桌上："阿姨，我身上就这些了，算是点心意。您也别推，咱们能碰上就算是有缘。"

李薄荷也回过神来，忙把身上所有现金摸出来放在桌上，为了不让阿姨推辞，夏昭不容李薄荷再安慰阿姨两句便拉着她离开了这片是非之地。

"还喝吗？"

"不喝了，我想早点回去休息。"

"我看也是，我打个车送你回去吧。"

"今天真是谢谢你了。"

"咳，别光嘴上说，记着你欠我一个大人情啊。"

下了出租车，李薄荷抬头看着自己家的窗子，灯开了，证明池柳已经回家了，她却产生了一种不想回家的念头，最近过得太不顺了，她不想给池柳添麻烦，也不想在池柳面前强颜欢笑，假装万事大吉，她只想找一个地方好好痛哭一场，发泄一通。

她漫无目的地在街上瞎溜达，街边新开了一家夜店，天使城堡。

李薄荷平时不爱去酒吧迪厅这些地方，嫌闹得慌，但今天她就想找一个嘈杂的地方，越嘈杂越好，这样她就算哭出声来也不会引人注意。

新开张的夜店果然没让李薄荷失望，音乐嗨、酒便宜、人躁，她要了两打啤酒坐在角落里自斟自饮，时而跟着音乐放声大唱，时而靠在椅背上痛快流泪，好在夜店本就是浓缩人间悲欢离合的小剧场，多浮夸都不算浮夸，她的样子丝毫不会引起他人关注，只是偶尔会有单身男子过来搭搭讪，都被她一脸“不要妨碍我散发负能量”的神情吓退了。

夜店为了走销量，出售的啤酒度数都不高，只是冰冷的液体喝多了容易走肾，这一晚上李薄荷连去了七趟洗手间，在她第八次起身跑去洗手间门口排队时，一名搭讪未遂的男子悄悄折返，从口袋里拿出一只小胶囊捏碎，白色粉末落进李薄荷的杯子，瞬间融化。

男子坐回隔壁卡座，不动声色，像潜伏在丛林里等待猎物的豹子。

李薄荷回到座位就把杯子里剩下的啤酒一饮而尽，只觉得酒放久了有点苦涩，不疑有他。

渐渐地，灯光、跳舞的人群、端着盘子在人群里小心穿梭的服务生、热恋或失恋男女嬉笑怒骂的脸扭曲起来，迪曲像是从被抻变形了的录音带上播出来的，时断时续、时快时慢、诡异阴森……

李薄荷觉得浑身的骨头在被一根根抽走，她坐不住了，身体不受控地往座位下滑，隔壁卡座的男子赶紧坐了过来，将她的一只胳膊搭在自己肩上，架着她站起身来，没有人阻拦，在旁人眼里，他们俨然就是夜店里最常见的一对情侣，只有李薄荷自己想奋力推开男子，却没有一点力气……

李薄荷的身体又被重重地扔回到卡座上，在意识消失的最后一刻，她看到一名外国男子与试图带走自己的男子在争论着什么，她想呼救，却喊不出声音，只得任由外国男子像扛麻袋一样扛起了自己……

李薄荷是在一个陌生的房间里醒来的，窗边挂着厚厚的窗帘，看不出外面的世界是黑夜还是白天，她不知道自己睡了多久，只觉得头像被电钻钻过一样生疼，她顾不上骨缝酸痛，浑身的肌肉不受控地颤抖，惊坐而起。

衣物倒是整洁，柔软的大床上也只睡着她一个人，房间里弥漫着烟味、酒精味、香水味，还有错乱的点滴声，起初，她以为是下雨了。

借着门厅透过来的一丝光亮，她猛然发现有个人站在自己床头，方才也不是雨声，是水珠顺着那人发丝滴落，砸在木地板上的声音。

她惊声尖叫，慌忙用被子捂住自己并不裸露的身体，黑影也吓了一跳，身体颤了一下，随后轻喝道：“喊什么！吓我一跳！”

是个女人的声音，李薄荷还觉得有点耳熟，黑影伸手拧开台灯：“我来拿吹风机，吵醒你了？”

李薄荷揉着被刺疼的眼睛定睛一看，下巴差点惊掉：眼前那个穿着黑色真丝吊带，上露着乳沟下露着修长的双腿，头发湿漉漉地站在自己面前的人居然是她的大学同学隋郁，那个刀剑不入，风雨不透的隋郁！

李薄荷把护着胸口的被子又拉高了一点，认真地问：“你没睡我吧？”

隋郁吃惊地看着李薄荷，一时竟没接上话来。

认识隋郁这么多年，李薄荷第一次看到她脸上有这么浮夸的表情，也是第一次发现隋郁也有吃瘪的时候！

“李薄荷你想什么呢！”隋郁一字一顿地问。

门口出现一个外国男人的身影，李薄荷想起那就是在酒吧里把她扛走的男人，顿时紧张起来。隋郁看出她的情绪，坏笑了一下，说：“放心吧，他也没睡你！”她把“也”字咬得重重的，好像在反讽李薄荷刚才的提问。

隋郁走到门口与外国男人轻轻拥抱，趁耳语的工夫在他耳边浅吻了一下，外国男子便离开了。

听到大门关闭的声音，李薄荷才小心地问：“你男朋友？”

隋郁从床头的化妆柜取出吹风机插上，云淡风轻：“不是，我单身。”

李薄荷做了个“噢……”的口型，一脸恍然，夸张地频频点头。过了一会儿，她又想到了什么，趴在床头柜边认真地看着隋郁：“我没耽误你们好事吧？”

吹风机的声音很响，但隋郁还是听清了李薄荷的话，她打量着镜子中自己发型的微妙变化，随口回答：“没有，你让人下了药，睡得很沉，不耽误。”

说完这句话，隋郁也觉得有点过于放飞自我，趴在梳妆台上“哧哧”地笑个不停，消瘦的双肩不停地抖动着。

李薄荷居然来不及为自己被人下药感到后怕，而是调动全部心思嘀咕："这还是我认识的那个隋郁吗？"

李薄荷倚在床头，看着隋郁利落地抹好发油，一步不缺地护好肤，又化了个精致的全妆，时间才过去半个小时。她暗暗算计，同样的时间对自己来说可能就够边刷手机边涂个面霜的，怪不得隋郁能在同龄人之中遥遥领先，就冲这时间管理能力，她生命中的有效时间至少比自己多出百分之十五。

隋郁开始换衣服，李薄荷才回过神来，急忙跳下床："打扰你了，我该走了。"

隋郁套上职业装："不着急，你要是还晕就再睡会儿，走的时候记得帮我把门关好。"

"昨天真是谢谢你了，如果不是正好遇上了你，我还真不知道会怎么样……"

"算你运气好呗……对了，昨天你怎么了？"

李薄荷一时不知该从何说起，但也就是她这一犹豫的工夫，隋郁已经从衣帽柜里拎出一只普拉达包，仿佛从未发问过一样自然地说："我去上班了。"

李薄荷跳下床，紧赶慢赶地跟着隋郁出了门，问："今天不是周末吗？"

"周末？"听上去，隋郁对"周末"这个词很是陌生。

加菲猫最讨厌星期一，很多人都最讨厌星期一，李薄荷从小最讨厌的却是周日的夜晚，想到假期正在一分一秒地流逝，想到睡下之后又要面对一个星期的课程和作业，想到此刻是距离下一次假期最遥远的时间，就连《小神龙俱乐部》的主题曲听起来都不那么悦耳了。

在某些周日的夜晚，她会没来由地哭起来，惹得母亲很是心烦。“大都好物不坚牢，彩云易散琉璃脆”，年幼的李薄荷不会背这句诗，却与生俱来地拥有了诗人伤春悲秋的愁思。

在这个周日的夜晚，李薄荷却收到了一个好消息，她接到一通电话，电话那头一名声音听起来很温和的男子通知她次日去公司面试，职位还是她轻车熟路的项目经理，她一口答应下来。

“‘而安’，这个公司的名字听起来有点耳熟……”这个念头在李薄荷脑海中闪过三秒，但也只闪了三秒，她便匆匆忙忙地打开衣柜挑起衣服来。

池柳衣柜里的衣物都是搭配好了挂在一起的，顺手一拿就是和谐的一套，永远不会出错。李薄荷不同，她是那种到了今年就忘了去年穿过什么，到了今天就忘记了昨天穿过什么的人，每次出席重要场合都要把所有衣服从柜子里刨出来，扔得满床满沙发，试穿出一身汗，最后勉强挑出一套看着顺眼的，再费劲巴力地把所有衣服都塞回去。

短短数日，李薄荷发现自己居然消瘦了不少，以前的衣服穿在身上都有些松垮。

“因祸得福，瘦了穿什么都好看！”

“隋郁、而安，‘随遇而安’，这个名字可太不适合你了，你可太不‘随遇而安’了！”

当李薄荷看到办公桌对面的面试官从一堆纸张中抬起头来时，竟如此脱口而出，吓得旁边抱着文件等待签字的小秘书瞪大了双眼。

隋郁面沉如水，挥手遣走了秘书，指了指办公室的角落：“上去称称。”

李薄荷顺着隋郁的指示看去，墙脚放着一只超薄电子秤。

隋郁说："如果一个女人对于自己的体重都没有严苛的要求，那只能说明她不求上进并且严重缺乏自制能力，我绝不容许自己手下有这样的员工，以你的身高嘛……超过三位数我就不要了。"

李薄荷两天前在隋郁家中感受到的那种如沐春风般的违和感立刻得到了纠正："对！前两天的不是隋郁，这才是真正的隋郁呢！变态！女魔头！"

"称就称，怕你不成？"

她甩掉鞋，转身蹦到电子秤上，关于她身材的各项指标，诸如体重、体脂含量、偏胖（瘦）百分比等一一显现，像极了隋郁的为人，一丝不苟，刻板至极。

看到体重显示为49.8公斤，李薄荷暗暗松了一口气，跳下秤，重新穿好鞋，颇有底气地坐在隋郁对面，说："我觉得你这样不太好。"

"怎么？"

"这算物化女性吧？从什么时候开始'瘦'成了女人唯一的审美标准？为什么只有'瘦'才是自律的象征？喜欢吃是错吗？不爱运动是错吗？一个身材不够苗条的人肯定就做不好自己的本职工作吗？这是偏见，是职场霸凌……虽然我体重没过百，但你这样的老板我真不想伺候，告辞！"

李薄荷说着拉开了隋郁办公室的门，外面格子间里所有的人都感受到了她浑身升腾的杀气，齐刷刷吃惊地看向她。

格子间的女生也是燕瘦环肥，李薄荷忽然觉得哪里不对劲，身后传来隋郁放肆的大笑声，她又回头看了看角落里的电子秤，发现旁边还放着一卷瑜伽垫、瑜伽弹力带和简易呼啦圈，恍然大悟：电子秤只是隋郁监督自己减肥用的，所谓的"好女不过百"

不过是她一时兴起编出来的玩笑，从二人第一次在阶梯教室相遇，隋郁假装老师坦然接受自己的谦卑，到现在，她再一次被隋郁戏耍了！

李薄荷把门关上，又气又无奈：“隋郁你无聊不无聊？”

隋郁抽出几张纸，递给李薄荷：“敢不敢来？”

李薄荷接过纸张看了一眼，是一份很正式的入职合约，待遇给得也算厚道。

她从笔筒里抽出一支笔，把工资和年假各加了百分之十，说：“有什么不敢？不过给你打工日子肯定不好过，多出来的算我的精神损失费。”

隋郁眉眼间带着笑意：“李薄荷，别恃宠而骄。”

“‘恃宠而骄’？谁宠谁啊？我和你？顶多算‘相爱相杀’吧！”

“成交！我让人重新打印一份合约，对了，还有一点要提醒你。”

“什么？”

“49.8 公斤也略胖了，以你的身高，95 斤差不多了……”

“趁着合约还没签，你还不是我老板，我也想提出点不太成熟的建议——你这公司名起得像卫生棉条！”

池柳从城里最有名的西餐厅里叫了两份牛排外卖，开了一瓶红酒，拌了个酸奶水果色拉，用微波炉爆了一包爆米花，李薄荷下班时从城里最有名的酒店甜品部买了一个蛋糕，两人决定为李薄荷找到新工作简单庆祝一下。

“来，干杯！否极泰来！”

“否极泰来！”

“唉，年纪越大越不爱出门了，还是在家吃舒服。”池柳随意地捏了几颗爆米花扔进嘴里，问，“你的新工作怎么样？干着还顺心吗？”

“你猜我这新老板是谁！”

“谁啊？”

“隋郁。”

池柳一颗爆米花差点没卡在嗓子眼里，咳了几声才向李薄荷确认：“是我现在想的那个隋郁吗？”

李薄荷点点头，池柳又往嘴里扔了几粒爆米花，惊魂未定：“天哪，我……应该祝你好运吗？”

李薄荷哭笑不得：“应该吧……唉，说来话长，我也不知道怎么阴差阳错地就落到她手里了，可能我们俩的孽缘注定还没有完结吧。”

池柳迟疑了一下，还是开口了：“你可别忘了，上大学的时候可是她向学校举报的你和江老师的事情，要不然，你们俩也不至于错过这么多年。”

李薄荷呷了一口酒，若有所思：“当初的事情她的确是最大受益者，所以我们都怀疑她，可是现在回头仔细想想，我并没有确凿的证据……”

“李薄荷你思想很危险啊，一个工作就把你给收买了？”

“也不是，虽然最近跟她接触也不算多，可是我隐隐觉得……她好像并不是我们以前以为的那种人……再说我和野达现在又在一起了，可能也是天意，以前的事情就让它过去吧……”

“随你吧，我就是给你提个醒，别再让她坑了。”

“嗯，我知道，其实我今天是要跟你商量另一件事的。”

“什么事？”

“我想……搬出去住了。”

“啊？搬出去？为什么？”

“我现在在隋郁那边上班，按理来说她公司和‘苇航’是同行，存在竞争关系，我觉得咱们再住在一起会给你添麻烦，毕竟我给‘苇航’带来的麻烦已经不少了。”

“那……你房子找好了吗？”

“野达说他妈过几个月就要回国了，我们准备见一下家长，商量婚事，所以，他让我暂时先搬到他那边……我一直不好意思跟你说，我怕你觉得我……”

“这有什么不好意思的啊！”池柳笑着大叫，“你要结婚了？怎么没告诉我啊！李薄荷你可不够意思！”

“没有没有，他还没正式求婚呢，不过，我们都已经错过那么多年了，不想再耽误了，所以也是早晚的事。”

“我不管啊李薄荷！你结婚伴娘必须是我！”

“那当然了！你肯定逃不掉的！”

“行吧，虽然我很舍不得你，但闺蜜大了不由我，咱们总得有分开的那一天嘛……你要想着常回来看看我啊，这里就是你另一个娘家，不许重色轻友！”

“必须的！”

两只红酒杯相碰，愉悦地轻呼。

失眠永远属于失意的人，这一夜，李薄荷睡得很好，池柳辗转反侧。

李薄荷找到了新工作，与江野达破镜重圆，事业爱情两得意，而且她就要搬家了，从此以后她和自己就会像从同一个起点发散出去的两条射线，渐行渐远，总有一天，互不相干。

如果倒退几个月，这可能是池柳梦寐以求的结果，可是现在，一切都变了。她心底又萌生出一个新目标，在这个目的尚未达成之前，她不甘心就此罢休，所以，她不希望李薄荷脱离自己的掌控……

她越想越烦躁，披衣下床，进了浴室，拧开水龙头冲澡。

冰冷的水从头淋到脚，她咬着牙紧紧抱住自己在花洒下发抖的身体……

天快亮时，李薄荷被卧室外窸窸窣窣的声音吵醒了，她披上睡袍循着声响来到客厅，看到池柳披头散发地蹲在柜子前扒拉着什么。

听到李薄荷的脚步声，池柳回过头来：“我吵到你了？”

池柳的鼻音极重，李薄荷问：“你找什么呢？”

池柳说：“我记得咱家感冒药好像还没吃完吧，怎么找不着了……”

李薄荷凑过来，伸手摸向池柳的额头：“你感冒了？”

池柳摇了摇头，还没等她说出一句“没事”，李薄荷就叫了起来：“天哪，你的头好烫啊，快回屋躺着，我给你找药。”

池柳茫然地摸了摸自己的额头，说：“烧吗？我就是有点晕……”

她站起身来，两眼一黑，如果不是李薄荷眼疾手快扶住了她，这一下估计会摔得不轻。

“吃什么药啊，还是直接去医院吧！”

李薄荷手忙脚乱地帮池柳换好衣服，又把她连扶带拖地弄到医院。排队、挂号、开方、交费、拿药，这一通折腾完已经是快午饭的时间，直到池柳打上点滴，李薄荷才算能喘口气，刚才跑出的一身汗被风一吹，也带来一股凉意，不由打了个寒战。

池柳无力地靠在李薄荷肩头，双目微闭，轻轻地拍了拍她，以示安慰和感谢。

“你啊，别为了爱美什么都不顾，这天气，我都快把秋裤翻出来了，你还穿着丝袜呢。咱们这个年纪，说老不算老，可也得注意保养了，真不能跟年轻人比火力壮！”

池柳连回应的力气都没有，纤细的手指在李薄荷手背上敲了几下，表示自己在听。

“想吃点什么？我去给你买。”

池柳抓紧了李薄荷的手腕，说：“薄荷你别走，陪我待会儿就好了……我在这个城市没有亲人，只有你一个朋友，今天幸好有你在，要不然我可能死在家里都没人知道了……”

李薄荷鼻子一酸，虽然在这个城市里她还有母亲，但大学毕业后她就搬出来独立生活，这几年来，母亲明显地老了，为了不让她担心，李薄荷也慢慢变得只报喜不报忧，只有池柳和她彼此如实地见证过对方情感上的波折和事业上的坎坷。

如果钢琴的双行谱有名字，一定是一行叫“李薄荷”，一行叫“池柳”，缺少了谁，亦难完整。

她摸了摸池柳的头，发丝又干又涩，有的地方还打了结，这很不池柳。

原来，池柳的精致也并非天生丽质，她也和自己一样，头发会干枯，指甲会劈裂，嘴唇会起皮，那些看似与生俱来的美好其实都是背地狠下功夫营造出来的。就拿洗头这一件事来说，自己是洗干净了就算，池柳却会定期给头发做养护，平日不管再忙也都要在洗头前往发梢上涂一层护肤橄榄油，洗完头发做个简易发膜，吹干后还要再涂一层护发精油，只有这样才会时时保持秀发如丝，一旦稍有松懈，便立刻被打回原形。

李薄荷用手指轻轻帮池柳梳了梳头发，心想：“这一次，池柳是真的病了。”

然后，她又摸到了池柳发际线边藏着的那道浅浅的疤痕……

鸡汤在炉上发出“咕嘟咕嘟”的声音，经过一段时间的小火慢炖，鸡肉已经丝丝化开，融在了汤里，不消品尝，听起来就那么入口即化。

李薄荷会做饭，可也仅限于“能吃”的地步，鸡汤是她叫的外卖，但她自己又去中药铺抓了点陈皮甘草党参什么的，细细地切成了丝，放在汤里再加工了一下，中药的清苦在房间里蔓延开来，整个屋子就有了一派林妹妹的气质。

她把鸡汤端到床前时，池柳早已经捂着被子坐得板板正正了：“闻了半天香味了，再不给我就馋死了！”

“知道你馋，特意凉温了才端过来，要不怕烫着你。”

一口汤下去，池柳的眉头马上扭在了一处，抽着鼻子张大了嘴巴，两眼瞪得大大的，活像一幅女版名画《呐喊》。

“看光！看光！”李薄荷早有准备，有条不紊地指挥池柳看向窗外。

眼睛被强光一刺激，池柳顺利地打出了个又大又响的喷嚏！

“这汤里放了什么啊？”池柳擦着鼻子问。

“胡椒粉！喷嚏打出来了鼻子就通了，是不是舒服多了？”

池柳捏了捏几天来因为鼻塞而发酸发胀的鼻梁，倒是觉得轻松了一点：“这主意也就你想得出来。”

又啜了一口鸡汤，池柳想到了什么，问：“哎，你给江老师做过饭没有？”

“我这厨艺，可能还不如他呢，还是扬长避短，‘藏拙’吧。”

“那我这待遇可比他高啊。”

“必须的，我一向‘重友轻色’！”

怕再中了胡椒的埋伏，浅浅一碗汤，池柳吹了又吹，喝得小心翼翼，直到碗快见底，又试探地问："你东西收拾好了吗？"

"没呢，医生说你身体太虚弱了，积劳成疾，这次的感冒只是引子，把你身体里潜伏的毛病都勾出来了，需要静养一段时间，我哪能在这时候把你扔下啊，等你好了我再走。"

"哎，你看我，病得真不是时候，耽误你了。"

"知道就快点好起来！以后也别那么拼了。"

"嗯……对了，你们结婚要重新装修房子吗？"

"应该要吧，他那房子买的时候就是精装修，拎包入住，有些地方我们都不太满意，就想趁着结婚砸了重装。"

"那装修的时候你们还得再搬出来，也挺折腾的啊……"

"是啊，你不说我都没想到，你知道我这人，最怕折腾了……"

池柳不再说话，把碗底里的鸡肉渣、中药末，乃至细小的骨头碎渣一饮而尽，异物划过喉咙时有一丝刺疼，她耸了耸肩，忍住了。

池柳当然了解李薄荷，她最怕折腾了。

"我仔细想了想，伯母马上就要回国了，咱们俩的事情至少也要先见过双方家长再定，要不然伯母该觉得我们不尊重长辈了，再说，万一伯母看不上我呢……"李薄荷依偎在江野达怀里认真地说。

"我妈没你想象的那么可怕……"江野达像把玩精巧古玩一样细细捏着李薄荷的每一根手指。李薄荷长期在电脑前伏案工作，手指时常感觉僵硬酸疼，江野达按摩得恰到好处，放松的感觉从手指一直传达到心里，她浑身瘫软，索性躺在了江野达的膝盖上。

“我怕兴冲冲地搬过来，最后还要被你大包小包地扫地出门，显得我多没身价啊……”

江野达俯下身在李薄荷的额头上重重吻了一下，说：“胡说八道……不过你倒是提醒了我一件事，这房子该重新装修了，你刚搬过来，用不了多久咱们还得再搬出去，等装修好了还得再搬回来，这一来一回的，太辛苦了，要不就索性再等等，等装修完了，我正式迎接女主人入住。”

李薄荷伸手撩了撩江野达遮住眼睛的发丝，说：“你先见见我妈妈吧。”

江野达以一个深吻代替了回答。

把沉睡的李薄荷抱到床上，江野达轻轻拉开床头柜，取出一只小巧的盒子，盒子里放着一只精致的钻戒，钻石很小，也就六分左右，设计倒是精巧，戒指托一左一右铸成天使翅膀，护着中间那颗象征永恒爱情的钻石。

这枚戒指是江野达读研究生时用接外活挣得的第一笔积蓄买的，他本来打算等自己和李薄荷一毕业就向她求婚，但造化弄人，它竟在他的抽屉里一躺就是七年。

江野达悄悄把这只小盒子放在李薄荷枕头边，看着李薄荷孩子一样酣睡的脸，他试着想象她睁开眼看到这份迟到了七年的惊喜会是什么反应，试想了一个又一个场景，他都不够满意，总觉得自己的想象力永远比不上李薄荷的生动与可爱。

次日，清晨第一道阳光透过窗帘缝隙照射进来时，江野达惊坐而起，李薄荷被吓得睁了睁眼，但没有醒，只翻了个身又沉沉睡过去了。

江野达轻手轻脚地绕过李薄荷，把与她鼻尖只差三厘米之遥的戒指盒收了起来，自己现在收入能力比读研时翻了数倍，相形之下，这颗钻石就小得有些寒酸了，他觉得李薄荷值得拥有更好的，经过一夜半梦半醒的纠结，他还是决定先把这枚钻戒收起来，改日另选一枚更大的再向李薄荷正式求婚。

十三、迟到七年的小确幸

珠宝店里的灯光故意调到昏暗，为的是凸显展示柜里的珠光宝气，那些每颗都拥有一只独立小射灯的硕大钻石就像追光灯下的首席芭蕾舞者，冷傲、耀眼。

江野达这样的顾客向来深受导购喜欢，有钱、体面又有品位，好说话，不刁难人，所以一进门便被引进了VIP室，红茶、果盘、切得方方正正的提拉米苏一一摆到了面前。导购小姐规规矩矩地蹲在他的面前，一步裙卡在膝盖上方，黑色丝袜包裹着的双膝紧紧并拢，没有一丝缝隙，优雅而不低俗。

“先生，钻石不仅是要看克拉数，也要综合参考4C指数。”

“4C指数？”

“就是指切割工艺cut、纯净度clarity、颜色color，和carat weight，这个就是我们刚才提到的克拉数了。咱们先说切割工艺，切工水平的高低会直接影响钻石的火彩和亮度……”

“火彩？”

“用咱们俗话说，就是晃不晃眼，够不够bling bling的！”

江野达笑着点了点头：“信、达、雅。”

“切工完美的钻石可以在放大镜上看到八心八箭，‘八心八箭’这个词您应该常听到吧？”

“对，电视购物上经常说。”

“先生真幽默，咱们再说 clarity，纯净度，这个比较好理解，就是字面上的意思，无非是看一下钻石有没有杂质瑕疵，钻石的净度分为 FL、IF、VVS、VS、SI，然后在 VVS、VS、SI 这三个档次里又细分了 VVS_1、VVS_2……”

江野达听得头大，苦笑着说：“我听不太懂，你也别费劲了，这样吧，直接看价格总是没错的吧，不是有那么句话嘛，人不识货不要紧，钱识货。”

“可不是嘛，先生，说句实在话，一分钱一分货，到哪里都是这条永恒的真理。”

经过一番对比，江野达选择了一颗 1.11 克拉的钻石，颜色等级 G，纯净度等级 VS_1，切工等级 Ex，售价六位数。

导购说：“1.11 克拉，一心一意一世情，寓意真好。”

今天这笔生意做得很顺畅，导购把平板电脑递给江野达，说：“先生，戒指托我们店里送您吧，您选一款喜欢的样式。”

江野达一眼便从琳琅满目的指环照片里选中了一张，点开大图查看细节，那枚戒指托设计成了叶子的形状，很像她的名字，薄荷。

江野达当即拍板：“就这个吧。”

江野达痛快得让导购意外，她又问：“那尺寸呢？”

江野达从口袋里掏出七年前那枚小钻戒，说：“按这个做吧。”

导购用戒指棒量了一下钻戒，还给了江野达，同时还不忘恭维一句：“真是位身材苗条的小姐啊。”

昨晚在沙发上依偎时，江野达借着手部按摩的机会细细地测量过李薄荷的手指，觉得她的手形跟七年前没多大变化。一般人在大学毕业后体重都会增长个三五公斤，但李薄荷居然还跟当年差不多，以他对李薄荷的了解，她不是一个多自律也不是一个爱健身运动的女孩，更不是一个会为了外在形象硬委屈自己节食的女孩，没胖起来只有一个原因，那就是奔波劳苦。

虽然李薄荷总是满脸笑容没心没肺的，但江野达可以想见这七年她一定受了不少不可为外人道的苦。

戒指托需要半个月的定制时间，江野达想，七年都等了，也不差这两周了，而且预订有预订的可爱之处，因为除了商品本身之外，它还附赠了一份想象的空间和掰着手指头数日子的期待以及生怕对方提前识破惊喜的小心翼翼，也不失为一种情趣。

得到李薄荷暂时不搬家的消息，池柳的病马上又好了几分，她紧抱李薄荷半开玩笑地说："这叫人逢喜事精神爽，非常爽……我现在算是理解为什么古代女子出嫁姐妹们都得陪着一块儿哭嫁了，一想到你嫁人之后咱们就不容易见面了，我心里就特别舍不得……"

"看你说的，以前那是山高路远交通不发达，回一次娘家不容易，现在就算不在一个国家，想见面买张机票就是十几个小时的事儿。"

"话是那么说，可我不是怕江老师嫌我碍事儿嘛。"

"他敢！"

"行，有你这句话我就有底气啦！"

"必须的！你先躺会儿，我去找点东西……你记不记得以前我买过一套毛衣针，放在哪里来着？"

"好像是……在浴室的顶柜吧，你找它干什么？"

“天冷了，我想给野达织条围巾。”

池柳笑了，上次李薄荷一时兴起说要学编织至少还是五年以前的事情，花重金买了一堆毛线，摆出要大干一场的势头，结果每个颜色都起了个针打了个底就扔在一边了。缠绕着各色毛线的棒针一会儿打结了，一会儿绊到脚了，一会儿扎到屁股了，闹得李薄荷心烦，一股脑地又都给拆了，把毛线带回家扔给了母亲，母亲忙活了半个月织了十条小围巾捐给了福利院的孤儿，李薄荷与毛线这段孽缘才算化解。如今她要再次向不擅长的领域发起挑战，池柳不知道这算是李薄荷的劫还是毛线的劫。

李薄荷踩着脚凳在浴室上蹿下跳，把所有顶柜翻了一个遍也没找到毛衣针，想着怕是池柳记错了，又把地柜一个个打开翻找，一个细小的物件掉落出来，她好奇地捡起来，发现竟是一支验孕棒，上面赫然显示着两条红杠！

一股电流从验孕棒传到指尖，流经大脑，最终归入心房，把李薄荷电得头脑一片空白：这个屋子里只住着她和池柳两个人，这支验孕棒不属于自己就只能属于池柳。作为成年人，大家偶尔有个夜不归宿，彼此都会心照不宣，不会追根究底，可这大半年来她们基本算是朝夕相处，如果池柳怀孕了，那是什么时候的事情？孩子的父亲是谁？孩子是没了吗？自己怎么会一点蛛丝马迹也没发现……

一连串的问题弹幕般地从脑海里划过，一种在心底压了很久的违和感像潜在尼斯湖底的水怪一样在幽暗的月色下慢慢探起头来，带着淤泥和水草的腥味默默地注视着李薄荷。

从什么时候开始，两人莫名地生分了呢？

对，那种违和感就是“生分”，说不清从什么时候开始，李薄荷和池柳之间不再像从前那样亲密无间，无话不谈了……

“找到了吗？”池柳的声音从卧室传来，听起来倒是很愉悦。

“没有……”李薄荷手忙脚乱地把那支神秘的验孕棒和杂物放归原处，高声回应，“可能是以前大扫除的时候扔了，我回头再买几根吧。”

李薄荷自知演技不佳，怕池柳看出破绽，飞也似的逃回了自己卧室。

李薄荷买了两团马海毛，是晕染的橄榄绿色，深浅过渡自然，再配上毛茸茸的质地，颇显高级，江野达皮肤白净，这种颜色应该很衬他。

李薄荷的身高正好到江野达的下巴，她把线团贴在脸上，想象了一下以后她钻进江野达怀里时正好能枕在这条围巾上，心里就生出一丝窃喜，好像也沾到了自己的光。

池柳看李薄荷踌躇满志的样子，不由好笑，问：“你行吗？”

李薄荷自信满满：“行！时代不同了，现在自媒体高度发达，网上什么教学视频都能搜得到，我关注了个编织达人，就对着她的视频，她织一步，我织一步，我就不信还能犯错！”

“柳儿……我想死！我就是照着那个人的视频一眼不眨地学的啊，她怎么就，那样，那样，那样……一下就织好了，我怎么织出来就不是那个样子呢，到底错在哪里啊……”半个小时之后，李薄荷哭丧着脸跑到客厅来求救，半小时之前刚做好的心理建设崩得一塌糊涂。

池柳接过李薄荷的大作看了看，笑出声来：“这里脱针了，这里加针了，这里织错针法了，这里忘记锁边了。李薄荷你是个人才，这短短一巴掌长的围巾把所有能犯的错误全犯了一遍，绝对是教科书级别的反面教材啊！”

“你别笑话我了，救救孩子吧！”李薄荷往沙发上一倒，整个身体蜷缩起来，一副不想面对现实的惨样。江野达总说李薄荷慵懒放松的时候像只小猫，现在李薄荷深刻意识到，自己和猫还是有很大区别的——猫喜欢线团，她李薄荷很是不喜欢！

池柳小指轻巧地钩住毛线，把两根竹签架在虎口，十指配合娴熟，竹签摩擦时发出有节律的“沙沙”声，像催眠的白噪音，勾起李薄荷小时候围着火炉靠在母亲身边看着她织毛衣直到入眠的回忆。

“想什么呢？”池柳抽空瞥了李薄荷一眼。

“赏心悦目。”李薄荷只能这样搪塞，因为她又想起了那支神秘的验孕棒。今天池柳少见地扎了个马尾辫，额边那道浅浅的伤疤又露了出来，那是当初为保护她被张群丈母娘砸伤的，看到那道疤，李薄荷便始终无法把很多不堪的想象与眼前的池柳联系到一起。她开始试着说服自己，或许那是前房客留下的，只是多年来自己粗心大意没发现；或许那是池柳没跟自己合租前发生的事情，出于某种眷恋，她把它当成纪念品保存了下来并在搬家时带了过来；又或许那支验孕棒出了问题，测出的只是一场虚惊，所以池柳没好意思跟自己提，毕竟都是快三十岁的人了，有几段露水“姻缘”也是常理……

这样想着，李薄荷的心里平静了很多。

池柳把修改好的围巾扔还给了李薄荷：“我已经尽力了。”

李薄荷扯起围巾看了看，虽然达不到毫无痕迹，但好歹不像之前那么丑了，便满意地说：“嗯，抢救有效。”

有了之前惨痛的教训，再加上不时向池柳虚心请教，围巾的后半段进展还算顺利，正式收边后，李薄荷去买了套墨绿色的礼盒礼袋，把围巾喷上香水精心叠好放进去，又配上些土黄色的拉菲草，格调一下子就提升上去了。

“嘿嘿，看着还真像那么回事，我又行了！”

江野达是把围巾从礼盒里“撩”出来的——马海毛轻薄的质地使他生怕用力不当会破坏了这份意外珍贵的礼物，所以只敢用两根食指轻轻地挑着围巾，小心且郑重，像考古学家从墓坑里捧出金缕玉衣。

“嗯，看得出来是你亲手织的。”江野达皱着眉头笑了，把围巾举起来对着阳光，那些经过精心修补的破绽立刻无处遁形，江野达像爱好天文的少年观察星相一样用那条薄薄的围巾把房间里每一寸阳光都过滤了个遍，光线被筛成了粗粗细细的圆柱，又像从刮子下奔涌而出的凉粉条，剔透糯滑，沁人肺腑。

李薄荷钻到撑起的围巾下，小时候，她也总喜欢趁着母亲晾被单和铺床单的时候钻进去玩，就像拥有了一个只属于自己的秘密基地，很有安全感。

两个人的小世界被染成墨绿色，李薄荷忽地想起大学时代学校曾组织大家看过一部话剧《去年夏天在丘里木斯克》，苏联的剧作。

剧情没有什么特别值得回味的内容，只是全剧最后一刻舞台上整个天幕落了下来，露出一片巨幅的白桦林景，给李薄荷留下了无法磨灭的印象。现在她就有种冲动，想拉着江野达的手一路狂奔，奔向那片白桦林，奔向那充满诱惑的、未知的一片深绿。

“最近流行的那个法式双层结是怎么围的来着？”江野达把围巾从二人头顶抽开，围在脖子上，笨拙地缠绕。

李薄荷接过围巾在江野达的脖子上绕了起来，一个精致却不烦琐的双层结初现雏形，她边整理细节边向江野达确认：“不紧吧？”

“不紧……”

李薄荷却觉得自己的腰间有点发紧，像是被什么箍住了。束缚的感觉慢慢上移，掠过背、胸口，到达肩头，让她有点喘不上气，脚下一个踉跄，人已经跌进了江野达的怀里。

江野达“哧哧”地笑着，下巴抵在李薄荷头顶，对自己的“奸计得逞”很满意。

李薄荷半嗔半喜地在江野达腰间轻拧了一下，静静地枕在围巾上，那触感比她想象的还要舒适，要不是江野达猛地打了个喷嚏吓了她一跳，她都有些昏昏欲睡了。

“你感冒了？”

“没有。”江野达揉了揉鼻子，说，“鼻子有点痒，没事。下午要去阿姨家吃晚饭，你看我准备的这些东西合不合适？”

厨房的料理台上摆着几只精致的礼盒，无非是西洋参和红枣枸杞茶之类的老年人保健品。

“哎，其实不用的，我妈没那么讲究，她看到了肯定要说‘花这些钱干什么啊，快拿回家给你父母吧’。”

“老人都会过日子，可是再怎么说我初次登门哪能空着手啊，不好好表现一下，人家怎么舍得把宝贝女儿交给我啊。对了，冰箱里还有十只大闸蟹。”

李薄荷拉开冰箱，里面传出小螃蟹们争先恐后吐着泡泡以证明自己生命力旺盛的声音，她很满意：“不错！我最爱吃大闸蟹了！今年忙忙叨叨的还一次没吃上呢。”

江野达又打了个喷嚏，李薄荷以为是冰箱里的冷气激到了他，可仔细一看，江野达的鼻子脸颊和下巴都泛起一片粉红。

“你脸怎么红了？”

江野达意识到什么，忙解下新围巾到镜子前一照，脖子上果然起了一圈小红疙瘩。

李薄荷吓坏了，忙吵着要去医院，江野达倒很淡定，问："围巾是什么材质的？"

"马海毛啊。"

江野达用清水洗了洗脸，说："可能是成分不纯，我对化纤过敏，上学的时候我基本上就是个成分检测仪，同学买了羊毛衫羊毛围巾都先拿来给我试一下，只要我不犯病就说明东西没问题。"

江野达还有闲心开玩笑，李薄荷却气得头顶冒烟："奸商！奸商！明明说的是纯马海毛，怎么这么坑人啊！这是我这辈子织的第一条围巾，就这么被他们给毁了！"

江野达打开一瓶镇定肌肤的芦荟胶，小心地涂抹在泛红的皮肤上，说："没事，我去吹吹风就好了。"

李薄荷气呼呼地冲回客厅，把围巾塞回到纸袋子里，就地立誓："我再给你织一条！这次让我妈陪着我去买毛线，肯定不会再被坑了！"

江野达笑着把纸袋接过来，说："没事，这是你给我织的第一条围巾，我可以收藏当作纪念。"

李薄荷又把纸袋抢了回去，塞回到背包里，死死地护住了包，说："你还是让我把它收回来吧，要不然我会很愧疚，每次看到它，我都会想起自己有多粗心，有多不了解你……"

江野达伸向包的手转而落在李薄荷头顶，摩挲了两下，说："好吧，那听你的。"

李薄荷长出了一口气，又盯着江野达的脸仔细看了看，她微弱的鼻息扑在江野达的睫毛上，引得江野达几次想扑上来吻她却都被她按住了，看了一会儿，她才放心地说："好像是没刚才那么红了，要不然你见了我妈，我妈非得怪我不可……噢对了，还有一件事要提醒你！”

“什么事？”

“千万别提我爸。”

“说起来，我好像也从来没听你提过叔叔……”

“说来话长，以后我慢慢给你讲……”

刘玉屏的家在老城区，这里多半是没有电梯的老居民楼，一共就六层，她家在五层，得益于每天上下楼的被动运动，她的身材倒比同龄人苗条些。

带着年幼的女儿刚逃到这座城市时，她没有学历，没有技术，没有户口，那时候“小时工”还是个新兴职业，会被很多人戴着“下等人”的有色眼镜打量，但是为了生存，刘玉屏没有挑肥拣瘦的资格，给活就干，有钱就挣，最多的时候她一天能骑着自行车跨越整个城市给八户人家打扫卫生。她勤快，眼里有活，最重要的是，她有一个在“小时工”这个群体里鲜有的优点：话少，不打听东家的事，更不传东家闲话，这使得很多雇主都愿意把她介绍给自己的亲戚朋友，日复一日，她的工作稳定了下来，收入也日渐丰厚。近些年，随着社会分工越来越细化，“家政服务”也成了繁华都市中不可或缺的重要岗位，她被一家家政公司招揽入职，从家政员一路做到考勤小组长、家政总组长，现在已经是新人培训师了。按理说，现在她每周只需要上三天班，定期给新入职的家政人员进行一下业务培训就行，但她还是会再给自己安排上三天入户打扫的工作，用她的话说，一旦不干活，人就会闲得发慌，总容易想起一些陈芝麻烂谷子的事情，还不如找点事情做，既锻炼了身体又挣了钱，心里还不会存事，头一挨枕头就着，何乐而不为。

现在，刘玉屏的薪资水平已经从最初的十块钱一小时涨到了四十块一小时，再加上做培训师的工资，她的月收入已经跟一般的公司白领标齐了。昨天早上，她照例去一家中产夫妇家打扫卫生，时钟刚过七点，雇主夫妇便匆忙地往嘴里塞了半片来不及抹果酱的白面包，换鞋的换鞋，拿包的拿包，准备出门上班了，彼时刘玉屏正抱着房东的儿子站在落地窗前看着花园里的孩子追跑打闹，刚洗过澡的狗趴在她脚边，放松地露出白肚皮，她俯下身，教怀里的幼儿轻轻抚摸那丝滑的皮毛，惬意得不得了，雇主关门前忽然看到这幅其乐融融的场景，半开玩笑地说："大姐，我们两口子奔命十来年，好像全是给您奋斗的。"

对于刘玉屏来说，日子是熬出来的，经过她十几年的小火慢攻，生活这碗冰糖已经被她熬得焦黄黏稠，又烫又甜。

女儿从小就给自己省心，考学和找工作都靠自己解决，唯一让刘玉屏放不下心的就是眼瞅着快三十了还是单身一人，女儿大学时那段有始无终的初恋她有所耳闻，但不敢细问，生怕勾起女儿的伤心事，如今听说女儿要带个男朋友回家，还正是当初的初恋对象，她倏地落泪了……

"我刘玉屏一生没做亏心事，原来老天爷都是看到的！"

从下午三点起，刘玉屏就在厨房里忙活着，煎炒烹炸凉拌煲汤，不把自己毕生的厨艺都用上不足以表现满心的喜悦，尽管她把抽油烟机开到了最大，四溢的香味还是让整栋楼都知道了今天对于503来说是个大日子！

李薄荷和江野达到家时，刘玉屏正端着一盆汤往桌上放，看到准女婿进门，她又急着放下汤盆招呼，又怕走急了汤洒出来，急也不是，慢也不是，好在女儿及时接过了汤盆，她才把手上的油在围裙上擦了又擦，向江野达伸出了手。

江野达顺势把礼盒递给了刘玉屏，微微鞠了个躬，说："阿姨好，我叫江野达，您叫我小江就行，这是一点小小心意。"

刘玉屏被弄了个大红脸，她伸手是想跟准女婿握握手的，可想想也是，普通老百姓家庭谁见面会行握手礼啊，人家可不以为这准丈母娘是伸手要礼物呢嘛！

刘玉屏忙不迭地把礼盒往江野达手里塞还，说："你看看！花这些钱干什么啊，快拿回家给你父母吧！"

李薄荷把礼盒从母亲手里接过来，放在了墙根，笑着对江野达说："你看我说什么来着！"她又转过头挽着母亲的胳膊往桌边走着，说："妈，人家东西都拿来了，怎么可能拿回去嘛，这还有十只大闸蟹，咱们蒸了吃啊。"

刘玉屏摆着手又要说什么，江野达微笑着说："阿姨，您就别推辞了，咱们附近也没有湖，这螃蟹不吃总不能放生了吧？"

刘玉屏眼睛笑得眯成了一条线，说："好好，我这就去蒸！"

同样的螃蟹被刘玉屏一蒸，肉缝里不知怎么就多了一丝香甜，李薄荷看出江野达的疑惑，说："这是我妈的秘方，蒸螃蟹时在水里放一把花椒，可以驱寒，蒸出来的螃蟹还是甜的，噢……现在告诉了你，就不是'秘方'了。"

"不要紧，都是自家人，小江你想蘸什么调料？"刘玉屏把几个小碗往江野达面前推了推，"这个是姜醋，这个是芥末配醋，这个是酱油，你自己兑。"

李薄荷把一只螃蟹盖掀开，一股热气扑面而来，她吹着被烫痛的手指，舀了一勺加了芥末的醋倒在蟹盖里。

江野达好奇地看着："这种吃法我还是第一次见。"

李薄荷吸溜了一口混着醋的蟹汁说："我喜欢啊。"

“我喜欢”，多理直气壮名正言顺的理由啊！可是这句话从未在江野达家的餐桌上出现过，就比如吃螃蟹这件事情，他从小到大只能吃母亲亲手调制的加了黄酒和少许糖的姜醋，从来没有过其他的选择，母亲不允许他选择，如果母亲看到了李薄荷这种吃法，一定会皱着眉头说：“吃得不对。”

江野达也不知道为什么在母亲的世界里“吃”这件事情是有“对错”之分的，他也不知道最初这种“对错”的规定到底是由谁敲定的，也许就是母亲自己吧。在她的概念里，世界以自己为准，符合自己观点与审美的即为“对”，不符合的，即为“错”。像李薄荷家这种说说笑笑的餐桌氛围对他来说也很陌生，在他的记忆里，母亲总是在餐桌上喋喋不休地指挥着每一个人的就餐步骤，精确到谁该喝一口汤了，谁该用餐巾擦一下嘴了，父亲总是沉默地板着脸，也从不添饭，把碗里的饭吃完便放下碗筷起身回书房，一待就是整夜，致使江野达在很长一段时间里都误以为父亲是个寡言少语不苟言笑的人，直到数年后他在父亲和继母家的餐桌上看到父亲与继母妙语连珠，相互挖苦打趣，他才吃惊地发现原来父亲是会笑的。

后来，母亲不允许他去父亲的新家了，再后来，他上了大学，有了食堂，也就很少回家吃饭了。

李薄荷母亲的家算不上豪华，但收拾得窗明几净，阳台上晾着刚洗的毛巾，散发着老牌檀香皂的清香，沙发扶手上搭着一条厚厚的披肩，旁边放着一只女士手提包，应该是李薄荷母亲出门常用的，床头上堆着几只旧的布偶，可能是李薄荷小时候玩过的，挂在半空中的吊兰野蛮生长，快垂到了地上。

怪不得给女儿起名叫‘薄荷’，这盆吊兰倒很有李薄荷的风格。想到这里，江野达笑了一下。

刘玉屏也不知道江野达在看什么，就客气了一句："家里寒酸，让你见笑了。"

"没有没有，阿姨，我觉得您家里特别温馨。"江野达不是客套，他是又想到了母亲家的窗台上也养着花，是一排仙人剑，经过半年的时间，母亲硬是把它们养到了一般高矮一般粗细。

好奇怪啊，母亲也不知道是有什么魔力，能让一切没有意识的东西听她的话，有意识的东西呢……大多选择了敬而远之，或者说，是逃离。

在母亲严格的管理下自己的成长也是可控的，以小学为例，母亲以半小时为单位精确规划了他的生活、学习和娱乐时间，每天严格执行，而且即便在娱乐时间里母亲也不允许他看动画片和漫画书，而是为他精心挑选了数部儿童科普纪录片反复观摩学习。所以当同学们热烈地讨论天马流星拳和庐山升龙霸哪个厉害时，他只能说"你们知道吗？飞马座是个很大的四方形，东北角上最亮的那颗星是属于仙女座的耶！"

江野达细嚼慢咽地吃了半个螃蟹的工夫，李薄荷已经狼吞虎咽地啃掉两只了。不知何时开始，江野达察觉到自己有些地方和母亲很像，他想改，但已经改不掉了，这一顿饭吃下来，他在心里默默地想："原来家庭是这样的，原来亲子关系是这样的。"

调了静音的电话在桌子上不停振动，一遍、两遍、三遍，磕得原木床头柜"咚咚"直响，像讨债上门的债主。

手机振了四五遍，灰绿色的真丝被套下才伸出一只手，摸索着将电话拖进被子里。

被子下的人眯着眼睛，看清手机屏幕上闪亮的名字，无奈地叹了口气，接起电话。

“你干什么呢？怎么不接电话啊？”

“睡觉……”

“这才九点半，你睡的是哪一觉啊？”

“您不是说让我少熬夜，早睡早起嘛……”

“哎哟，你什么时候这么听我的话了，我简直受宠若惊了啊！太阳打西边出来了！明天我要去庙里烧烧高香了……”

“我昨天通宵加班，下午才从公司回来，刚睡着没多久，您长话短说吧。”

“长话短说？我现在根本就不想和你说话，你多牛啊，大老板了，自己开公司了，我连给你打个电话都要打四五遍才接了，怎么，下次我是不是要先和你的秘书联系一下才能和你说上话啊？”

“您到底要干吗……”

“我还要问问你呢！你到底要干吗？”

隋郁已经睡意全无，她坐了起来，把手机扔在被子上，看着手机屏幕上一秒一秒跳过的通话时间，犹豫着要不要挂断。

没用的，以隋郁对母亲的了解，挂断电话她还会再拨通，不接电话她就会一直接着打，直到手机没电自动关机。

母亲那无须扩音器便足以聒噪到令人抓狂的声音从电话那头传出来：“你到底打算什么时候结婚？你到底还结不结婚了？你以为你十八岁啊？有大把的青春够你慢慢浪费？你都快三十了好吗！你再不生就生不出来了！你想当高龄产妇啊！你知道有多少女人岁数大了想要个孩子拼了老命怀不上，怀上了还保不住，还有的好不容易怀胎十月熬到产床上，拼命生生不下来，都是一尸两命啊！”

隋郁把手机“咚”地扔回到床头柜上，放任母亲一个人演讲，自己用被子把脑袋一蒙，努力屏蔽着干扰信息，想再次进入睡眠状态。

床头柜上至少放着三种助眠的药，都丝毫没有改善她糟糕的睡眠状况。昨天连续工作了三十一个小时，好容易回到家倒头就睡，又被母亲一个电话无情地吵醒。

“再让你不结婚不生孩子，内分泌紊乱了！不正常了！能睡得着才怪！”母亲如果知道了一定会这样说。

早在母亲说要去参加同学聚会时，隋郁心里就有不祥的预感，她太了解她母亲了，有她的地方，必有是非，而是非的矛头兜兜转转，总会落到自己头上。

果然，冯玉贞在同学聚会前一周就忙活上了，烫头发、做美容、修美甲，还冲到隋郁家把她柜子里的名牌包包全试了一遍。

“这个会不会太艳了，一看就不像是我的吧？”

“这个跟我的大衣不配……这个是哪年的款？前年的？那不行，过时了！”

“你有没有当季的新品，最好还是限量版，国内没有库存的那种，最好是王芳见过但又叫不上名字的那种牌子……”

王芳，母亲的初中同学，就因为在一次班干部竞选中赢了母亲，从此成了母亲一生最大的假想敌，每次听到这个名字，隋郁都哭笑不得，她把自己的信用卡放在桌上，说：“妈，我一会儿还要开会，要是我这里没有合适的您就去商场转转。”

冯玉贞捏着女儿的钻石卡翻来覆去地看着，说：“你这卡真气派，结账的时候拿出来比画比画，给王芳眼馋眼馋。”

“行，您随便。”

“哎，上次你们公司跟那个大明星谁来着……你们合作过吧？你给妈P张合影，我往同学群里发发，让王芳看看，我闺女，现在可是娱乐圈的。”

“妈，P的合影能看出来，再往严格了讲，这算是侵权行为。噢，还有，您闺女不是娱乐圈的，就是个开经纪公司的，您出去别乱说大话，让人笑话。”

“咳，王芳一个家庭妇女，懂什么啊，就连这个她也没有呢！”

老同学将近半个世纪没见面了，举杯之间都热泪盈眶，不知谁还保留着一张当年的毕业照，斑驳的黑白照片上，四十位少男少女脸上写满了对未来的憧憬和满怀的抱负。如今，一个包间，两张圆桌，满打满算三十一个人就算是聚齐了，其他九个人都化成了他人记忆中的一个符号，只在逢年过节或者同学聚会时被偶尔提起，以证明他们曾经来过这世间……

冯玉贞故意坐在王芳身边，拉着她粗糙的手摩挲了又摩挲，从女儿的迪奥新款包里取出一支海蓝之谜护手霜轻柔地帮她涂抹着，故作心疼地说：“老姐姐，咱们女人啊，多大岁数都是一枝花，谁规定那美容院只有年轻人才可以进啊？咱们有钱一样可以武装自己嘛！这个保养啊，要内服和外补双管齐下，燕窝、花胶、雪蛤什么的都炖上，坚持天天吃……你看你这头发白的，染染，哎，可别去那种街边的小理发店啊，一分钱一分货，那种店里的染发膏都有毒……哎，你这件衣服我怎么看着眼熟啊，是不是上学的时候老穿的……”

老班长打岔说：“冯玉贞你别闹了，哪有一件毛衣穿四十年的，胳膊肘不早磨烂了。”

王芳憨憨地笑了笑，说：“冯玉贞说得没错，这衣服还是我上学的时候捡着我姐穿剩下的呢，不过每过几年我就拆了重新织一遍，所以还能将就着穿……”

老班长哭笑不得：“王芳你也真够行的，真有闲工夫。”

王芳说："哎，反正闲着也是闲着嘛……"

冯玉贞狠狠地拍了拍王芳的大腿，说："哎呀我的老姐姐，别老围着锅台转！有空去听听音乐会，看看芭蕾舞，精神上愉悦了，人的气质上自然能显现出来。我女儿的公司就经常给明星搞些联欢会什么的，你加我个微信，想看什么告诉我，不用花钱……"

明明是同班同学，冯玉贞却张口闭口管王芳叫"老姐姐"，引得众同学纷纷用目光交流着不满，冯玉贞毫不在乎，掏出女儿刚给她买的新款折屏手机举得高高的摆弄起来。

包间的门"吱呀"一声开了，一个三四岁的小男孩满头大汗跑到王芳身边。

王芳宠溺地把孩子揽在怀里向冯玉贞介绍："这是我大孙子，她妈快生二胎了，我怕他妈一个人顾不过来就把他带出来了……"她抚了抚男孩红扑扑的小脸，问："小宝说，妈妈要给你生个妹妹还是弟弟啊？"

小宝奶声奶气地说："妹妹！医生伯伯和妈妈说的，我听见了！小宝是哥哥！"

王芳的脸乐得像发酵过头的红枣糕，刮了一下小宝的鼻子："这个小人精！"

众同学七嘴八舌地恭喜："孙子孙女双全，王芳，还是你有福啊！"

王芳说："哎，儿子媳妇孝顺，知道我们当老人的就这么点心愿，我儿媳妇五年前就把工作辞了，专心在家调养身体要孩子。哎，冯玉贞，我记得你比我还早结婚两年呢，闺女也快三十了吧？生了几个啊？外孙女还是外孙？"

冯玉贞噎住了，脸色很难看。

王芳一惊一乍："天哪，冯玉贞！你姑娘结婚几年了？怎么还没要上孩子啊？”

冯玉贞支支吾吾，王芳如临大敌，喊出声来：“冯玉贞，你闺女不会还没结婚吧？都——多——大——了！”

冯玉贞刚闪亮了没多久的高光被王芳拖着长音一盆冷水浇灭，她刚才秀得太过，早就引起了全班同学的反感，一时间，满屋人七嘴八舌抱团反攻。

“冯玉贞啊，你闺女早就是‘剩女’了，不值钱了！再拖下去二婚的都找不着了！”

“对于一个女人来说，最大的成功还是家庭的美满，连孩子都没生过，那还能叫一个完整的女人吗？”

“眼看大家都一把年纪了，再不抓紧享受一下天伦之乐死了都闭不上眼！”

“哎，你们家孙子孙女都在哪个学区啊？我儿子正想买学区房呢。”

“说来话长，这里头可有大学问呢，来，咱们这些有孙子孙女的单建一个群，回头多多交流！”

众人一呼百应，拿出手机“嘀嘀嘀嘀”地互扫，满屋的热闹，唯独把冯玉贞隔绝在外。

冯玉贞不甘心退场，忙从名牌钱包中抽出几张大票往小宝手里塞：“头一回见孩子，这点小意思给孩子买玩具吧。”

王芳急忙推让：“别别，你现在给了我，将来你女儿生了孩子我不还得还回去嘛，一来一去的，何必呢？”

她说着“噗嗤”一笑，又轻飘飘补了句：“再说了，这礼还不一定还不还得回去呢。”

“你说她是什么意思啊！多气人啊！什么叫‘这礼还不一定还

不还得回去’？这是咒我们一家要绝后还是怎么的呢！我以前就没看错！她王芳就是个伪君子！假老好人！脸上笑嘻嘻，心都是黑的！血也是黑的！”

隋郁拼命想用被子堵住耳朵，可母亲的声音仿佛有魔力，总能穿过重重阻碍直达她的耳道，不知道从什么时候开始，她一听母亲的声音就闹心，烦躁、压抑，条件反射似的间歇性抑郁。

“哎你是不是有什么毛病啊？！我和你爸可都是很正常的人，怎么就生出你这么个怪胎呢？要不你去医院查查吧！你是不是激素有问题啊？或者你去看看心理医生！你是对男人有恐惧症还是怎么的，你看你那个房间，不是灰色就是绿色，看着都憋屈，你不会是性冷淡吧……”

隋郁抄起电话怒吼一句：“您到底要干吗？！”

电话那头暂时安静了几秒，应该是冯玉贞蒙了几秒，接着她的声音提高了八度：“隋郁你现在长本事了是吧！敢跟你妈吼了是吧！早知道妈妈当初根本就不会让你去上什么名牌大学，也不会让你创业开什么公司，妈妈宁可让你找个普普通通的工作，早早结婚生孩子，像个正常人一样，平平淡淡地过一生……”

“您说谁不正常！我怎么不正常了？什么叫‘您不会让我上名牌大学’，大学是您让我上哪里我就能上哪里的吗？您有那么大本事吗？那您怎么不给我指定上清华北大啊！那是我自己努力考上的！您不让我创业？您让我找个普通工作？您凭什么‘让我’‘不让我’？我的人生凭什么让您来指手画脚？！”

电话那头传来一阵抽泣：“对！我就知道！你爸死得早，我又穷，又没文化，又没本事，所以我就没资格管你了是吗？我告诉你隋郁，再穷也是妈，也是十月怀胎把你生下来养大的！”

“我求您了！我求您别生我了！您放心，如果时间可以倒流，如果父母可以选择，我绝对不会选您当母亲，我再告诉您一句，我之所以不想生孩子，就是不想成为您这样的母亲！”

隋郁果断地挂断电话，母亲的折腾向来以咄咄逼人的贬损开始，到自怨自艾的哭诉结束，今天这出算是演得差不多了，也把她折腾得睡不着了，她干脆起身穿衣，拎起电脑和公文包，开车回了公司。

隋郁也不想成为一个工作狂的，若不是生活实在没有一丝温存，她又何尝愿意把自己封闭在工作的厚茧里？

十四、天涯共此时，诗意当如是

隋郁回到公司时全屋的灯都黑了，只有李薄荷的格子间还亮着一盏小吊灯，她正在打电话，听语气就知道是在跟最近接触的一位艺人经纪通话，这位经纪人手下有一名歌手，最近通过恋情炒作炒出点流量，“而安”本想趁着这股热度签那名歌手两场演唱会，可对方却蹬鼻子上脸，一再提出过分要求，李薄荷耐着性子哄了对方好几天，可能也是吃准了她“食之无味弃之可惜”的心态，自认套牢了她，对方得寸进尺，一再更改之前达成的口头协议。

听着电话那头传来没完没了的抱怨和挑剔，李薄荷只能捧着手机忙不迭地应和：“对对对，是是是，您说得都对，都是我的错……”

每应和一句，李薄荷就想抽自己一巴掌，心里一句一句地撑着：对你妹！是你妹！说你妹！错你妹！我他妈错在哪儿了！

电话那头越骂越来劲，身后传来清脆的高跟鞋声，那种声音李薄荷再熟悉不过，不用回头也知道是谁走过来了，本来心情就不好的她白眼已经翻上天际，全公司都下班了，这个女魔头又是从哪里钻出来的？

隋郁走到李薄荷的身边站住，一只手撑在办公桌上饶有兴趣地看着她这场狼狈的好戏。

丢脸的样子被人围观是极不舒服的事情，但这正是老板的特权。

时间又过去了十分钟，李薄荷被看得不自在了，只好对着电话那头说："不好意思啊王老师，稍微打断您一下，我们领导有点指示。"

然后，她用手捂着电话筒，满脸堆积着过分讨好的微笑，用化妆品专柜柜姐巴结贵妇顾客的语气问："领导，请问，您有什么指示？"

李薄荷特别强调了"您"，是一种类似于"双重否定表肯定"的措辞手法，她特别直白地希望隋郁能看出来此刻她所有的耐心和讨好都是装出来的，她心中其实正努力压制着极大的烦躁和抗议，恨不得拍案而起怒吼一声："没事！你们里应外合地弄死我吧！我李薄荷今天任君蹂躏！"

"骂回去。"隋郁心平气和。

"啊？"李薄荷大惊小怪。

"平时不是挺厉害的吗？不惯着他，把这孙子给我骂回去！"隋郁说着长腿一钩，从旁边钩过来一把椅子，在李薄荷身边坐下准备看好戏，"我在这儿看着，不骂到他求饶，你就别下班了！"

李薄荷简单地判断了两秒，觉得隋郁没跟自己开玩笑，顿时来了精神头，直接从椅子上跳了起来，怒火像火山一样喷薄而出，化成一句"你给我闭嘴！"

接下来的十几分钟里，大演说家李薄荷在办公室里来回踱步，口若悬河，手舞足蹈，晓之以理动之以情，把数日来压抑的委屈发泄得淋漓尽致。

李薄荷骂痛快了，电话那头却没了动静，李薄荷看看隋郁，隋郁满意地做出了个鼓掌的动作，李薄荷捂着电话小声问隋郁：“没动静了，不会让我骂得犯心脏病了吧？”

隋郁从李薄荷手里抽过手机直接挂断，说：“管他呢，跳楼又不犯法，走，吃宵夜去。”

李薄荷是真饿了，屁颠屁颠地跟着隋郁跨出公司大门时，她感觉自己就像是一只被藏在魔术帽里又被拎着耳朵闪亮现身的兔子——观众往往都会为兔子的登场欢呼鼓掌，但真正操纵这场机关的却是不动声色的魔术师，而隋郁，就是那个魔术师。

隋郁点了一桌子辣菜，吃了没多久，李薄荷的眼睛就被辣得红红的，隋郁抽了几张纸巾扔给她，说：“行了，想哭就哭吧，别憋着了。”

李薄荷的眼泪“啪嗒啪嗒”地就掉了下来，手上全是油和辣椒，她只好拱起手腕擦着满脸的泪水。如果换了从前，像这种狗眼看人低的经纪人她基本上接触两次就放弃合作了，但现在她初来乍到“而安”，一方面急于做出点成绩来证明自己，给全公司上下看看自己不是靠老同学的裙带关系混进来的，另一方面也觉得不能像在“苇航”时那么任性自由，有些过去不必受的委屈现在少不得也得受着点了，所以她才忍气吞声，予取予求地哄着对方，没想到伏低做小半天，最后还是鸡飞蛋打，她觉得有点冤。

后来李薄荷总结自己彼时的心态，就是四个大字：又卑又亢。

“对不起啊，把项目给你搅黄了。”李薄荷毫不顾忌形象地擤了擤鼻涕。

“别往自己脸上贴金，怎么是你搅黄的？分明是我杀伐果断，拍板让他滚蛋的！”隋郁端起啤酒一饮而尽，“算了，人不痛快事情就不痛快，对这种人，委曲求全也没有好结果，还不如早点了断。”

“放心，这个钱我早晚给你挣回来！”

“哎，对了，你看看这个。”隋郁把每一根纤细的手指仔细地擦净了，拿起手机点了几下，一条链接发到了李薄荷的微信上。

手机页面切换到某短视频平台，主页上有七八个短视频，写着一个共同的标题:《万花筒的尽头》，视频内容属于“私密可见”，需要输入密码才能浏览，隋郁接着把密码发了过来。

短视频是一部原创音乐剧的片段，舞台上，一群二十岁左右黑头发黄皮肤的年轻人高唱着发音纯正的英文曲目，从制作和表演的水平来看明显是业余团体，但能看出来，他们是真的爱。

出于职业敏感，李薄荷瞄了一眼这些视频的浏览量，少得可怜，还不到四位数。这也正常，没有流量明星，没有大咖制作团队，制景因陋就简，灯光忽明忽暗，就连视频都是观众用手机自己拍的，镜头不时晃动，其中还夹杂着笑声和议论声，完全属于自娱自乐。

同样，也是出于职业敏感，尽管视频嘈杂，剧情也断断续续，加起来总共不超过二十分钟，李薄荷还是眼前一亮，敏锐地感觉到这是一出好戏！

“我前几天无意中刷到的，悄悄跟视频上传者联系了一下，对方说他们是美国一所大学的学生，他们有位老师是中国人，喜欢音乐剧，就创办了一个由美籍华人、移民华裔和华人留学生组成的业余音乐剧社团，这部《万花筒的尽头》是他的原创剧目。”

“行啊，有点东西啊……”

“我想把这个版权收过来，咱们自己联系团队，做一部原创大戏。”

“好！我觉得可行！”

“这个项目我交给小程去接洽了，在合同签订之前咱们要尽最大可能性保密，省得让别的公司撬走，你也想想有什么好的操作方案，周一例会咱们讨论一下。”

《万花筒的尽头》讲的是一位B角演员穷其一生等待一次上台表演的机会的故事，李薄荷歪在沙发上反复刷着那几个短视频，年轻人的表演水平参差不齐，有的连及格线都够不上，但他们脸上洋溢着的自信和满足感却是李薄荷很多年没看到过的了，那眼睛里闪烁着一种动人的光芒，叫乍见之欢。

不知不觉，李薄荷开始回忆那些曾经接触过的行业翘楚和专业艺术家，眼高手低的、恃才傲物的、走火入魔的、怀才不遇的……无一例外地，他们在谈及专业时都变得不那么纯粹了，或者说是失去了纯粹的能力，他们总在被制作难度、成本投入、市场喜好、个人形象乃至养家糊口等各个方面的因素束缚着，私欲、市场干涉和艺术水准时常站在三角形的顶点各自拉扯，扯着扯着，就把他们扯成了一位位“匠人”。但业余爱好者不一样，他们还有一双没被现实的雨水打湿的翅膀，还可以想怎么扑棱就怎么扑棱。

打个不雅的比方，“梦想”是位才貌双全的美女，如果想娶她，就得做好总有一天她会徐娘半老、身材走样、喋喋不休地计较柴米油烟酱醋茶的心理准备；如果存在心里，她就永远是春日扬州城里珠帘后那半遮半掩的十三岁笑脸。

老话说“妻不如妾，妾不如偷”——“梦想”这个东西，往往是在一步之遥处最有魅力。

一只手轻轻地拍在后背上，李薄荷惊醒，才发现自己已经在沙发上睡着了，怀里抱着的薯片撒了一地，可乐也早没气儿了，温暾得像一杯板蓝根。她摸了摸被沙发扶手挤得变形的腮帮子，问："我睡了多久啊？"

池柳站在沙发背后，说："快回屋去，这样会着凉的。"

李薄荷抄起手机看了一眼："两个多小时了……你说多怪，除了在床上睡不着，其他在哪里都犯困。"

周一例会，隋郁亲自主持，重点讨论如何拿下《万花筒的尽头》的版权以及后续的操作方案。

所有人都已就位，负责跟踪这个项目的小程才破门而入。说"破门"一点都不夸张，进门之后，他用脚一钩，电脑椅的轱辘在地板上划出刺耳的声音，一路滑到他屁股下面，他一屁股坐定，把平板电脑重重地拍在办公桌上，生怕有人看不出他在生气，

"干吗？！"隋郁瞪了小程一眼。

"老大！"小程抱怨的语气中又夹杂了一丝委屈，"万花筒那个项目我跟了一个多星期，好不容易聊出点眉目，今天突然听说有别的公司也在接触这个项目。"

以《万花筒的尽头》在网上那约等于无的流量，按理说不会引起太多的关注，自己也是误打误撞才发现了这颗沧海遗珠，怎么可能这么快就有对手盯上？

隋郁心中有点疑惑，但面上不动声色："谁家？"

"苇航！"小程白了李薄荷一眼。

"苇航"这个名字并不被所有人所熟知，大多数人面露茫然，只有极少数知道李薄荷与"苇航"有关系的人露出讳莫如深的神情。

"自从您把这个项目交给我，我生怕有别人抢生意，就跟视频上传者联系了，磨破了嘴皮子才说服对方把原来'公开可见'的视频改成了'私密可见'，现在浏览者需要得到上传者发送的密码

才可以看那些视频，为的就是最大限度地减少这个项目现在在网上的传播范围，怎么还是被人盯上了？”

原来那些视频变成“私密可见”是小程的功劳，不得不说他思虑挺周全，能说服视频上传者应该也是颇费了一番功夫的，难怪他这么生气，如果换了是李薄荷，恐怕也得发脾气。

“也可能是别的公司在视频改成‘私密可见’之前就看到了那些内容，而且对方还没确定要跟咱们签合约呢，人家能把密码给咱们，也有权利给别人。”

“话是这么说，可是老大，我还是觉得这件事情有问题！会不会是有人吃里扒外？”小程的口气很直白，语惊四座，会议室里马上多了一丝谍战的气息。

“‘狼人杀’玩多了？还有没有别的内容要汇报，没有就先出去冷静一下！”

继破门而入之后，小程又破门而出，年轻人就是不一样，不管在什么场合，不管在谁面前，我的心情最大。

不过李薄荷现在没心思感叹后浪的率性，她脑子里飞速地盘算着一个问题，“池柳是怎么知道关于《万花筒》的信息的？”

好事不出门，坏事却总能以惊人的速度传播，“而安”所在的办公大楼楼下有一家平价自助餐厅，楼里的公司多半在这里包月就餐，靠近窗边有三张桌子，是“而安”的固定座位。

平时大家分散落座，正好能坐满三张桌子，今天，同事们却紧紧地挤在两张餐桌边。李薄荷一进入餐厅，嘀嘀咕咕的同事们顿时静了下来，若无其事地低头吃饭，两张餐桌上方形成了一个无形的防护罩，把李薄荷隔离在外。

李薄荷默默地端着餐盘来到第三张桌边坐下，尽管背对着其他同事，她还是能感觉到身后数双怀疑的目光像激光箭一样射来，把她的后背灼得千疮百孔，窃窃私语像环绕立体声一样在她耳边挥之不去，李薄荷听不清他们在说什么，但很清楚他们在议论自己。

类似的情况初中时也发生过，某个被小群体孤立的女同学总是一个人吃饭，一个人去图书馆，一个人回宿舍，彼时，作为旁观者的李薄荷很难做到绝对的感同身受。现在，再回忆起那个被排挤的女同学看上去傲慢不屑的脸庞，李薄荷才体味到她故作漫不经心的神情下忍受着何等的芒刺在背。

李薄荷抬头看着窗边，正午的阳光好得不像是准备铺垫一场悲剧。

一只餐盘轻轻放在李薄荷面前。

“想什么呢？”

“想起一个初中同学，叫什么来着？左什么优……左优然？”

“她怎么了？”对面的人好整以暇地用叉子把炒面卷成一卷，递进嘴里。

李薄荷回过神来，看到对面坐着的人是隋郁：“噢，没什么，就是觉得她挺可怜的……”

“行啊，这时候还有心思同情别人，格局挺大，这算不算‘每临大事有静气’？”

“咳，其实是不敢直面惨淡的人生，就选择了一种能神游多远就多远的逃避心态吧……”李薄荷自嘲地笑笑，回头打量了一下身后的同事，正撞上众人神色各异的目光，对方纷纷低头回避。

李薄荷这才发现餐桌上少了一个人，压低声音问：“小程呢？你不会把他开了吧？”

“哼哼”，隋郁领导式的轻笑听起来更像是冷笑，“开除人家干什么，人家又没犯错，他之前一直嚷嚷着想去上海看什么电竞赛，我给了他三天带薪假，美得跟什么似的，饭都顾不上吃就直奔高铁站了。”

李薄荷松了一口气，隋郁恩威并济，赏罚分明，能走到今天这一步真不是浪得虚名，她又试探地问：“《万花筒》那个项目你打算怎么办？”

“你还真敢问啊，我还以为你再也不敢跟我提这件事了呢？”

“我问心无愧，有什么不敢问的？”

“‘问心无愧’是一回事，‘无心之失’呢？你觉得有没有？”

隋郁的话击中了李薄荷心中的隐忧，她沉默了。

“既然‘苇航’也插手了，那《万花筒》这个项目我就交给你了，知己知彼。”

李薄荷没问隋郁为什么会选择信任自己，因为她知道即便问了，隋郁也只会回答“我不是信任你而是信任自己看人的眼光”，她也知道为了自证清白，她必须接下这份工作，并且顺利完成。

“对了，你手机设密码了吗？”隋郁又问。

“没有。”李薄荷是个嫌麻烦的人，人生中所有能“跳过”的步骤她都不会费心点“设置”，手机自然如是。

“噢，那还是设一个吧。”隋郁用刀叉熟练又精准地将盘中最后一只虾掐头去尾剥壳送进嘴里，也没照镜子，只是用纸巾沿着唇边把晕开的口红擦了一下，整个唇妆便又精致了起来。

以往李薄荷可没这么听隋郁的话，但眼下不同了，她没有多等一秒便顺从地拿起手机，把密码设置成了自己的生日，雷厉风行到不像自己。

身边一下子热闹起来，刚才还挤在一处交头接耳的同事三三两两凑了过来，你捧着杯咖啡，我端着只果盘，“薄荷姐薄荷姐”地叫了起来，方才的泾渭分明马上消失在了大家热烈的闲聊中了。

李薄荷又拿起手机，把密码改设成了江野达的生日，毕竟以自己和池柳的关系，设成自己的生日形同虚设。同时，她心里生出一股悲凉，她不是没心眼，只是实在不想往池柳身上用，她也从没想过有一天会和池柳站在一根拔河绳的两端相互角力，现在她所能做的最大努力就是尽全力保证这是一场“君子之争”。

时不我待，考虑到中美时差，李薄荷下班后没有回家，直接在办公室熬到很晚，算着纽约时间早上九点刚过五分，便把越洋电话拨了过去，第一次拨打，对面传来占线的声音，她只好耐着性子等了十分钟再打。第二次，电话通了，接电话的正是《万花筒的尽头》的作者——顾曲。

简单的交流中，对方表现得温文尔雅，表示过阵子学校放圣诞假和年假他会回国探亲，到时候可以见面商谈具体细节，同时顾曲也透露了一个要求：他希望这部剧的女主角由章清心出演。

“章清心……”李薄荷觉得有些耳熟，一时又想不起在哪里听到过，飞速地抽出笔在便利贴上记下这个名字。

回到家时已是深夜十一点半，池柳还没睡，正裹着刚洗完的头发从浴室里出来，看到李薄荷回家，她吓了一跳：“你不在家啊，我还以为你早就睡了，差点就锁门了呢。”

李薄荷苦笑：“这不是新换了工作嘛，得表现得积极点，早到迟退。”

看着池柳回屋的背影，李薄荷灵光乍现，当初跟马昆谈《一夜孤城》时，章清心曾是主演的不二人选，但她性情淡泊如同闲云野鹤，不知道遁入哪个世外桃源度假去了，“苇航”只好退而求其次选择了许明玉。

李薄荷不由遐想，如果当时自己顺利找到了章清心，《一夜孤城》的排演会不会就是另一种局面，与马昆的相处会不会也是另一种境况，自己又会不会还留在“苇航”？

命运如同多米诺骨牌，没有哪一块是独立存在的，每一次细小的移动都会引发后续一系列的错骨易筋，天崩地裂，无法回头，李薄荷只是没有想到自己的命运兜兜转转居然又回到了章清心这个关键人物身上……

“啊啊啊啊！”池柳捧着手机光着脚从卧室里冲了出来，把李薄荷吓了一跳，“你看同学群了吗！叶婷欣要结婚了！”

苗莉莉一边收拾着狭小杂乱的房间一边运气，都说破家值万贯，他们这家，万贯不值，但破，是真他妈破！

“大神”丈夫济逢时囤积的书籍本就霸占了屋子的大部分地盘，自从她加入推销团队，各色产品和宣传册又见缝插针地占据了仅剩的角落，让房间里几乎没有下脚的地方了——浮夸的礼盒和如山的旧书看似各行其是，实则同德一心，都承载着他们这对汤城大学旧日“才子佳人”的逆天改命梦。

沙发下扫出一只外卖袋子，苗莉莉气不打一处来，正盘算着是把这顿无名怒火发向女儿还是发向丈夫，就在她抖动着塑料袋想让令人闹心的“嘶啦嘶啦”声为这场即将爆发的暴风雨增添点气氛时，一张印着二维码的纸条从袋里掉了出来。

那是一张店庆优惠券，凭券可以享受一次半价外卖，看在权当捡了钱的分上，苗莉莉暂且忍下了这口气，拿起手机扫描。

“二维码无效”的结果显示在苗莉莉已经摔得有了裂纹的手机屏幕上，她不甘心地重扫了几次，又看了看纸条上的说明，才发现有一行小字标注着“本优惠券至 11 月 30 日到期”。

苗莉莉看了看日历，12 月 2 号，她放空了两秒，蹲在地上放声大哭！

这天晚上，丈夫济逢时和女儿济有帆都没吃上晚饭，父女俩也不敢问为什么，往日里，苗莉莉一气儿不顺了就摔摔打打，破口大骂拿他们父女俩出气，但她今天却一声不吭，视父女俩为无物，不知道从哪翻出几只破纸箱和破编织袋，在厨房里蹿上蹿下，一会儿出一趟门，楼上楼下地跑着。

这种反常让济逢时父女俩都感到了深深的不安，生怕是一场大的山雨欲来，看着女儿仰着小脸，眼眶里含着泪水巴巴地看着自己，济逢时干咽了两口，从凌乱的茶几上扒拉出半包不知道拆封多久的饼干，悄悄向女儿招了招手，女儿一向很乖，抱着饼干袋委委屈屈地就回房间了。

打发走了女儿，济逢时一掀帘子回了书房，那并不是真正的“书房”，就是在本来已经很狭小的客厅里拉了道布帘生隔出来的一个空间。说起来，“客厅”虽然是“客厅”，却兼具了一家人吃饭、休闲和小憩等各种功能，唯独没有“待客”功能，因为生活的窘顿和陈设的寒酸，使包括年幼的女儿在内的济家三口十分默契地从不邀请任何亲戚、朋友和同学到家里来做客。

济逢时往椅子上一坐，整个人泄了口气，狠狠地发起呆来。起初，他对这个小小的空间充满了亲切感，还兴致勃勃地给它题了个小牌匾挂在头顶，叫“好风阁”，取意“好风凭借力，送我上青云”。那时候济逢时觉得“好风阁”于他而言就像是隆中茅庐之于诸葛亮，渭水河畔之于姜太公，大象咖啡厅之于 J.K 罗琳，总之，都是搞大事情的地方！他对于遇到一个赏识自己才华的人的渴望不亚于花季少女对一个踏着七彩祥云来迎娶自己的盖世英雄的幻想。

后来慢慢地，“好风阁”对济逢时的意义变了，像是世外桃源之于武陵人，真真假假什么的都不重要了，关键是能图个清静舒心。但现在，“好风阁”对他来说已经像是二战时期犹太人的避难所，只要能躲开苗莉莉的地方就是天堂。

济逢时机械地打开电脑，在空白的文档上打下一行一行的字，又删掉一行一行的字，他已经记不清这是第多少次重复这样的动作了。曾几何时，他坚信自己正在酝酿的这个学术命题一旦发表就能震惊整个学术圈，令他一炮而红。曾几何时，就连苗莉莉也是这么坚信的。曾几何时，济逢时在家里享受的就是高考生待遇，什么补脑吃什么，就连孩子在客厅里看电视都要严格限制音量，生怕打断了爸爸天才的思路。曾几何时，年幼的孩子多次抗议无效之后，终于放声大哭：“爸爸的作业怎么老也写不完啊……”失望从孩子的哭声中开始蔓延，像一根针，扎爆了济逢时为妻女吹出的美梦泡沫。

从那天开始，苗莉莉越来越无法掩饰失望和嫌弃，而那个在他脑海中原应无比“伟大”的论题现在却变成了一个无形的枷锁。慢慢地，他变得害怕，害怕推进，害怕他的著作终于问世却无人问津，如果真是那样，他该如何面对自己这些年来给妻女画的大饼？又该如何收拾自己吹了这么些年的一个大牛？他只能把这个“创作”的过程拖得无比缓慢，说白了，他在故意步步倒退，一直躲在那个越来越萎缩的虚幻梦境中。

苗莉莉还在厨房里忙活，自从嫁了济逢时这么个倒霉玩意儿，她就养成了囤积癖，买洗发水送的小瓶护发素，买酸奶送的饼干试吃包，买馒头送的小包调味品，就连方便面里孩子不喜欢吃的蔬菜包和奶茶里丈夫讨厌的人造椰果她都留着，虽然她也不知道留着干什么用，但总觉得不知道什么时候这些东西就能派上用场，省下一大笔钱，以彰显自己这个贤惠主妇的巧思妙想。

“不知道什么时候……”这几乎成了苗莉莉人生的主旋律，就像她一直巴望着“不知道什么时候”丈夫就真能展翼上青云，也就是在“不知道什么时候”，那些东西存着存着，就悄悄地过期了。

受了那张过期打折券的刺激，苗莉莉觉得自己的人生也在慢慢过期，慢慢变得毫无价值，被这个世界一点一点地抛弃。所以就在刚才，她发了狠，决定把厨房里囤积的所有破烂全扔出去，包括过期食品、过期打折券、过期团购券等等等等，她希望能跟随这些垃圾一起滚蛋的，还有困扰自己多年的霉运！

不知道从哪里打听到师妹叶婷欣要结婚的消息，苗莉莉厚着脸皮跟上线又要了一百份产品目录，自己立了个目标，要在叶婷欣的婚礼上把这一百份宣传单都发出去，哪怕成功率只有百分之五呢，她不也发展了五个目标客户？

抱着垃圾往门外走的时候，苗莉莉抬头看到“好风阁”三个字，她狠狠地剜了一眼，嘟囔了一句——

“抽风阁吧！”

汤城的夜灯斑斓如旧，代驾司机驾驶平稳，车子匀速前进，灯光按照相同的节奏映进车窗，微醺的蒋丽娜靠在车窗边审视着这座城市熟悉的街道，心境早已物是人非。自从丈夫意外离世，她便一直在努力学习自己所不擅长的一切，交际、谈判、游说、心理战，等等，在可预见的短期之内，这样的夜路她恐怕还要走很久……

手机响了，是经过设定的特殊铃声，每次一响，蒋丽娜的心都会为之一颤。张群去世后，她一直保留着他的手机号码没舍得注销，虽然亲朋好友们不会再打来了，但偶尔还能接到一些广告信息和推销电话，每次她都会耐心地听，这会让她产生一种丈夫还在人世的错觉。母亲担心她的精神状态，不止一次地劝说她放下吧放下吧，可是她不愿意，因为她知道有些东西一旦放下就再也没有力量拿起来了。

张群的大学同学群里弹出一张电子婚礼请柬，并特意提醒了全班每一位同学都要到场见证，伴随着浪漫悠扬的音乐，新郎与新娘深情对视、相携相拥的婚纱照一一闪现。蒋丽娜不敢细看，生怕联想到自己与张群新婚时的场景，新娘“叶婷欣”这个名字对她来说也很陌生，但这张俏丽的面孔她好像曾在丈夫的毕业照上见过。她默默地刷着群聊记录，从大家的对话中大致推断出这位叫叶婷欣的女同学毕业后就去了外地发展，和老同学们失联至今才刚被郝班长拉进群。她可能根本不知道张群已经不在人世的消息。蒋丽娜本想回复一句，告诉她张群的死讯，但看到大家都喜气洋洋的，不想扫了大家的兴致平添晦气，便在电子请柬上点击了“一人到场”。

代驾司机娴熟地将车子倒进车库停好，把钥匙交还给蒋丽娜。蒋丽娜一摇三晃地向自己家走去，一个黑影从楼下的阴影中走出来，拦在她面前。

“蒋姐，噢不，现在应该叫您蒋总了，还记得我吗？”拦住蒋丽娜的是位纤弱的少女，看起来倒没有什么威慑力。

蒋丽娜仗着三分酒力壮胆，竟迎着来者走去，借着月光打量对方的面容——那是一张无论时隔多久都不会忘记的脸，她看着这久违的面孔愣住了……

快十二点了，同学群里依然炸了锅一样你一句我一句聊得火热。叶婷欣从姓名到脸庞再到身材都很符合美女的标准，而且还是那种从小到大无论在多少人的大合影里都会被人一眼看到，并指着追问“这个小姑娘是谁啊，长得好漂亮啊”的鹤立鸡群式的美女。她所在的班级里，“班花”的桂冠从没旁落过，如今她要嫁作人妇，有人戏称这是全班男生的“集体失恋”。

池柳饶有兴趣地把婚纱照放大了看细节，说：“新郎看上去倒是个体面人。嗯，要是没点家底估计叶婷欣也是不肯嫁的，就是年龄有点大……”

李薄荷没听到池柳的话，而是被窗外一片一闪而过的晶莹吸引了注意力，她走到窗边，推开一条小缝仔细观察，惊喜地叫了起来。

“柳儿！下雪了！这是今年的第一场雪。”

“下雪了！”李薄荷兴奋地在同学群里宣布。

汤城的各个角落，所有人都不约而同地望向窗外，第一片雪落了下来，落在他们的窗台沿、车窗边、茶杯里、镜片上、手机镜头中……天涯共此时，诗意当如是。

冬天到了……

《去她的同学会》第一部完

敬请期待第二部

图书在版编目（CIP）数据

去他的同学会 / 常潇湘，孙铎著 . -- 北京：作家出版社，2025. 6. -- ISBN 978-7-5212-3356-8

Ⅰ. I247.5

中国国家版本馆 CIP 数据核字第 20258LL520 号

去他的同学会

作　　者：常潇湘　孙　铎
责任编辑：向　萍
封面设计：李　超
出版发行：作家出版社有限公司
社　　址：北京农展馆南里 10 号　　**邮　　编**：100125
电话传真：86-10-65067186（发行中心）
　　　　　86-10-65004079（总编室）
E-mail:zuojia @ zuojia.net.cn
http://www.zuojiachubanshe.com
印　　刷：河北星强印刷有限公司
成品尺寸：145 × 220
字　　数：224 千
印　　张：19.25
版　　次：2025 年 6 月第 1 版
印　　次：2025 年 6 月第 1 次印刷
ISBN 978-7-5212-3356-8
定　　价：79.80 元
